자고 일어났더니—

자고 일어났더니 1

초판 1쇄 발행 2020년 7월 10일

지은이 | 서경

발행인 | 김성룡
기획, 편집 | (주)스마트빅(쉼표)
교정 | 홍성회
표지디자인 | 우물
출판등록 | 제2014-000017호 (2011년 6월 30일)


펴낸곳 | 도서출판 가연
주 소 | 서울시마포구 월드컵북로 4길 77, 3층 (동교동 ANT빌딩)
전 화 | 02-858-2217
팩 스 | 02-858-2219
ISBN | 978-89-6897-069-6  03810

자고
일어
났더니

서경 장편소설

# 차 례

\* 작가만의 글맛과 표현을 살리는 쪽으로 문장을 편집했습니다.

# 프롤로그

"무슨 술을 그렇게 마셔?"

"친구야. 내가 요새 술 마실 일들이 좀 많다."

토요일 저녁, 진주는 친구들을 호출했다. 여름에서 가을로 넘어가는 시기지만 여전히 체감 온도는 여름과 별반 다르지 않았다. 만나자마자 맥주부터 주문한 그녀는 술이 나오자마자 500cc를 단숨에 비웠다.

"물주 있다고 너 너무 마신다?"

태주는 손을 들어 맥주 한잔을 더 주문하며 핀잔을 줬다. 진주는 무슨 상관이냐며 먹고 싶은 안주를 손으로 콕콕 짚었다.

홍진주, 지하연, 김재훈, 박태주. 중학교 1학년 때 같은 반이었던 네 사람은 14년간 우정을 이어왔다. 진주는 태주와 짝이었고, 하연은 재훈과 짝이었다. 앞뒤로 앉은 진주와 하연, 태주와 재훈이 절친이 되었다.

이후 네 사람은 조별 숙제를 같이하게 되면서 서로서로 친해졌다. 그랬던 그들은 학년이 올라가면서, 진주와 재훈이 같은 반이 되었고 하연과 태주가 같은 반이 되었다. 네 사람은 학창 시절 내내 끊이지 않은 연을 이어갔다.

"재훈이는?"

"톱스타가 여기 올 수 있겠냐. 물주가 나로 부족하냐."

태주가 까칠하게 대답하며 두 여자가 먹고 싶어 한 안주들을 주문했다. 술보다 안주가 푸짐한 한 상이 차려졌다.

"룸으로 옮겨서 재훈이 불러?"

"아니!"

태주의 눈썹이 삐죽 올라갔다. 평소와 다르게 홍진주의 대답이 엄청 빨랐다. 거기다 볼을 붉히며 예민하게 반응하고 있었다.

"바, 바쁜 김재훈은 뭐."

"너희 싸웠냐?"

"아니! 싸우긴, 우리가 앤가."

진주는 입을 삐죽이며 말했다.

"너네 애 맞지. 만날 때마다 물어뜯잖아. 특히 재훈이가 널. 그러고 보면 재훈인 진주를 못 잡아먹어서 안달이야. 걔 연예계 스트레스 우리 진주한테 다 푸는 거 아니냐?"

"말은 바로 해야지. 홍장군이 병원 원무과 스트레스를 재훈이한테 푸는 거지."

태주와 하연 사이에 스파크가 일었다. 먼저 두 손을 든 건 태주였다.

"여기서 진주 편 안 들면 나 큰일 나겠다."

네 사람이 만날 땐 학벌, 재력, 외모, 몸매까지 다 내려놓고 인간 대 인간으로 서로를 대하기로 약속했다. 그것도 만남을 항상 주도하는 진주의 입에서 나온 말이었지만 말이다.

중학교 땐 두 남자가 이렇게 잘 성장할 줄 몰랐다. 김재훈은 고등학교 때 모델로 데뷔하더니 성인이 되면서 미친 연기력으로 톱스타가 되었다. 갑자기 먼 나라의 사람이 된 것이다. 거기다 박태주는 망나니 형을 제치고 태인 자동차 부회장 자리를 꿰찼다. 그의 형은 아직도 전 세계를 일주하며 사고를 치고 다녔다. 진주는 태주를 보며 노력하는 자에겐 기회가 온다는 말을 체감할 수 있었다.

"재훈이 전화네."

"받지 마!"

진주는 눈 깜짝할 사이 태주의 핸드폰을 가져왔다. 그러더니 등 뒤로 핸드폰을 숨겼다.

"너 뭐 하냐? 진짜 싸웠어?"

"어? 아닌데."

"그럼 전화기 줘."

태주가 손을 내밀었고, 진주는 이로 입술을 질끈 물며 고개를 저었다. 태주가 다시 한번 전화기를 달라고 손을 내밀었고 진주는 그의 손 위에 핸드폰을 놨다. 그녀를 물끄러미 보던 그가 핸드폰을 들고 밖으로 나갔다.

"태주 나갔으니까 말해 봐. 뭔데 그래."

때마침 주점 안에 노래가 바뀌었다. 요새 최고 시청률을 연일 기록하는 드라마의 OST였다. 김재훈이 남자 주인공인 그 드라마는 중국에서도 뜨거운 반응을 일으켰고, 그는 대륙의 남자로 굳건히 자리매김하였다. 동남아 동시 방영으로 해외에서도 반응이 뜨거워서 종영하자마자 팬 미팅이 줄줄이 잡혀 있다고 들었다. 특히 이 OST는 김재훈이 불러서 아직도 음악 차트 1위 자리를 다른 이에게 물려주지 않고 있었다. 감미로운 김재훈의 목소리.

"설마 김재훈이 고백했어?"

"……걔가 왜."

"아니, 그냥 찔러 본 거지. 전화까지 피할 정도면 보통 이유가 아닐 텐데."

"차라리 고백이었다면 머리가 덜 아팠을 텐데."

14년간의 우정이 금이 가더라도, 그 이유가 고백이었으면 이렇게 머리 아프지 않았을 거다. 그럼 어르고 달래서 거절하고 나서 적당한 시점이 지난 후 다시 친구로 보면 될 테니까.

전화를 받고 돌아온 태주가 자리에 앉았다. 진주는 안주를 젓가락으로 휘저으며 그를 봤다. 김재훈이 함부로 입을 놀리진 않았겠지만 혹시나 하는 마음에 눈치를 살폈다. 다행히 태주는 전혀 모르는 눈치였다.

"왜 그런 눈으로 봐? 무섭게."

"뭐래?"

"여기 온다고, 룸으로 옮기래."

태주가 손을 들어 매니저를 불렀다. 룸으로 옮기려는 모양이었다.

"난 내일 출근해야 해서. 그럼 이만!"

진주가 손을 흔들며 일어났다. 김재훈이 오기 전에 나가야지.

"내일 일요일이거든?"

"알아, 안다고. 나 내일 출근해. 진짜야."

먼저 만나자고 했던 주선자였지만 진주는 제일 먼저 술집을 나왔다. 일부러 사람이 가장 많은 정문으로 나갔다. 김재훈은 절대 이곳으로 들어오지 못할 테니까. 그녀는 택시 정류장에 앉아 제 머리를 쥐어뜯었다.

'진주야, 더 벌려.'

'……으읏!'

'예뻐. 네 입술 따뜻해.'

제 귓가에 한없이 다정하게 속삭이던 말들은 야하기 그지없었다. 제 입술을 거칠게 헤집고 맛보던 입술이 제 온몸을 파고들었다. 거친 입심으로 때로는 달콤한 말투로.

'네가 이렇게 뜨거운 여잔 줄 왜 몰랐을까. 이것 봐.'

그가 손으로 둥근 어깨를 훑자 온몸이 바싹 긴장되어 힘이 들어갔고, 그건 그의 말을 인정하는 꼴이었다.

"아, 미치겠네. 왜 자꾸 생각나고 난리야. 정말."

진주는 두 팔로 머리를 감싸고 무릎을 올려 그대로 머리를 묻었다. 그녀는 네 명을 '우리 팀'이라 불렀다. 평생 갈 한 팀이라고.

남들이 남녀 사이에 친구가 어떻게 되냐고 물으면, 우리 팀이기에 가능하다고 답했다. 그런데, 그 팀이 깨지게 생겼다. 그것도 자신으로 인해!

먼저 김재훈을 덮친 건 저였을 거다. 걸어 다니는 조각상인 김재훈을, 하필이면 그놈을! 그땐 정신이 온전치 못한 상태였으니 판단력이 흐렸다. 뒷일 따윈 생각할 겨를도 없었다.

"그래도 이 멍충아. 김재훈을! 아- 시간을 돌리고 싶다."

일주일 전으로 시간을 돌리면 좋겠다. 그녀는 울고 싶은 얼굴로 하늘을 올려다봤다.

"……."

별이 총총 박힌 하늘을 등지고 김재훈이 서 있었다. 캡 모자와 후드 집업 모자를 눌러쓰고 있었지만 누가 봐도 김재훈이었다. 진주는 벌떡 일어났다. 잔뜩 굳어진 몸이 로봇처럼 제각각 움직였다.

"왔어?"

버퍼링 걸린 로봇 같은 말투로 묻자, 그가 그대로 그녀의 손목을 잡아챘다. 그러곤 다른 사람이 오기 전에 차에 태웠다. 그녀를 태운 차가 가는 방향을 그녀는 누구보다 잘 알았다. 그곳은 김재훈의 집이었다.

# 1. 사건 발생 전

　일주일 전. 진주는 평소처럼 일어나 출근해서 정신없이 일을 했다. 병원 내·외래 환자 관리, 입·퇴원 관리, 제증명 관리, 총무회계, 각종 신고 처리까지. 해야 할 업무는 쉬지도 않고 쏟아졌다. 입에서 단내가 날 정도로 빡세게 업무를 했다. 유독 피곤했던 날, 진주는 남자 친구를 놀래주기 위해 S전자 건물 앞으로 갔다.

　유인호는 그녀와 2년째 연애 중인 대학교 선배이자, 현재는 남자 친구였다. 사람 좋기로 소문 난 그는 연애하는 내내 딱히 트러블이 없을 정도로 성격이 좋았다. 모처럼 카페에서 커피를 마시며 숨을 가다듬고 있는데, 뒤에서 익숙한 목소리가 들렸다. 마침 그에게 서프라이즈 문자를 보내기 위해 카톡을 보내려던 차였다.

"오빠, 우리 부모님이 오빠 너무 마음에 들어 하더라."

"정말? 우리 부모님께서도 너 예뻐하셔. 너희 부모님 만나 뵙고 좋으셨나 봐."

"하- 올해 안에 결혼이라니. 이렇게 빠를 줄 몰랐어."

결혼을 앞둔 커플의 다정한 대화였는데 왜 내가 아는 사람의 목소리인 걸까. 점점 확신이 생겼다. 진주는 저도 모르게 고개를 뒤로 돌렸다. 그리고 손안에 들고 있던 자료를 놓쳤다. 노란 서류 봉투 안에서 떨어진 자료들이 좌라락 바닥에 떨어졌고 에어컨 바람에 휘익, 휙 날아갔다. 공교롭게도 그녀의 뒤로 3개의 테이블을 지나 커플의 발아래 떨어졌다. 그걸 주워 든 남자가 주인을 찾아주기 위해 뒤를 돌았고, 두 사람의 시선이 허공에서 닿았다.

유인호. 대학교 선배인 그는 취업 후 후배들에게 밥을 사러 학교로 왔고, 그때 인연이 닿아 연애를 시작했다. 좋다고 따라다닌 것도, 먼저 고백한 것도 모두 유인호 그였다. 고작 2년이지만, 그녀는 누군가와 이렇게 길게 사귄 건 처음이었다. 집, 회사, 유인호, 우리 팀. 그녀의 삶엔 이 네 가지가 전부였다. 그중 하나가 저를 배신한 것이다. 충격으로 부들부들 떨던 그녀는 휘청이다 테이블에 허리를 부딪쳤다.

"오빠? 왜? 무슨 일이야?"

"아니야. 아무것도. 이것 좀 전해주고 올게."

2년간 남자 친구로 있던 남자가 묘한 표정으로 제게 왔다. 그러더니 바닥에 떨어진 질문지들을 주워 테이블 위에 올려놓았다.

뻔뻔한 얼굴로.

"여기서 망신당할 생각 아니면 그대로 앉아."

그가 굳은 얼굴로 이를 악물고 말했다. 그녀는 너무 소름 끼치고 놀라서 의자에 털썩 앉았다. 저가 알던 남자가 아닌 것 같았다.

"내 일을 방해하면 여자 친구라도 안 봐줘."

"……뭐, 뭐라고?"

"진주야. 오빠 비즈니스 중이야. 이거 틀어지지 않게 조금만. 응?"

진주는 등줄기에 소름이 쫙 돋아서 이를 딱딱 부딪쳤다. 그가 다정하게 웃으며 사람 좋은 얼굴로 금세 바뀌었다.

"오빠?"

여자 향수 냄새가 그녀의 코를 덮쳤다. 인호의 옆에 선 어려 보이는 여자가 그를 꽉 안으며 눈을 동그랗게 뜨며 그를 불렀다.

"응. 우리 후배랑 여기서 만났지 뭐야."

"후배? 안녕하세요."

"……."

후배? 내가 네 후배라고? 지금 이 상황 뭐야?

"진주야, 다음에 또 보자. 연락할 테니까…… 받아."

안 받으면 큰일 날 것 같은 목소리였다. 진주는 두 사람이 나가고도 한동안 몸을 부르르 떨며 카페에 앉아 있어야 했다. 그녀의 턱과 목, 팔엔 소름이 쫙 돋아 있었다.

'유인호 그 자식, 재수 없어. 네 선배라서 더 말은 안 하는데, 그냥 뒤가 구려.'

재훈은 그녀를 볼 때마다, 2년 동안 쉬지 않고 유인호가 별로라는 말을 했다. 고등학생 때 데뷔한 그는 이런저런 사람을 다 만나 보아서 말을 몇 번 섞어 보면 그 사람이 어떤지 보인다고 했다. 그때, 그의 말을 믿을걸.

진주는 가방을 챙겨 일어났다. 걷다가 다리를 접질렀지만 그녀는 개의치 않았다. 제 마음을 진정해야 했다. 곧 유인호에게 다시 연락이 올지도 모른다. 그 개자식은 잘못했다고 하지는 못할망정 저를 협박했다. 어지러운 마음 반, 그대로 돌려주고 싶은 마음 반. 슬픔이란 감정보다 소름 끼치고 분노하는 감정이 더 컸다.

진주는 집 앞 편의점 의자에 앉아 낮부터 소주를 깠다.

[진주야. 변하는 건 없어. 나는 여전히, 네가 좋아. 사랑해.]

평소처럼 인호에게서 달달한 문자가 연이어 왔다. 진주가 10분 동안 답이 없자 전화가 계속 왔다. 진주는 전화기가 귀신이라도 된 것처럼 탁 쳐서 테이블 끝으로 밀어냈다.

[만나자. 내가 설명할게. 진주야. 우리 진주, 넌 나의 진주잖아. 응?]

뭐야, 이 미친 새끼! 진주는 핸드폰 전원을 꺼버렸다. 그런 상황이면 무릎을 꿇고 빌든가, 아니면 당연히 헤어지는 상황 아닌가. 사랑? 우리 진주? 내가 좋다고? 그녀는 그 상황에서도 웃으며 제게 말하던 그 얼굴을 떠올리니 목 뒤가 당겼다. 그녀는 소주를 한 입 마시고 맥주 캔을 따서 또 마셨다. 이것저것 섞어서 마시다 보니 서서히 해가 지고 있었다.

도대체 2년간 난 뭐 한 걸까. 그녀는 다 마신 맥주 캔들을 발로 짓밟았다. 그녀가 편의점 의자에 죽치고 있는 동안 아르바이트생이 바뀌었지만 신경 쓰지 않았다. 오늘처럼 개 같은 날 다른 이의 생각 따위 챙길 겨를이 없었다. 진주는 비틀거리며 자리에서 일어났다. 이대로 집에 들어가자니 너무 우울했다. 그녀는 꺼 둔 핸드폰을 켰다. 그러자 쉴 새 없이 문자가 왔다. 유인호에게서 계속 전화가 왔었나 보다.

[전화 받아.]

[받으라고.]

[야- 홍진주. 전화 안 받아?]

[진주야. 사랑해. 너희 집으로 갈게. 응? 우리 진주.]

사랑한다면서 네 여자 친구가 어디에 있는지 찾지도 못하니? 이 시간에 갈 곳이라곤 편의점 말고 더 있겠니? 그녀는 분노를 조절하지 못해 제게 욕하는 인호가 새로워 문자를 한참 봤다. 눈을 가늘게 모아서 보니 이 자식은 미친놈이었다. 대학교에서 사람 좋은 척 연기를 했던 거다. 감쪽같이 속았다.

진주는 하연에게 전화를 걸었다. 친구는 아르바이트 중인지 전화를 받지 않았다. 구두 디자이너로 활동 중인 하연은 아직 유명세를 떨치지 못해 아르바이트와 병행하고 있었다.

"하아……."

우리 팀. 하연이, 태주, 재훈이. 톱스타 재훈이보단 회사 운영하는 태주가 한가하려나? 그녀는 핸드폰 목록을 쭉 보다가 한숨을 쉬었다. 교복을 벗은 이후로는 점점 연락이 끊기더니 이제는 편하게 연락할 친구가 없었다. 그래도 하연과 태주…… 재훈이라도 있어서 감사하다고 해야 할까. 저장된 그 많은 사람 중에 이 시간에 술 마시자고 할 사람 한 명 없다니. 인생을 잘못 살았나 싶다. 연타로 머리를 얻어맞은 기분이었다.

[오늘 시간 되는 사람 콜?]

진주는 택시를 타고 시내로 나갔다. 젊은이들이 가득한 거리로. 바에 가서 칵테일도 마구잡이로 시켜서 마시고, 20-30대의 탈출구라는 감성술집도 갔다. 오늘따라 취하지 않고 정신이 말짱하다고 생각했다. 잊고 싶었던 기억은 술을 마실수록 더욱 또렷이 기억이 났다. 그녀는 핸드폰을 들고 우리 팀 멤버 톡방에 술주정을 시작했다.

* * *

재훈은 명동 한복판에서 드라마 엔딩신을 촬영하고 있었다. 뜨거운 여름밤에, 재훈과 여주인공은 트렌치코트와 목도리를 칭칭 감은 계절을 연기하고 있었다. 더위에 지친 여주인공의 잦은 NG에도 불구하고 재훈은 말끔하게 촬영을 끝냈다. 연기력 없는 여주인공을 거의 커버해서 엔딩까지 몰입력을 끌어올린 건 오직 그의 능력이었다. 그래서 더 찬사를 받고 있었다.

"컷!"

"수고하셨습니다."

그는 깍듯이 인사를 건네고 매니저 덕재에게 왔다. 물을 받아 든 그는 생수를 벌컥벌컥 마셨다. 그리고 트렌치코트를 벗어 제 팔에 걸쳤다. 재훈을 보기 위해 몰린 수많은 인파가 명동을 덮쳤다. 그럼에도 재훈은 익숙하다는 듯이 여유롭게 팬들에게 고개 숙여 인사를 하며 제 할 일을 했다.

"재훈 씨, 수고하셨어요. 오늘 쫑파티 올 거죠?"

"네. 가야죠."

"그럼 해산! 일단 정리하고 파티에서 봬요."

촬영팀, 소도구팀들은 가져온 장비들을 정리했다. 그들의 마지막 촬영을 위해 세팅되었던 것들이 하나둘씩 없어지는 걸 보며 재훈은 밴으로 들어갔다.

[부재중 전화 5통.]

진주. 그는 드라마 촬영 기간 동안 잠을 못 자서 밴에 들어오면 바로 자는 편이었는데 절로 눈이 떠졌다. 그는 그녀에게 전화를 걸었다. 몇 번의 신호음이 갔지만 진주는 전화를 받지 않았다. 재훈은 카톡 목록을 내려 넷이서 하는 단톡방을 찾아보았다.

[진주야 미안ㅠㅠ. 오늘 수제화 제작 마감일이라, 도통 시간이 안 나네.]

[미안하다. 진주야. 나도 오늘은 회식이 있어서.]

홍진주의 술친구를 해주던 지하연도 오늘 바빠서 안 되고, 태주도 회식이 있는 모양이었다. 설마 남자 친구랑 싸웠나? 그는 옅게 인상을 쓰며 다시 전화를 걸었다.

유인호. 진주의 대학 선배이자, 현재 남자 친구이다. 진주가 남자 친구를 곁에 오래 두는 편이 아닌데, 인호는 꽤 오래 만났다. 참 미스터리한 일이다. 볼 때마다 기분 나쁜 새끼인데, 진주가 2년이나 만나다니. 그는 저가 괜한 생각을 하는 건가 싶어 전화를 끊으려는 찰나, 상대가 전화를 받았다.

-여보세요.

"누구세요?"

생전 처음 듣는 남자 목소리에 당황한 재훈이 표정을 굳혔다. 그의 목소리가 한없이 가라앉았다.

　-여기 XX 달밤인데요. 고객님께서 많이 취하셔서…….

　"지금 가겠습니다."

　재훈은 전화를 끊고 운전석에 앉아 있는 매니저를 불렀다.

　"형. 달밤이 어디야?"

　"달밤? 감성주점? 거기 헌팅 술집이잖아. 술 들고 합석하실래요? 코올~ 댄싱댄싱 모텔 가즈아~ 호텔 가즈아~ 아침 뼈해장국 먹즈아~"

　"……."

　"정색할 것까지야. 농담이야, 농담. 거기 술 마시고 춤추는 곳이야."

　아니, 그런 위험한 곳에 혼자 갔단 말이야? 재훈의 미간이 단번에 좁혀졌다.

　"거기로 가자."

　"그 사람 많은 곳에 가자고? 밴을 타고?"

　그는 이로 입술을 질끈 물었다. 밴을 타고 가는 것도 문제지만, 차에서 내린 순간 다음 날 기사 1면을 장식하고도 남을 것이다. 순간 저의 처지를 망각했다.

　"형이 가서 진주 좀 데려와줘."

　"진주 씨?"

　"응. 얼른. 급해."

　"너 쫑파티는 어쩌고?"

　"그게 문제야? 홍진주가 거기 지금 취해서, 후. ……형 택시 타고 가서 데려와. 내가 중간 지점까지 차 몰게."

그는 편하게 앉아 있던 곳에서 운전석까지 단숨에 튀어왔다. 큰 몸을 구겨 넣어 조수석으로 다리 하나를 내밀자, 덕재는 알겠다며 차에서 내렸다.

"홍진주."

 그는 매니저가 택시에 타는 걸 보며 차에 시동을 걸었다.

"사람 걱정시키는 데 선수야."

 운전대를 잡고 초조하게 손가락을 부딪치며 그는 덕재가 탄 택시가 가는 방향을 따라 차를 몰았다. 관광버스와 일반 버스가 시내를 꽉 메웠지만 그는 거침없이 차선 변경을 하며 택시를 따라잡았다.

 달밤에서 조금 떨어진 위치에서 기다리자 진주를 부축해서 끙끙거리며 걸어오고 있는 덕재가 보였다. 재훈은 버튼을 눌러 뒷좌석의 자동문을 열었다. 술에 취해 뻗은 진주를 뒷좌석에 태우고 그들은 재훈의 집으로 향했다.

 재훈은 제 침대에 그녀를 눕혀 두고 이불을 목까지 덮어준 후, 방 밖으로 나왔다. 쫑파티에 참석해야 했기에 주차장으로 내려가야 했다. 덕재가 벽에 기대 담배를 입에 물고 불을 붙이려 하고 있었다.

"형, 여기 금연이야."

"쏴리~."

"연기 나면 불난 줄 알고 소방차 와."

"진주 씨는?"

"위에서 자."

 그는 피우지 못한 담배를 그대로 담뱃갑에 넣으며 걱정스런 눈으로 제가 맡은 배우를 봤다.

"재훈아."

"무슨 소리 할지 아니까 말 안 해도 돼."

"어."

딕재는 하려던 말을 도로 주워 담았다. 하도 잔소리를 했더니 재훈은 제 얼굴만 봐도 무슨 소리를 할지 아나 보다.

넌 연예인이다. 그것도 톱스타. 네 손짓 한 번, 너와의 연결 고리가 하나라도 있으면 상대가 얼마나 피곤해지는지 생각해봤냐. 회사도 회사지만, 일반인에게 피해를 주고 살면 안 된다. 네 얼굴 한 번 보겠다고 며칠 밤을 새워 공항을 지키는 팬들을 생각해라. 등등.

"중요한 건 김재훈, 내 밥줄 끊기지 않게 잘해. 나 딸린 식구가 셋이다. 내 밥줄이 끊길 거 같은 날엔…… 너 죽고 나 사는 거야."

"이럴 때 보면 누가 배우인지. 밥줄로 협박 좀 하지 마."

재훈은 고개를 절레절레 저었다. 그를 처음으로 알아봐준 사람이 딕재와 창석이었다. 그들의 감은 세상에 통했고, 재훈은 짧은 무명 생활을 했지만 대체로 일이 술술 풀렸다. 군대를 다녀오기 전에는 사람들이 알아보는 수준이었다면, 지금은 집 밖으로 나가지 못할 정도가 되었다. 모델 일만 할 줄 알았던 그가 배우의 길로 성공하였다. 그를 톱스타로 만든 건 눈앞 딕재의 공이 컸다.

정상에 오르면 내려올 일만 남았다는 선배들의 충고가 우스울 정도로 그는 세계적으로 유명세를 떨쳤다. 본인도 그러기 위해 항상 신인의 자세로 뭐든 열심히 했다. 예능 프로에 나가 웃고 떠드는 것보다 연기 연습을 하고, 시사 상식을 배웠다. 유일한 스트레스 풀이가 친구들을 만나는 거였다. 태주, 하연, 그리고 진주.

"얼른 가자. 오늘 주인공이 너잖아."

20.8%의 시청률. 올해 연말 시상식은 김재훈이 다 쓸 것이라고 이미 소문이 돌고 있었다. 그 소문에 이의를 제기하는 사람은 단 한 명도 없었다. 날렵한 턱선, 남자답게 굳게 닫힌 입술. 쌍꺼풀은 없지만 제법 큰 눈은 시원스런 눈매로 보였다. 세상에서 가장 잘난 남자의 시선이 닫힌 문에서 떨어질 줄을 몰랐다.

"너 올 동안 안 깰 거야. 너 이거 쫑파티다. 최소 몇 잔이라도 마시고 와야지."

"가. 갈 거야."

재훈은 검지로 턱선을 쓸며 다시 한번 시선을 진주가 있는 방에 두었다. 소파 옆에 등을 기대고 다리를 꼰 그는 가만히 있어도 여심을 녹일 만큼 매력이 흘러넘쳤다. 어떤 역할이 주어져도 스며들어 그 사람이 되는 배우. 오피스물부터 액션, 형사물까지 모든 장르를 소화할 수 있는 남자 배우. 인성까지 바른 남자. 김재훈 이름 옆에 붙는 수식어가 수만 가지였다.

"아무 일 없겠지?"

"어. 걱정 그만하고 얼른 차에 타."

재훈은 그때까지만 해도, 그가 집에 돌아왔을 때 무슨 일이 일어날지 상상하지 못했다.

\* \* \*

"으음."

진주는 자다가 목이 말라 몸을 뒤척였다. 일어나야 하는데 제
목과 몸을 답답하게 조르는 게 느껴져 그녀는 칭얼거리며 발버
둥을 쳤다.

이러다 죽겠어. 차라리 죽자. 그녀는 몸에 힘을 풀었다. 아직 술
기운이 가시지 않아 정신은 몽롱한 상태였다. 그녀는 눈을 깜빡
이며 서서히 떴다. 어두운 방 안. 앞도 보이지 않을 만큼 캄캄했
다. 그녀는 두 손바닥으로 제 눈두덩이를 짚었다. 평소에 렌즈를
끼거나 안경을 쓰지 않으면 그녀는 가까이 있는 사물도 잘 구별
하지 못할 정도로 시력이 좋지 않았다. 고로, 지금 그녀는 뵈는
게 없는 상태였다.

눈을 막고 있던 손을 뗐지만 여전히 여기가 어딘지 분간하기 어
려웠다. 쿵쿵. 숨을 쉴 때마다 술 냄새가 역하게 나서 머리가 지끈
거렸다. 진주는 입을 벌려 혀를 내밀어 숨을 쉬었다. 그녀는 성큼
얼굴 하나가 가까이 다가오자 놀라서 꺄악 소리를 지르려는데, 남
자가 그대로 손바닥으로 입을 막았다.

유인호? 아니, 다른 남자? 오늘 그냥 먹고 죽자, 막 살자 하는 마
음으로 술을 퍼마셨다. 여자가 세상 무서운 줄 모른다는 소리 들
어도 어쩔 수 없다. 같이 술 마실 친구는 없지, 전 남친은 결혼은
비즈니스인데 내 사랑은 너라며 미친 소리를 해대지. 세상일이 다
서럽게 다가왔다.

"진주야."

귓가를 둥둥 울리는 목소리. 다정한 부름에 그녀는 고개를 끄덕
였다. 고개를 끄덕이는 건지 몸이 멋대로 흐느적거리는 건지 모
르겠다.

"괜찮아?"

아니, 안 괜찮아. 말을 하려는데 발음이 새서 말이 나오지 않았다. 술에 취해 혀가 마비된 느낌이다. 점점 가까이 다가오는 얼굴. 다정한 손길이 제 이마를 짚는다. 그가 물병을 건넸지만 몸이 말을 듣지 않아 물은 침대로 쏟아져버렸다. 감각 신경이 죽은 건지 차가움도, 뜨거움도 분간되지 않았다.

남자는 후 한숨을 쉬며 물을 마신 후 그대로 입술을 부딪쳐왔다. 부드럽고, 달콤했다. 제 얼굴을 잡은 손이 괜찮다고 토닥이는 것 같았다. 남자가 건넨 물이 생명수처럼 달았다. 갈증이 해소되자 살 것 같았다. 그녀는 이 시원함을 조금 더 오래 느끼고 싶었다.

그녀는 남자의 목에 두 팔을 감았다. 흐린 시야에서도 상대의 작은 얼굴과 날렵한 턱선이 눈에 들어왔다. 풍기는 아우라만으로도 상대가 얼마나 잘생겼는지 알 수 있었다.

오늘 이대로 나락으로 빠져버렸으면 좋겠어. 근데 왜 이 사람이 이렇게 익숙한 느낌인 거지. 내가 뭐가 모자라서! 양다리를 걸친 건 유인호 그 자식인데, 왜 내가 스트레스를 받아야 해? 나만 예의 지킬 필요 있어? 삐뚤어지려면 얼마든지 나도 할 수 있다고!

"안……아줘."

그녀는 겨우 입술을 떼서 말했다. 상대가 뭐라 질문을 던졌지만, 그녀는 그대로 남자를 끌어당겼다. 그게 제 14년 지기 친구인 줄도 모르고.

두 사람의 입술이 닿은 순간, 재훈은 자제력을 잃었다. 서로의 입술에서 타액이 오가고 격한 손길로 몸을 만졌다. 진주가 걱정돼서 쫑파티에서 주는 술을 연속으로 다 받아 마시고 나온 상태였다. 그도 집으로 오는 길에 이미 취기가 올라 있는 상태였다.

"진주야, 더 벌려."

"……으읏!"

"예뻐. 네 입술 따뜻해."

뜨겁게 타오른 입술에서 뜨거운 숨이 새어 나오자, 재훈은 에어컨을 켰다. 더 이상 참을 수 없었다. 그도 자제력을 잃은 상태였다.

그는 다시 그녀의 입술을 급하게 찾았다. 입술을 맛보고 목 주변을 배회하던 입술이 귓불로 넘어갔다. 그녀의 머리카락을 넘기고 목선에 자신의 자국을 뿌리며 그는 둥근 어깨를 꽉 움켜쥐었다.

"하아."

그녀는 생경한 느낌에 몸을 움츠릴 틈도 없었다. 다정하고 야릇한 입술이 주는 감각과 귀를 녹일 것처럼 달콤한 음성에 온몸이 노곤노곤해졌다. 그들은 꼭 연인처럼 서로를 탐했다. 구석구석 그녀를 탐하던 재훈이 그녀의 위로 자리를 잡았다.

처음. 서로가 서로에게 처음이 되었다. 아파서 찡그린 눈가에 키스를 뿌리고, 가녀린 손 마디마디를 잡아 깍지를 꼈다. 제게 매달리는 몸, 흐트러진 머리카락, 오롯이 몸의 감각만을 좇는 표정까지.

그는 더 강렬하게 그녀를 안았다. 그녀가 지쳐서 울고, 매달리고, 그만해달라고 힘들다고 할 때까지 그는 그녀를 몰아쳤다. 그녀의 온몸에 자신을 새겨 넣고 싶었다. 이 밤이 하루로 끝나지 않도록, 그녀의 몸이 저밖에 모르도록 그는 그녀에게 최선을 다했다. 짙은 쾌락에 취한 그는 그녀를 배려할 틈도 없었다. 그나마 다행인 건 술기운으로 인해 진주의 감각이 무뎌졌다는 것. 합의하에 행해진 관계는 밤이 새도록 멈출 줄을 몰랐다.

* * *

다음 날 아침, 잠에서 깬 진주는 눈을 비볐다. 온몸이 어디에 맞은 것처럼 아팠다. 그녀는 얇은 이불로 제 몸을 칭칭 감았다. 오슬오슬 몸이 떨릴 정도로 추웠다. 금방이라도 토할 것처럼 속이 울렁거려 그녀는 머리를 부여잡고 상체를 일으켜 앉았다. 여기가 어디야? 눈에 뵈는 게 있어야지.

집인가? 그녀는 떠오르지 않는 기억을 잡아보려 인상을 썼지만 떠오르는 건 유인호 자식밖에 없었다.

"우웩-!"

어제 먹은 게 올라올 거 같아 그녀는 손바닥으로 입을 부여잡았다. 화장실을 가야 하는데 주변이 흐리멍덩하게 보여 분간이 되지 않았다.

"여기, 안경."

"……어. 고마워. 우욱."

진주는 안경을 받아 들고 주위를 두리번거리다 욕실을 발견하고 그곳으로 뛰었다. 변기를 부여잡고 있길 한참. 속이 좀 시원해졌다 싶었을 때 그녀는 욕실 안에서 거울을 봤다.

"으아악!"

눈은 부어 있고, 머리카락은 귀신처럼 산발이었다. 더 문제는 그녀의 턱선과 목에 자리한 자국이었다. 그녀는 슬며시 그 와중에도 악착같이 챙겨온 이불을 활짝 열어 거울 속 제 몸을 봤다. 그녀는 악 소리도 내지 못하고 입을 벌렸다. 목에서 가슴, 그 아래까지 누군가의 흔적이 또렷하게 남아 있었다. 그 누군가가 어떤 인간일지 모른다는 게 함정이었다.

"아악-!"

진짜, 홍진주. 너 맛탱이가 갔구나. 아무리 유인호 때문에 열받았어도 이건 아니잖아! 그녀는 손바닥으로 머리를 짚으며 발을 동동 굴렀다. 그때, 익숙한 욕실 구조가 머릿속에 인식되었다.

여긴…… 김재훈 집인데. 하연과 태주, 우리 팀이 만나면 여기서 곧잘 술을 마셨다. 욕실도 자주 사용하고. 여기서 자주 때 빼고 광을 냈는데…… 왜 내가? 아무리 더듬어 봐도 어제 술을 마실 때 김재훈은 없었다. 유치원 다니는 어린이부터 손녀 손자들을 돌보는 어르신들까지. 김재훈을 모르면 간첩이란 소리가 있을 정도로 그는 유명한 배우였다. 대한민국에서 가장 섹시한 배우, 세계에서 가장 영향력 있는 10위 안에 들었다고 했고, 대륙의 남자라 그를 위해 전용기까지 중국에서 보낸다고 했었다. 걸어 다니는 기업이라고 해도 과언이 아닌 그 남자가 바로 제 14년 지기 친구였다.

그런데…… 왜, 내가 이런 모습으로 친구 집에? 왜? 그녀는 벌컥 욕실 문을 열고 나갔다. 안경을 끼고 본 실내는 김재훈의 집이 맞았다. 대궐처럼 넓은 김재훈의 집! 그녀는 눈을 획획 돌리다가 침대에서 시트로 하반신을 가리고 있는 김재훈과 눈이 딱 마주쳤다.

"김, 김, 김재훈…… 우리 설마…… 그럴 리가."

상반신 근육을 눈으로 마주하고 있으면서도 그녀는 절레절레 고개를 저었다. 내가 미치지 않고서야. 아니, 해가 서쪽에서 뜨지 않고서야. 눈에 흙이 들어가지 않고서야 절대 일어날 수 없는 일이었다. 유인호를 잃은 것보다 친구 김재훈을 잃은 게 더 클 정도로 제게 소중한 녀석인데…….

"진주야."

"어."

"잘 잤어?"

진주는 울상을 지으며 이건 꿈이면 좋겠다는 생각을 했다. 네가 감히 누굴 덮쳐! 줘도 먹지 말아야지! 김재훈이 다 벗고 있어도 눈을 돌렸어야지! 미쳤어, 미쳤어! 모른 척해야지. 어쩌면 서로의 몸에 손과 입술만 댔을지도 몰라. 아직 다리 사이까지 공유하지 않았을 거야. 아니야, 아닐 거야.

"그, 그럼. 어제 일이 기억도 안 나…… 잠깐 스톱. 일어나지 마."

그녀는 몸을 일으키려는 그를 막았다. 스르르 이불이 흘러내려 그의 배꼽 아래가 언뜻 보였다. 탄탄한 가슴 근육과 초콜릿 복근은 그가 벗었다 하면 시청률을 고공 행진하게 하였고, 다음 날 기사와 포털 사이트에 '김재훈 복근', '김재훈 몸매' 등이 실시간 검색어 상위권을 앞다투게 했다. 그렇지만 직접 보는 건…… 너무야 했다. 그녀는 냉큼 안경을 빼서 바닥에 던졌다. 이제야 뵈는 게 없으니 살 것 같다.

"으아아악. 말도 안 돼."

진주는 어깨 언저리를 덮고 있던 이불을 제 머리끝까지 쓴 후 바닥에 주저앉았다. 서럽고, 짜증나고, 화나고 모든 감정이 순식간에 그녀를 덮쳤다. 저가 잘못하고도 새삼 억울함이 든 그녀가 이불을 덮어쓴 채로 오리걸음으로 움직였다. 그녀는 바닥에 팽개쳐진 제 옷들을 주워 이불 속에서 꼼지락거렸다. 옷을 대충 입고 손으로 바닥을 짚어 저가 던진 안경을 찾았다. 그런 후 그녀는 잽싸게 안경을 쓰고 이불 밖으로 나왔다. 순식간에 나온 그녀가 가방까지 손에 들었다. 그사이 재훈도 가운을 입고 침대에서 내려와 있었다.

"일단, 아침 먹고 얘기해."

"……아니. 저기, 아 몰라! 나 집에 갔다가 이따가, 나중에, 나중에 얘기하자."

그녀는 그가 잡을 틈도 주지 않고 그의 집 밖으로 뛰어 나갔다. 수십 번도 넘게 왔던 재훈의 집이라 이곳 길을 누구보다 잘 알았다. 이렇게 나가면 재훈은 자신을 못 잡을 거였다. 저를 잡았다간 실시간으로 포털 사이트에 이름이 오르내릴 테니까.

지나가는 택시를 잡아 집에 가는 동안 그녀는 멍한 상태였다. 아직 술이 덜 깬 상태에서 차멀미까지 오자 죽을 맛이었다. 몸 상태도 최악이고. 겨우겨우 집 앞에서 내린 그녀는 제 앞을 가로막는 남자 때문에 손바닥으로 입을 막은 채로 위를 올려다봤다.

"……진주야."

"선배. 비켜. 토 나……."

토 나올 것 같으니까. 진짜 나올 거 같다니까? 그녀의 속마음을 전혀 모르는 인호는 그녀 앞에 무릎을 꿇었다. 그러곤 입을 막고 있는 그녀의 손을 잡고 저를 봐달라고 흔들었다. 진주는 고개를 옆으로 틀고 그의 손길을 뿌리치려 애썼다. 지금 이러면 안 된다니까. 몸이 흔들리니 머리도 같이 흔들렸다.

"선. 배. 내가…… 후."

말도 제대로 안 나오네. 숨을 몰아쉬며 오장육부를 진정시키던 진주는 결국 무릎을 꿇고 그녀를 보고 있는 인호를 덮쳤다. 더는 제 입을 막을 수 없었다. 다행인 건 제 배로 그의 머리를 누른 점이고, 문제는 그의 등이 서서히 젖어가고 있단 거였다.

"나는 비키라고 했어. 분명."

"……쓰."

"우욱. 냄새. 저리 가, 제발."

진주는 그를 밀어냈다. 그러자 인호가 그녀의 손목을 움켜쥐었다. 부러뜨릴 것처럼 세게 쥔 손은 놓아줄 생각이 없어 보였다.

"이거로 퉁 치자. 내가 이 더러운 느낌 용서해줄 테니까, 너도 눈 딱 감아."

욕지기도 솟아올랐다. 뭐로 뭘 퉁 쳐? 그녀는 그러면서 손등으로 입을 막았다.

"저리 가라니까. 우읍!"

제발 저리 가, 또 토 나올 거 같다고. 진주는 당장 이 자리에서 벗어나고 싶단 생각뿐이었다. 유인호 자식이 꼴도 보기 싫고 냄새만 맡아도 역겨웠다. 하루 만에 있는 정, 없는 정이 다 떨어진 걸 보면…… 진정한 사랑은 아니었던 거 같다. 아니, 자신뿐 아니라 그 장면을 본 사람이라면 누구라도 오만 정이 떨어졌을 것이다.

"사랑해, 진주야."

그저 역겹기만 했다. 아직 다 쏟아내지 못한 잔여물이 배 속에서 요동치기 시작했다. 저가 뱉은 오물의 시각적 자극과 후각적 자극이 동시에 겹쳐지자 장 속에서 오케스트라 향연이 계속되었다. 오바이트의 시작은 미비했지만 끝은 창대했다.

사랑한다며 다가오는 남자의 눈빛이 심상치 않았다. 진주는 집 앞 화단이 있는 곳까지 뒷걸음질 쳤다.

"네가 뭘 해도 사랑해. 떠나지만 마."

"저기, 선배. 아니, 인호 오빠."

내가 어쩌다 이런 쓰레기를 만났을까. 이 사람이 이렇게 안하무인이었다니. 그동안 왜 몰랐을까. 진주는 무엇보다 냄새 때문에 속이 더 울렁거렸다.

"그래, 우리 진주. 오빠라고 부르니까 예쁘네."

진주는 화단 뒤 흙더미에 엉덩방아를 찧었다. 그가 무릎을 꿇고 앉아 서서히 상체를 들이밀었다. 멀쩡하게 생긴 얼굴에 이런 소름 끼치는 면이 있었다니. 진주는 침을 꼴깍 삼켰다. 위액까지 뱉어 내서 목 끝이 다 따끔거렸다.

"다시는 오빠 연락 씹지 마."

그가 다가오더니 멈칫했다. 그러더니 한곳을 뚫어지게 응시했다. 진주는 그가 바라보는 방향을 보다가 두 손으로 제 목을 가렸다. 그는 비릿하게 웃더니 다가와 그녀의 윗옷을 아래로 잡아챘다. 어깨까지 딸려 내려간 옷깃을 보며 군데군데 붉게 물든 자국을 보았다.

"평소에 만지지도 못하게 하더니, 이게 뭘까. 우리 진주, 남자 있었구나. 몰랐네."

그는 손을 올려 그녀의 머리채를 잡고 잡아당겼다. 개처럼 질질 끌리는 상태로 화단을 넘어 바닥으로 나온 진주는 눈가에 눈물이 맺혔다. 남자의 힘은 생각보다 강했다. 그가 죽일 것처럼 다가오니 정말 무서워서 온몸에 힘이 들어가지 않았다.

"악! 어떤 새끼야?"

갑작스럽게 날아온 페트병이 유인호의 머리를 맞추고 땅으로 떨어졌다. 머리를 부여잡은 인호는 주변을 둘러보며 범인을 찾았다.

"어떤 새끼냐고!"

악에 받쳐서 소리를 지르는 그를 두고, 진주는 그 틈에 집으로 뛰었다. 살고자 하면 길이 있다더니 그녀는 바로 엘리베이터에 올라탔다. 혹시 유인호가 따라올까 싶어 5층에서 내린 후, 7층까지 뛰어 올라갔다.

705호 앞에서 숨을 몰아쉬었다. 몸도, 마음도 만신창이가 된 채로 비밀번호를 누르려다가 혹시나 싶어서 탁 트인 복도 아래를 내려다봤다. 저를 찾으려 두리번거릴 줄 알았는데 유인호는 보이지 않았다.

"후…… 다행이다."

그녀는 집 안으로 들어갔다. 유인호도 유인호지만, 김재훈은 또 어쩌지. 유인호는 헤어지면 끝이지만, 재훈인……. 하연한테 말할 수도 없고, 그렇다고 태주한테도……. 술 먹고 꽐라가 되어 14년 지기 친구도 못 알아보고 달려들었다고. 분명, 몸 좋고 잘생긴 녀석을 제가 먼저 덮친 게 틀림없다.

김재훈이 미치지 않고서야. 그도 술을 마시고 실수를 한 게 틀림없었다. 진주는 핸드폰을 꺼내 그에게 톡을 보냈다.

[김재훈, 너 어제 혹시 술 마셨어?]

분명 그도, 저도 술을 마셨으니…… 이건 실수로 넘어가면 될 일이었다.

[문이나 열어. 너희 집 앞이야.]

응? 집 앞이라고? 그녀는 맨발로 뛰어나가 문을 열었다. 거기엔 올 블랙으로 도배된 김재훈이 서 있었다. 검은색 모자, 검은색 선글라스, 그의 작은 얼굴을 다 덮고도 남을 마스크, 검은색 티, 검은색 바지, 검은색 단화까지. 딱 하나 다른 색이 있다면…… 굵고 긴 손에 붉은 피가 묻어 있단 거였다.

"너 손……."

"오다 다쳤어."

"조심 좀 하지. 근데, 내가 아직 술이 덜 깨서 온전히 토킹 어바웃을 하기 힘들거든?"

"나도 술 마셨어."

일단 상황을 피하고 보려는 그녀 앞에 재훈이 솔직하게 말을 던졌다. 그도 술을 마셨다고.

"역시 그렇지? 너도, 나도 많이 취했던 거야. 우리가 어떻게 하체 동지가 돼. 그치? 그렇지?"

"……."

"우리, 우리 팀 해체하지 않는 거지?"

진주는 침을 꼴깍 삼킨 후 떨리는 눈으로 그를 올려다봤다. 저보다 한참이나 큰 고개를 끄덕였다.

"너만 취했어."

"응, 뭐라고?"

"난 앞뒤 분간 못 할 정도는 아니었다고. 나, 홍진주인 거 알고 안았어."

"……."

진짜 그럼 날 하체 동지, 진짜 원나잇 파트너로 생각한 거니. 그런 거니? 그럴 리가 없어. 김재훈이 마음만 먹으면 몸이 엿가락처럼 늘어져 그에게 딱 붙을 여자가 한둘이 아닐 텐데, 이건 말이 안 된다.

진주는 할 말을 잃었다. 물고 빤 지 24시간도 지나지 않아 김재훈을 다시 마주한 것도 정신을 어지럽게 하기에 충분한데, 그는 제정신에 자신이 누군지 알고 안았단다.

"그럼 날 말렸어야지."

취해서 앞뒤 분간 못 하는 날 막았어야지! 너라도 정신이 있었다면 그랬어야지.

"그게 되지 않았어."

"왜?"

그녀가 고개를 갸웃거렸다. 그래, 따지고 보면 재훈의 탓은 아니었다. 이건 두 사람, 자신과 김재훈 둘이 잘못을 저지른 거였다.

"아- 미안. 김재훈도 남자다 이거지."

일부러 장난치듯 팔꿈치로 그를 밀어 보았지만 꿈쩍도 하지 않았다. 얇디얇은 여자의 팔로 돌덩이처럼 단단하고 큰 김재훈을 밀어내는 건 불가능하다.

"재훈아, 그럼. 나한테 일주일만 시간을 줘."

"일주일이면 돼?"

"응. 생각 좀 정리하고. 그 생각이란 게 우리 관계, 휴-."

그녀는 한숨을 쉬었다. 우리 밥 먹으러 가자, 우리 뭐 하자- 할 때의 그 우리인데, 오늘은 왜 거슬리는지 모르겠다. 숙취로 지끈거리는 머리를 부여잡고 진주는 부엌으로 갔다.

"일단 나 좀 자자. 자고 나서, 재훈아 내가 일주일 뒤에 연락할게."

"응."

"너도 생각할 시간 필요하잖아."

"나는, 안 필요해."

그가 마스크를 벗은 후 그녀를 보았다. 시원시원한 눈매, 남자다운 짙은 눈썹, 오뚝 솟은 콧날이 오롯이 그녀의 눈에 들어왔다. 모델 출신답게 우월한 기럭지로 저를 내려다보고 있었다.

"기다릴게."

진주는 차마 더 묻지 못했다. 네가 어떤 생각을 갖고 있는지. 친구로서 우리는 이제 끝인 건지, 그럼 저가 소중히 생각하는 하연과 태주, 재훈도 다 같이 만날 수 없는 건지. 우리의 관계를 저만 소중하게 생각했던 건지. 먼저 선을 넘은 건 그녀였지만, 그가 무슨 생각을 하는지 알지 못해 제대로 물어보기 겁났다. 남녀 사이에 친구가 어디 있냐고, 14년간의 시간을 버릴 정도로 우정이 가벼웠던 건지. 그녀는 그를 배웅한 후 제 방으로 돌아왔다.

\* \* \*

수요일 점심시간, 진주는 대학 병원 원무팀이 시끌시끌하자 하던 일을 멈추고 직원들 틈으로 갔다.

"무슨 일 있어요?"

진주는 대리로 승진한 지 얼마 되지 않았다. 그러나 그녀가 해야 할 일은 과장급과 다름없었다. 원무팀, 데스크에 무슨 일이 터지면 모두 진주에게로 와서 자문을 구했다. 부장님에게 물어볼 수 없고, 낙하산인 과장은 업무 이해도가 없어서 도움이 되지 않았다.

그녀는 오전에 과히 부담이 될 액수가 적힌 영수증을 환자의 아버지에게 전했다. 그 옆에 서 있던 환자의 어머니 안색이 파리하게 질려가는 걸 보며 마음이 쓰였다. 보험사에 최대한의 금액을 청구하라고 말씀드리고 싶었지만 형편이 되지 않아 그 환자는 보험사도 없었다. 종종 이런 환자를 보면 어떻게든 방법을 찾아주고 싶은데, 잘되지 않으면 하루 종일 마음이 쓰이곤 했다. 내내 그 환자가 지원받을 수 있는 방법을 알아보느라 전화기를 손에서 떼지 못했다. 그래서 이제야 술렁이는 원무과를 알게 된 것이다.

"대리님. 대박~ 김재훈!! 입원했대요."

"네에?"

주말에 저와 몸을 겹치고 율동을 했던 그 김재훈? 아직 일주일이 지나지 않은 시점이라 그녀는 생각을 정리할 새도 없었다. 출근해서 그날 할 일을 처리하는 것밖에.

"듣기로 얼굴에 상처를 입었다고 하더라고요. 우리 오빠 얼굴 어떡해."

몇몇 직원이 그를 오빠라고 칭하며 발을 동동 굴렀다.

"그나저나 얼굴로 먹고사는 직업인데. 도대체 어떤 놈인지."

"요새 세상이 무섭잖아요."

"누군지 나왔어요?"

"아직 모르겠어요. 소속사에서 기사를 다 막은 눈치더라고요. 뜨는 게 없어요. 전~혀. 감히, 누구 얼굴에."

그들은 진주에게 '김재훈'으로 검색한 기사들을 쭉 보여주었다. 거기엔 어디에도 그가 입원했다는 내용은 없었다. 그중 막내 주리는 유독 씩씩거렸다. 그녀는 재훈의 팬클럽 임원이었다. 다쳤다니까 가 보긴 해야 하는데 남들의 눈이 많은 곳이라 선뜻 움직이기가 어려웠다.

"다들 일들 합시다. 김재훈 VIP 병동이라 우리 얼굴 구경도 못합니다. 딴 세상 사람이니 신경 쓰지 말고, 각자 맡은 일이나 하세요."

이지안 부장의 말에 삼삼오오 모여 있던 직원들이 다 자리로 돌아왔다. 그녀는 모니터를 보는 내내 한편으론 재훈이 걱정됐다. 얼굴을 다쳤다면, 상처가 남는 건가? 많이 다친 걸까. 왜 다쳤을까. 여간 신경 쓰이는 게 아니었다.

퇴근 후 진주는 하연을 만나기 위해 지하철을 탔다. 사당역에서 내린 그녀는 하연과 약속한 카페 안으로 들어갔다. 주문까지 마친 후, 뜨거운 커피 두 잔을 들고 하연을 기다렸다. 저 멀리서 자신을 발견한 하연이 자리로 다가왔다.

"태주는?"

"못 온대."

"그래?"

괜히 뜨끔한 그녀가 침을 꼴깍 삼켰다. 재훈이 설마 태주에게 상담한 건 아니겠지? 괜히 태주 얼굴 보기도 민망했다.

"재훈이 많이 다쳤어? 너희 병원 입원했다며. 태주가 재훈이 얼굴 다쳐서 어떡하냐고 걱정하던데. 고등학생 때부터 이 일을 천직으로 삼았잖아. 이거 아니면 다른 길 생각도 못 해본 애라 나도 좀 걱정이긴 해."

"……많이 다쳤대? 왜 다쳤대?"

"너 병실 안 가 봤어?"

커피를 마시기도 전에 그들의 화두는 재훈으로 고정되었다. 그것도 그럴 것이 하연도 재훈과 친구였고 그들은 서로를 걱정해주는 친한 사이였다.

"오늘 엄청 바빴나 보네. 그래도 진주 네가 안 가다니 의외야."

"뭐, 뭐, 뭐가 의외야?"

"왜 말을 더듬고 그래. 두 사람이 나보다 더 친하잖아. 왜 너네 고등학교 때 사귀냐는 질문도 많이 받았잖아. 재훈이가 스타가 되지 않았다면 너희 아직도 그런 질문 받았을걸."

"그랬나?"

"기억 못 하는 척하긴. 사귀냐고 물어보고, 아니라고 답하면 소개해달라고. 이 레퍼토리 기억 안 나?"

맞다, 그랬다. 모르는 학생들이 저에게 김재훈과 사귀냐 물어보고, 아니라고 답하면 자기도 친해지고 싶다고 너희 같이 다닐 때 불러주면 안 되냐고 물어보기도 했었다. 종종 태주와 친한지 물어보기도 했었다. 도대체 홍진주와 지하연은 무슨 복이 있어서 그들과 방학 때 아이스크림 가게를 가고, 누구나 가는 그 김밥천사 음식점에 함께 있는지 모두의 미스터리라고 했었다.

"어. 우리 엄청 억울해했잖아. 하연이 넌 나 예쁘다고 하고, 나도 너 진짜 빠지는 곳 없다고. 박태주랑 김재훈이 우리랑 놀아주는 게 아니라 우리가 걔네랑 어울려주는 거라고. 둘이서 맨날 그 소리 했잖아."

그것도 재훈이 갑자기 뜨면서 와해되긴 했다. 만나는 것 자체가 어려워졌으니까. 대륙의 남자, 한류의 바람이 되고부터는 더더욱.

그런 김재훈과 주말에 내가 뭘 했더라.

"잤어?"

"……앗! 뜨거."

아직 식지 않은 커피가 진주의 손안에서 흔들렸다. 컵 위로 넘쳐 흐른 커피가 그녀의 살갗에 닿았다.

"잘 잤냐고, 주말에. 너 다크서클이 여기 와 있어."

하연은 손으로 턱을 가리키며 진주를 걱정했다. 본인도 디자인 하느라 밤을 새워서 혈색이 좋지 못하면서 말이다.

"어? 태주다. 잠시만. 여보세요."

하연은 핸드폰을 테이블에 내려놓고 스피커폰으로 돌렸다.

-진주 만났어?

"응. 같이 있어."

-왜 이렇게 시끄러워?

"여기 사당역이야."

더 이상의 설명은 필요 없었다.

사당역, 퇴근 시간. 시끄러울 수밖에 없는 곳이었다.

-오늘 진주 너희 집에서 자라고 해.

"우리 집? 왜?"

-유인호 그 자식 때문에 재훈이가 다쳤어. 진주 걱정돼서 집 앞에서 어슬렁거리다가 또 만났나 봐. 뭐라고 좀 하니까 옆에 있 는 걸로 애 얼굴 긁어버렸대. 진주도 위험하니까, 일단 너희 집 에 있어.

"뭐어? 그 새끼 가만두면 안 되겠네."

황당한 얼굴로 하연이 큰 소리를 내며 손을 걷어붙였다. 카페에 있던 손님들의 눈이 그들에게로 쏠렸다.

　-그 새끼도 재훈이가 톱스타니까 신고 못 할 거 알고 그런 거 같더라. 괜히 말 나오는 거 싫어서 재훈이도 묻을 생각인 거 같아. 나 끊어야겠다. 이따 전화할게.

　하연은 전화를 끊고 진주를 봤다.

　"너 주말에 술 먹자고 한 게 유인호 때문이었어?"

　"응. 나 헤어졌어."

　"왜?"

　"결혼할 여자가 있대. 거긴 비즈니스고, 나를 사랑한대. 근데 지가 재벌집 아들이라고 해도 요즘 세상에 그게 먹혀? 콧방귀 뀌었지. 그 이야기 듣는 순간 당연히 헤어짐이 수순이라고 생각했고 나도 모르게 좀 표정도, 말투도 싸늘해진 거 같아. 그랬더니 사람이 돌변하더라고. 먼저 양다리 걸친 게 유인호인데. 오히려 날 협박하잖아. 집에 찾아오고 그러더라."

　"아, 유인원 침팬지 같은 새끼. 양다리? 양다리이?"

　진주는 정말 저를 해칠 듯이 보던 유인호의 그 눈빛이 떠올라 몸이 부르르 떨렸다. 근데 유인호가 재훈이를 해쳤다고? 왜? 그녀는 이로 입술을 물고 눈에 힘을 풀고 멍한 표정으로 생각에 잠겼다.

　"그래서 재훈이가 너네 집으로 갔구나. 너 걱정돼서."

　"우리 집으로 왔다고?"

　"너희 집 주변에서 다쳤다는데?"

　제집으로 찾아왔던 그날, 그의 손에 피가 묻어 있었다. 유인호가 제게 압박을 가할 때 누군가 그의 머리로 페트병을 던졌었다. 설마, 그게 김재훈 너였니.

"......."

김재훈은 개인 차를 타고 그녀를 따라왔던 거다. 쉽게 나설 수 없었던 건 그가 연예인이기 때문이었을 거다. 미안함에 그녀는 고개를 들 수가 없었다. 재훈의 얼굴에 상처가 나면, 그게 성형외과적 수술로도 안 되면 어떡하지. 이 모든 일의 원흉은 유인호지만, 술을 마시고 그와 잔 것은 자신이었다. 우정을 잃기 싫어 시간을 달라고 하며 도망친 것도 저였다.

[재훈이 괜찮아. 걱정하지 말라고 전해달래.]

하연은 태주에게서 온 문자를 진주에게 보여주었다.

[내일 퇴원해.]

연이어 연락이 왔다. 그제야 진주는 한숨을 쉬었다. 크게 다친 건 아니라서 정말 다행이었다. 그래도 퇴원하기 전에 한 번은 가야 하는데…….

'나는 홍진주인 거 알고 안았어.'

그가 했던 말이 머릿속을 스쳤다. 그게 무슨 의미일까. 그가 저를 좋아했다는 건 말이 되지 않는다. 그랬다면 그 오랜 시간 동안 제게 언질조차 주지 않았을 리가 없다. 그럼 그날, 그날만 저가 예뻐 보인 걸까. 그 가정도 말이 되지 않는다. 김재훈의 주변은 그냥 꽃밭이 아니라, 세계에서 가장 화려한 꽃들이 모여 있는 꽃밭이었다. 싱싱하고, 탐스럽고, 아름다운 꽃들로 가득한.

"유인호 그 미친 새끼! 너무 위험해. 홍진주, 당분간 우리 집에서 자."

"그래도 될까?"

"좁긴 하지만 안 될 게 뭐 있어. 태주가 너 호텔 잡아준다고 하는데, 그냥 내가 됐다고 할게. 우리 집 놔두고 무슨 호텔이야.”

하연은 말을 하며 태주에게 바로 문자를 보냈다. 진주는 그날 밤, 하연의 원룸에서 함께 누워서 잠이 들었다. 유인호는 무섭도록 잠잠했다.

* * *

“형. 미안.”

“……”

“잘못했어.”

“……”

재훈은 덕재에게 사과를 건넸다. 연예인으로서 처신을 잘못했다. 다른 곳도 아니고 얼굴을 다치다니. 다행인 건 스쳐 지나간 거라 상처가 깊지 않다는 거였다. 그는 덕재가 기사를 덮기 위해 조 대표와 함께 얼마나 뼈 빠지게 고생한지 잘 알았다.

“형. 혀엉.”

평소 무뚝뚝하기 그지없던 재훈이 ‘혀엉-’이라고 말꼬리를 늘리자 덕재가 그제야 그를 봤다.

“김재훈. 크게 다치면 어쩔 뻔했어! 내가 너 사생활 믿으니까 안 물어봤던 건데, 그런데 뭐? 홍진주 옛 애인이랑 싸운 거라고?”

“진주가 위험했어.”

“……또 진주 씨야? 너 입원해 있는 동안 찾아오지도 않던데. 진주 씨는 네가 대신 다친 거 알아?”

덕재는 불쾌한 티를 팍팍 냈다. 연예계에서 스캔들 없이 깔끔하기로 소문난 김재훈을 아슬아슬하게 하는 유일한 사람, 홍진주. 그들은 친구라는 명목으로 있긴 하지만 덕재는 남자와 여자가 친구가 될 수 없다는 쪽이었다. 남녀 중 누군가가 여지를 주거나, 아니면 상대에게 마음이 있기 때문에 관계가 유지되는 거다. 둘 다 아직 마음을 깨닫지 못했거나, 아니면 한 명이 알고 일부러 숨기며 관계를 유지해 나가거나. 그는 게이냐는 소문이 도는 김재훈이 일부러 숨기는 쪽이 아닐까 의심만 할 뿐이었다.

"당분간 형이 하라는 스케줄 다 할게."

"네가 그렇게 말하면, 내가…… 사랑한다. 내 대배우."

"스킨십은 삼가줘."

재훈은 몸을 피했다. 화를 내다가도 바로 기분이 풀려 저를 안으려는 덕재를 보며 그제야 그도 피식 웃었다. 병원에서부터 퇴원해서 집에 와서까지 얼마나 살얼음판을 걷는 것 같았는지 모른다.

"그럼 나 CF 다 받는다?"

"응. 내 이미지에 타격 있을 광고는 알아서 빼줘."

말 안 해도 잘하겠지만. 고급화 이미지 전략을 세워 그를 더 신격화한 것은 덕재의 힘이 컸다. 돈보다도 이미지를 따라가는 마케팅 전략을 세웠기 때문에 TV 여러 프로그램에서도 그가 나오는 장면은 희귀하고, 나왔다 하면 시청률 1위를 찍고 갔다. 재훈은 연기자이기 때문에 연기에 포커스를 맞추었고, 덕재가 그걸 배려해줘서 오히려 좋았다. 그 내면에 저를 고급화시키려는 전략이 숨어 있는 줄은 몰랐지만.

"그럼, 겨울에 CF 싹 다 몰아서 갖다 줄 거야. 드라마 촬영 끝난 지 얼마 안 됐으니까 잠도 좀 자고. 컨디션 회복해."

"응. 고마워."

그는 죽 챙겨 먹고 PT만 제대로 받으며 당분간 쉬라는 말을 한 뒤에 자리를 비켜줬다. 덕재가 나간 후 그는 텅 빈 제집을 바라봤다. 저번 주 주말, 이곳을 가득 메웠던 향기와 열기가 꿈같았다. 그녀의 입술을 가르고 맛보았던 그 순간.

눈을 감으니 홍진주의 발그레한 뺨이 떠올랐다. 언제 연락이 오나. 기다리는 시간이 너무 길다, 길어. 그런 생각을 하고 있는데 그의 핸드폰 벨소리가 울렸다. 개인 폰 번호를 알고 있는 사람이 몇 없는데……. 방금 나간 덕재 형이 전화하진 않았을 테고.

그는 긴 다리로 성큼성큼 걸어 거실로 갔다. 전화를 건 이는 그의 머릿속을 헤집고 있는 진주였다. 그녀만큼이나 우정으로 엮인 14년간의 관계를 소중히 했던 재훈은 이제는 노선을 확실히 하자고 다짐했다. 지금이 아니면 더 이상 기회가 없을 테니.

\* \* \*

진주는 재훈에게 전화를 걸었다. 미안해서 일을 하는 와중에도 계속 신경이 쓰였다. 이틀은 하연이네서 자고, 금요일은 집으로 왔다. 다행히 유인호는 더 이상 그녀에게 연락하지 않았다. 언제 어디서 나타날지 몰라 불안하긴 했지만.

-여보세요.

"……자?"

-자면 전화 받았겠냐.

"그렇지, 그렇네."

그 일이 있고부터 쓸데없는 말이 늘었다. 전처럼 서슴없이 대하지 못하겠다. 저는 철면피가 아니니까.

진주는 입술을 오물거리다가 드디어 입을 열었다. 그에게 그간의 고민들을 털어놓고 관계를 정리도 해야 하고, 저 때문에 다친 것에 대해 사과도 해야 했다. 이렇게 자신이 그에게 전화를 했을 때 받는 걸 보면 아직도 친구이긴 한 모양이다.

"저기, 우리 잠깐 만날 수 있을까?"

―……우리 집으로 와.

"집으로?"

너희 집? 그녀는 께름칙한 마음에 느릿하게 한 자 한 자 꾹꾹 눌러가며 반문했다. 그의 집이라 하면 그와 그녀가 동침을 했던 그곳이었다.

'진주야, 너 너무 예뻐. 하…… 맛있어.'

갑자기 떠오른 그의 목소리에 그녀는 화르륵 목이 달아올랐다. 정녕 미친 게 틀림없다. 이 순간에도 그게 떠오르다니. 단 한 번의 행위여서 그런지 시간이 지날수록 하나둘씩 조각조각 생각이 났다. 그것도 그가 했던 대사 위주로만.

"재훈이 너희 집으로?"

―응.

친구들과 함께 맥주 파티도 하고, 영화도 곧잘 보던 그의 집인데……. 진주가 머뭇거리자 상대가 먼저 입을 열었다.

―왜? 저번처럼 나랑 자게 될까 봐 겁나?

"아니! 야-!"

진주는 꽥 소리를 질렀다. 그녀가 걱정하는 부분을 정곡으로 찌르는 그 때문에 발끈했다.

-그런 거 아니라면 우리 집으로 와. 알다시피 내가 공인이라 만날 수 있는 장소가 집뿐이거든. 아니면 호텔도 좋고. 예약해?

"아니! 거긴 아니야."

집도 수상한데, 호텔은 더……. 아니, 이런 생각을 하는 저가 더…….

"재훈아 그냥 너 다 나으면 보자. 다음 주에 다시 연락할게. 미안해."

그녀는 아직 재훈과 마주하기엔 심장이 너무 자그마했다. 하연과 태주처럼, 재훈과의 관계도 친구가 적당했다. 제발, 더 선을 넘지 마라.

* * *

재훈은 토요일 저녁, 태주에게서 연락을 받았다. 저를 제외한 세 사람이 태주의 아는 형 가게에서 술을 마시고 있다고 했다. 공인인 저 때문에 약속 장소는 항상 그의 집이거나 호텔, 또는 회원제 술집이었다. 그게 미안하긴 했지만 막상 저를 두고 만나니 조금 괘씸했다.

홍진주. 동침을 하고 도망가고, 연락을 피하고. 연락을 피하는 그녀에게 무턱대고 찾아갈 수 있는 입장이 아니었다. 그는 항상 사람들의 눈을 조심해야 하는 직업이니까.

그러나 다른 걸 다 제외하고 진주가 위험하단 생각을 하면, 유인호를 떠올리면 얼른 그 집에서 나오게 해야 한단 생각뿐이었다.

역시 사진으로 보고, 통화할 때 들어도 이상한 놈이라고 생각하긴 했지만 촉이 이렇게 잘 맞을 줄이야.

그는 차 키를 꺼내 들고 개인 차량을 몰고 태주의 아는 형 술집으로 갔다. 가던 길에 택시 정류장에 앉아 있는 진주를 발견하고 그는 중무장한 채로 차에서 내렸다. 그녀는 태주에게서 저가 온다는 말을 듣고 도망가려던 중이었을 것이다.

"왔어?"

당황, 어색, 어쩔 줄 모르는 표정을 짓고 있는 진주가 그를 보며 눈을 깜빡였다. 누군가가 그를 알아보기 전에 그는 냉큼 그녀의 손목을 잡아채서 차에 태웠다. 순식간에 일어난 일이었다. 흡사 누가 보면 납치하는 것처럼 보였을지도 모른다.

그는 집으로 차를 몰았다. 이제는 홍진주와 대화다운 대화를 해야 했다. 우리의 밤이 의도된 건 아니었지만, 나는 취하지 않았고 온전히 너를 위해서 행했던 밤이었다고. ……네가 걱정되고, 자꾸 생각나고, 이젠 감정을 숨길 여력이 얼마 남지 않았다고. 네 곁을 맴도는 짓 따위는 그만두고 싶다고. 자고 일어났더니 벌어진 일이 아니라 아주 오래전부터 서서히 진행된 일이었다고. 그는 전하지 못한 말들을 머릿속으로 정리하며 액셀을 밟아 속도를 올렸다.

## 2. 선을 넘다

　무슨 말을 꺼내야 하지? 아니, 김재훈은 나한테 무슨 말을 할까? 이 사실을 우리 팀이 알게 되면 어색해지다가 결국 해체될 게 뻔한데. 전처럼 넷이서 재훈이네 모여서 같이 게임을 하고, 영화를 보고, 배달 음식을 먹는 건 상상도 못 할 것이다. 술집에서 만나 서로 고민을 들어주던 것도, 밥을 먹는 것도, 추억을 안줏거리 삼아 맥주를 마시는 것도 어려울 거다.

　넷 중 두 사람인 자신과 김재훈이 어색해지면 결국 모두가 어색해지는 것과 같았다. 진주는 고개를 절레절레 흔들다가 손바닥으로 제 뺨을 때렸다. 제 본능은 생각보다 빠른 모양이었다. 이렇게 뺨을 때리면 아플 걸 알았는지 손이 알아서 세기를 조절했다. 누가 보면 '아이, 예쁘다' 볼을 쓰다듬는 수준이었다.

"내려."

"버, 벌써 다, 다 왔어?"

이 목소리는 왜 떨리고 난리야? 김재훈이 오해하면 어쩌지. 그녀는 그의 뒤를 따라 걸었다. 그녀보다 한참이나 큰 키인 그가 앞으로 걷자 그녀는 그의 등을 보며 걸었다. 스토커와 기자들의 먹잇감인 재훈은 집만 세 채였다. 한 채는 방송용, 나머지 두 채는 매번 동네가 바뀌었다.

오늘 온 곳은 복층형의 구조로 된 빌리지였다. 1층은 전면 통유리지만 밖에서 안을 볼 수 없었다. 샹들리에와 화이트 소파, 벽에는 그가 모으는 그림들이 전시되어 있었다. 통유리 밖으로는 호수와 정원이 보였다. 날이 어둡다 보니 산속에 갇힌 느낌이었다. 실제로 이곳은 들어오는 것도, 나가는 것도 신원 확인을 해야 할 정도로 보안이 엄했다. 1층에서 나선형의 계단을 올라가면 그의 침실이 있을 것이다.

"아앗!"

화이트 소파와 테이블이 있는 곳은 3칸의 계단을 올라가야만 한다. 그의 등만 보며 걷던 진주는 계단에 걸려 앞으로 툭 넘어졌다. 여름이 끝나지 않은 계절. 반바지를 입고 있던 그녀는 온 인상을 찡그리며 무릎을 잡았다. 악 소리도 나오지 않아 얼굴로 아픔을 표현했다.

"칠칠치 못하게, 정말."

그는 계단을 내려와 어디론가 가더니 구급상자를 가져왔다. 무릎을 대고 앉은 그가 그녀의 다리 하나를 잡아들었다.

'네 다리를 감아.'

'······.'

'어서.'

흐릿한 영상 속에서 김재훈이 했던 말이 스쳐 지나갔다. 다리를 손으로 잡아 쓰다듬으며 제 허리에 다리를 감으라고 종용하던 그 목소리. 아프면 자신을 깨물고 때려도 좋다고 했다. 제 허벅지 살을 움켜쥐고 움직이던 그 감각이 떠올라 진주는 끅 딸꾹질을 했다. 끅! ······끅!

그는 그녀의 무릎에 소독약을 발랐다. 그 따가움에 몸을 부르르 떨며 진주는 그에게서 다리를 슬며시 뺐다.

"밴드 안 붙여?"

"내가, 내가 할게."

진주는 그의 손에서 밴드를 뺏어서 제 무릎에 붙였다. 세 번째 계단에 앉은 그녀는 아래쪽으로 다리를 쭉 뻗었다. 계단 아래에 무릎을 대고 앉은 그는 상체를 낮춰 그녀와 시선을 맞췄다. 그가 폭탄을 터뜨리기 전에 먼저 한 방을 날려야겠다는 생각이 들었다.

"그날 일 잊자! 김재훈! 내가 잘못했어. 네가 아무리 조각상 같고 멋있어도 내가 그러면 안 됐는데. 재훈아, 네가 생각을 해 봐. 쭉쭉빵빵 미녀가 눈앞에서 날 잡아먹어 주세요 하면, 가만히 있을 수 있어? 나도 그런 거야. 내 눈앞에서 초절정 미남에 몸까지 좋은 놈이 있어서 호기심이 발동한 거지. ······근데 나 술 먹고 아무 남자한테 안기는 여자 아니야."

내가 도대체 뭐라고 횡설수설하고 있는 거야? 진주는 자신의 입을 때리고 싶었다. 주책도 이런 주책이 없었다. 가만히 있으면 반이라도 가지.

"나도 아무 여자나 안는 남자 아니야. 그리고 나는 너인 거 알고 안았다고 했어."

"그래, 네가 스캔들 한 번 없는 톱스타여서…… 함부로 여자 못 만나니까 오랫동안 참았던 욕정이 그날 터진 거야. 그래, 그런 거야."

"홍진주, 지금 요점을 자꾸 벗어나잖아."

"……"

재훈이 미간을 좁힌 채로 거칠게 머리를 쓸어 넘겼다. 그는 똑똑히 들으라는 말투로 말을 해 왔다. 그리고 단호한 표정을 지으며 그녀에게서 눈을 떼지 않았다.

"나는 진주, 너라서 안은 거야."

나를 알고, 나라서, 그래서 안은 거라고? 도대체 왜? 너 나 사랑하냐? 아님 그날 몸에 쌓인 사리가 참지 못할 수준이 되었던 거냐!

"좋아해. 홍진주."

"……"

"그러니까 이 상황 피하지 마."

지, 지금 내가 무슨 소리를 들은 거야? 진주는 주먹을 쥔 채로 귓가로 가져갔다. 주먹 쥔 손으로 귀가 빨개질 정도로 위아래로 긁어내렸다. 내가 제대로 들은 게 맞는 건지, 청각에 문제가 있는 건 아닌지 의심스러웠다.

나를 좋아한다고? 김재훈 네가 나를? 믿을 수가 없는 상황에 진주는 할 말을 잃었다. 세상 오래 살고 볼 일이네. 황당해서 헛웃음이 나왔다. 둘이 같이 잔 것보다 더 놀랄 일은 없을 거라 생각했는데…… . 이건 정말 어떻게 반응해야 할지.

"재훈아. 김재훈. 우리가 말이야. 친구로 지낸 지 자그마치."

"14년."

"그래! 그거야! 우리가 14년이나 친구, 불알친구로 지낸 거라고. 불알을 맞대는 친구가 아니라 불알친구. 응?"

"……너 지금 네가 뭔 소리 하는지 알고 하냐?"

"아니."

불알을 맞대는 건 또 뭐야. 그녀는 어색하고 회피하고 싶은 순간에 유독 말이 많아지는 스타일이었다. 수습도 못 할 거면서 헛소리를 늘어놓는 게 주특기였다.

"태주랑 하연이랑 너, 나한테 너무 소중한 친구야. 내가 살면서 가장 잘한 일이라고 생각하는 것 중 하나가 너희와 지금까지 잘 지내고 있다는 거야. 네 마음, 일시적인 거야. 재훈아, 우리가 비록 술을 먹고 몸이 잠시 홍콩을 다녀왔다지만 갑자기 이러면 안 되지."

"…… ."

"너랑 전처럼 지내고 싶어."

친구로, 우리 팀들하고 같이 만나고 싶어. 비록 실수는 했지만 여전히 넌 내게 김재훈이니까. 한 번의 실수로 우리가 등을 돌릴 사이는 아니잖아, 재훈아, 너도 내 마음과 같을 거야. 진주는 침을 꼴깍 삼키며 그의 뒷말을 기다렸다.

그는 갑갑한지 후드 집업 지퍼를 잡아 내렸다. 그러곤 벗어 바닥에 아무렇게나 던졌다.

"나도 오랜 고민 끝에 얘기한 거야. 없던 일로 못 해."

"난 재훈아, 네 마음 못 믿겠어."

네가 날 정말 좋아했다면 14년 동안 내가 눈치를 못 챌 리가 없잖아? 그리고 네가 내게 고백하지 못할 이유도 없잖아. 어쩌면 그날 밤, 김재훈은 저와 했던 행위가 아주 만족스러웠는지도 모르겠다. 육체적 관계는 잘 모르지만 속궁합이 잘 맞았던 걸지도 모르겠다. 그래서 이러는 걸까.

\* \* \*

"홍진주!"

"……쓰읍."

진주는 손등으로 침을 닦으며 잠에서 깼다. 깨자마자 운전석에 보이는 얼굴에 화들짝 놀라 숨을 들이켰다. 다행히 꿈이었다.

좌우 시력 차이가 심한 그녀는 차에 타면 멀미가 심했다. 그 멀미를 피하려고 어렸을 때부터 부모님께선 차만 타면 그녀를 재웠다. 그게 버릇이 되다 보니 아무리 긴장하더라도 차만 타면 잠이 들었다. 지금도 삼십 분이 넘게 시내를 달리자 어느새 잠이 들었나 보다.

그가 제게 할 말이 뭔지 고민하다가 잠들었는데, 꿈을 꾼 모양이었다. 저 결함 하나 없이 잘생긴 얼굴로 제가 좋다고 고백하는 모습이라니. 역시 꿈이다. 한시름 놓은 그녀가 후 숨을 뱉었다.

"뭘 그렇게 긴장해? 다 왔어, 내려."

그는 그녀에게 다가와 안전벨트를 손으로 짚었다. 코앞까지 다가온 그의 향기에 진주는 숨을 멈추고 시트에 더 등을 붙였다. 숨을 참자 가슴이 앞으로 쏠렸다. 괜히 그의 앞쪽으로 가슴을 내민 것 같아 민망해하는 사이, 딸깍- 안전벨트가 해제되었다.

"문도 열어줘?"

"아, 아니!"

진주는 차 문을 열고 내렸다. 재훈도 그녀와 동시에 차에서 내린 후 시동을 껐다.

"……!"

이곳은 꿈에서 봤던 재훈의 세컨 집이었다.

그녀가 차마 들어가지 못하고 문 앞에 서 있자 그가 안 오고 뭐하냐는 듯 뒤를 돌아 눈짓을 주었다.

"잠, 잠깐만!"

진주는 가방 속에서 울리는 핸드폰을 꺼냈다.

[하연잉]

역시 내 친구는 구세주였다. 그녀는 재훈이 손을 뻗기 전에 얼른 전화를 받았다.

"하연아, 나 지금 재훈이 세컨룸이야. 너도 알지? 거기 호수도 있고 거기."

─……야~ 우리 두고 너네만 가냐! 그 좋은 곳을! 김재훈 좀 바꿔 봐! 어!

그녀는 재훈에게 핸드폰을 내밀었다.

"하연이 전화."

"많이 취했냐?"

"조금?"

재훈은 손으로 앞머리를 털며 전화를 받았다.

"어. 그래 내가 미안하다. 어. 그래."

재훈이 통화를 마치더니 진주에게 핸드폰을 넘겼다. 그녀는 귀에 가져다 댔다.

ㅡ김재후우우운! 태주랑 같이 간다! 기다려라!

그러고는 답도 듣지 않고 전화가 끊겼다. 1분도 안 돼서 재훈의 핸드폰이 다시 울렸다. 이번엔 태주일 게 분명했다.

진주는 침을 꼴깍 삼키며 다음을 기다렸다. 설마 박태주 너, 하연이 취해서 집에 데려다주겠다고 그런 소리 하는 거 아니지? 지금 김재훈 집에 우리 둘만 있다. 어? 나 위험하다고!

"스, 스피커폰으로 해."

그녀의 말에 재훈은 어깨를 으쓱하며 통화 버튼을 눌렀다. 그런 후 그가 스피커폰으로 통화 모드를 변경했다.

ㅡ나쁜 유인원 침팬지 창자 같은 놈. 우리 진주를! 감히 양다리 이이이를. 양다리를 찢어야 해. 거시기까지 반으로 다 쪼개야 한다고!

하연의 어마무시한 말이 수화기를 통해 넘어왔다. 아니, 나도 가만히 있는데 하연아, 네가 이렇게 해주니 내가 참 고맙네. 내가 하고 싶은 말이었는데. 만약 재훈과 여기 오지 않았다면 이미 상상 속에서는 그놈의 척추를 여러 번 접었다 폈을 것이다.

ㅡ재훈아, 지금 하연이가 많이 취해서…….

취해서? 취해서 뭐? 데려다주겠다고? 여기 안 온다고?

-집에 데려다주고…… 야! 좀 제대로 걸어!

'집에 데려다준대.'

재훈이 입 모양으로 말했다. 생글거리며.

-얘 데려다주고 너희한테 갈게.

생글거리던 재훈의 미간이 구겨짐과 동시에 그는 통화 종료 버튼을 빠르게 눌렀다. 그러곤 시계를 흘깃 보더니 그녀에게 다가와 손목을 잡았다.

"들어가자."

"……아니, 바깥 공기도 좋은데. 여기서 얘기할까?"

"그럴래? 그러자, 그럼."

안에 들어가면 무슨 일이 일어날 줄 알고! 그녀는 그의 집에 안 들어가겠다고 버텼다.

"이후에 유인호는 연락 없어?"

"차단해서 전화, 톡, 문자 다 안 와. 하연이네서 지내고 있어서 찾아올 수도 없고. 다행히 병원으로 들이닥치지도 않아. 참, 너 얼굴은……."

진주는 그제야 그의 얼굴을 보았다. 제집 앞에서 인호를 만나 몸싸움이 있었고, 비열한 자식이 그의 얼굴을 뾰족한 것으로 긁어놓았다고 했다. 아직 재훈의 이마에 병원용 큰 밴드가 붙어 있었다.

"상처는 괜찮아?"

"아니. 안 괜찮아."

"……미안해."

"네가 왜 미안해? 그 자식이 내 얼굴 긁어놓은 건데."

"걔는 왜 널 이렇게 만들었대?"

흠칫. 재훈은 답을 못 하고 잠시 몸이 굳었다. 그러나 금세 원래의 그로 돌아와 잘 모르겠다는 표정을 지었다.

"나 때문이겠지, 뭐. 미안해."

"됐어, 진주 너도 조심해. 그 새끼 어디로 튈지 몰라."

"……처음부터 네 말 들을걸. 내가 바보였어."

"그걸 이제 알았냐?"

그는 그녀의 머리에 꿀밤을 때렸다. 진주는 눈을 위로 치켜뜨고 그를 째려보았다. 이렇게 그와 평소처럼 대화를 하고 있으니 그때의 일은 까마득히 잊힌 것 같았다. 꿈에서처럼 저를 좋아한다고 말하진 않겠지……. 제발, 그러지 마.

"홍진주."

어색해하는 자신에게 친구처럼 대하던 그가 표정이 변했다. 온몸에 숨기고 있던 발톱을 드러내듯 점점 그녀에게 다가왔다. 지금 당장 화보를 찍어도 될 만큼 그는 모든 것을 갖추고 있었다. 그제야 저보다 한참 큰 신장이 위협적으로 다가왔다. 한참 위를 올려다보며 진주가 눈을 깜빡였다.

"왜?"

"너 나 좋아하지?"

"응. 친구로."

"그럼 너 태주랑도 잘 수 있어?"

"……야!"

그걸 말이라고 하냐. 어떻게 박태주랑 내가 잠을 자. 어? ……어떻게 김재훈하고 잠을 자. 그런데 그런 일이 일어났지. 그녀의 눈빛이 혼란스러움을 담은 채로 흔들렸다.

"진주 네가 나랑 있었던 일을 덮고 싶어 하는 거 알아."

끄덕끄덕. 진주는 고개를 세차게 끄덕였다. 그래, 그게 내가 하고 싶은 말이야.

그가 점점 그녀에게 다가오더니 상체를 숙인 채로 그녀의 볼을 큰 손으로 부드럽게 쥐었다. 김재훈 손이 왜 이렇게 부드럽지? 따듯하고 부드러운 손길에 굳은 그녀가 숨을 참았다가 조금씩 뱉었다. 그녀의 오른 볼을 감싼 그의 손. 엄지 위로 그녀의 콧김이 조금씩 새어 나왔다. 그게 마냥 부끄러워 그녀가 침을 꼴깍 삼켰다.

"뭐, 뭐 하는 거야!"

"진주야, 나 그거 내 처음이었다."

"……그, 그래서?"

"너 나 먹고 뱉는 거 아니지?"

"……."

내, 내가 널 먹고 뱉어? 이게 왜 이 방향으로 가지? 그래. 누가 봐도 내가 널 덮쳤다고 생각할 거야. 네가 날 덮치고 싶어서 환장한 건 말이 안 되니까.

"너, 너, 너 나 알고 안았다며!"

"어. 너라서 내 처음도 줬어."

"……."

"진주 너니까. 그러니까 없던 일로 못 해."

그는 뒤로 물러서더니 그의 차에 기대고 서서 턱을 쓸었다. 말없이 고고하게 선 그가 턱 끝을 당겼다. 느릿하게 턱선을 쓸고 내려오는 손길이 숨이 막힐 정도로 섹시했다. 옷을 다 갖춰 입고 있어도 숨이 막힐 정도였다. 그녀는 그가 톱스타라는 점을 다시 한 번 실감했다.

"그럼 앞으로 어떡하자는 거야?"

"종종, 하자."

"……뭐를?"

"섹스."

"……야!"

"박태주랑 못 하는 거. 2년간 사귄 유인호랑도 못 했던 그거, 나랑 되는지 한번 보자고. 술김에, 홧김에 말고."

술김, 홧김에 말고? 가족 같은, 오랜 친구인 김재훈이랑? 진주는 상상이 가질 않았다.

"나 못 해, 너랑."

"그걸 어떻게 확신해?"

그가 팔짱을 낀 채로 삐딱하게 서서 내려다봤다. 그러더니 피식 웃었다.

"……너 나 벗고 있는 사진 핸드폰으로 찾아보면서 좋아했잖아."

"너 그거 어떻게 알았어? 하연이지?"

"두 사람이 사진 보는 거 직접 목격했으니까 알지."

평소에 같이 만난 친구여도 TV나 잡지에서 볼 땐 다른 사람 같았다. 다른 세계에 사는 사람. 얘가 이렇게 몸이 좋고 섹시했나. 하연이와 보면서 왜 서로 얼굴이 붉어지냐 화끈하다면서 손부채질을 할 정도였다.

"포털 사이트에 오르내리니까 봤지. 명동이고 강남이고 그 사진이 건물 광고로 다 보이니까 뭔지 궁금해서 핸드폰으로 좀 크게 봤다! 누, 누, 누가 봤어도 좋아했을 거야.”

“그러니까 그 좋은 거 맘껏 보게 해준다고.”

“넌 가족 같고 친구 같단 말이야. 상상이 안 가. 못 해.”

“아…… 그래?”

삐뚜름하게 올라간 그의 입매가 도로 내려오더니 순식간에 그녀의 손목을 잡아 그의 앞으로 끌어당겼다. 진주의 허리를 감싼 그가 그녀를 그대로 보닛 위로 눕혔다. 차 보닛은 밤임에도 불구하고 뜨거웠다. 그녀가 어깨를 움츠리자 그가 그대로 얼굴 가까이 다가왔다. 곧 입술이 닿을 것처럼 가까운 거리였다. 진주는 남자와의 스킨십에 면역이 없었다. 코끝이 언뜻 스치자 그녀는 숨이 막혀서 옴짝달싹할 수가 없었다.

“책임져.”

“……뭐, 뭘?”

“그날 이후로 네 생각만 하면 이래.”

그녀는 몸에 닿는 그의 뜨거움에 입술이 말라 갔다. 그가 무슨 말을 하는지 모를 수가 없었다. 온몸으로 그의 존재를 표현하고 있었으니까.

한 번도 안 한 남자는 있어도 한 번만 한 남자는 없다. 이미 한 번 해봤으니 하루에 몇 번씩 하고 싶을 거였다. 그게 남자의 본성일 테니까. 분명 합의된 행위였지만……. 내가 네 본성까지 책임져줘야 할 의무는 없는데.

“아무 여자 붙잡고 하긴 싫어.”

그럼 나는? 나는 되고? 나는 아무 여자 아니야?

“끝내주게 할게.”

"……."

"나 잘하잖아."

"……."

네가 잘하는지 못하는지 기억도 잘 안 난다고. ……사실, 불쾌했던 기억이 없는 걸 보면 잘했던 거 같기도 하고. 아니, 여기서 네가 잘하고 끝내주게 하겠다고 하체 놀이를 즐기는 파트너가 되자는 말을 들으러 온 건 아닌데. 꿈속에선 분명 저를 오랫동안 좋아했다고 고백을 해 왔다. 그러나 현실은 역시나…… 로맨틱과는 거리가 멀었다.

그의 숨결이 얼굴에 닿았다. 진주의 살결이 파르르 떨렸다. 그의 뜨거운 손이 닿자 심장이 불규칙적으로 뛰었다. 그가 엄지로 마른 입술을 쓸었다.

"입 맞추고 싶다."

"……."

"그 이상도 하고 싶어."

속마음을 읊는 내내 그의 표정엔 변화가 없었다.

"내 속마음은 이래. 너는 어때?"

진주가 그의 말에 기함을 하며 입을 딱 벌렸다. 그런 그들을 막은 건 태주에게서 온 전화였다. 재훈은 그녀에게서 상체를 떼며 전화를 받았다.

"어. 태주야. 지금 우리 집 앞이라고? 잠시만……."

그는 빌리지 보안실에 전화를 걸었다. 얼마 지나지 않아 아래에서 위로 올라오는 불빛이 보였다. 그러더니 금세 그들이 서 있는 집 앞으로 차가 왔다. 먼저 내린 태주가 대리기사에게 값을 지불하고 뒷좌석 문을 열어 하연을 부축했다.

"집에 간다더니?"

"……얘가 진주 보러 온다고, 진주한테 데려다달라고 해서. 너희 전생에 부부였냐?"

태주가 하연과 진주를 번갈아 보며 물었다.

"그랬나 보다. 하연아, 여기 기대."

진주는 하연을 부축했다. 저보다 큰 하연을 부축하려니 힘이 달렸다. 혀를 차던 태주가 와서 하연의 한쪽 팔을 어깨에 걸치고 허리를 안았다.

"야. 박태주."

"왜?"

"친구끼리 어딜 만져. 나쁜 손이야, 이거."

진주가 하연의 허리를 잡은 그의 손을 쳐냈다. 이러다가 얘네도 괜히 스파크 튀면 어떡해? 뒤에 있던 재훈이 태주와 대화하며 따라오는데 귀가 자꾸 그쪽으로 쏠렸다.

* * *

"다음 주에 대만하고 태국 팬 미팅 다녀온다고?"

"응. 중국 상해랑 북경도 가고. 드라마가 잘돼서 겸사겸사 팬 미팅 일정이 잡혔어."

하연을 침대에 눕힌 후 세 사람은 1층으로 내려왔다. 냉장고에서 맥주 세 캔을 가져온 재훈이 하나씩 나눠 주었다. 진주는 소파에 앉아 입술이 말랐던 만큼 맥주를 꿀꺽꿀꺽 마셨다.

대만, 태국 방콕, 중국 상해랑 북경. 다음 주 김재훈의 스케줄은 살인적이었다. 팬 미팅 중간에도 그는 차기작을 결정하기 위해 수많은 시나리오를 읽어야 할 거고, 드라마가 끝났으니 인터뷰도 잡혀 있을 것이다. 이렇게 저와 노닥거릴 시간이 없는 사람이었다.

역시, 이상해. 이지적이고 세련된 김재훈. 그의 입에서 나온 저렴한 말들이 정말 그의 뇌를 거치고 나온 것일까.

"아참, 진주 너 혼자 술 먹는다고 한 날! 너 왜 연락 안 됐어?"

"내, 내가?"

"하연이가 너 전화 안 받는다고 걱정 얼마나 했는데."

"아……."

그날, 진주는 힐끗 재훈을 보았다. 그는 역시나 아무 일 없다는 표정이었다. 아까는 장난이었나?

"너 함부로 혼자서 술 먹으러 가지 말고, 하연이나 나랑 같이 마셔. 혼자 그런 데 가면 얼마나 위험한데."

가끔 보면 박태주는 하연과 자신을 학생이라고 생각하는 것 같았다. 아니면 본인이 학부모라고 생각하는 건가……. 전부터 단속이 너무 심했다.

"너 그러다 취해서 누가 집어 가면 어쩌려고."

"……아무도 안 집어 가."

"그럼 다행인데, 세상일 모르는 거야. 김재훈! 너도 잔소리 좀 해라. 얘가 겁이 너무 없어."

"그래서 내가 집어 왔어. 그날."

"……!"

진주의 눈이 왕방울만 하게 커졌다. 너 설마, 아까 나한테 아무렇지 않게 막말을 하고 뱉었던 것처럼 생각 없이 태주한테 우리 얘기 말하는 거 아니지? 설마, 아닐 거야. 재훈아, 우리 생각이란 걸 하고 살았잖아. 그동안 넌 뇌를 거쳐 가며 말을 했잖아.

"그날 너희 집에 있었다고?"

진주는 태주가 안 보는 틈에 발로 재훈의 정강이를 찼다. 그거 아니야, 입이 근질거린다고 아무 말이나 하라고 있는 입이 아니야. 너 그런 사람 아니잖아. 다행히도 재훈은 진주의 간절한 마음을 읽었다.

"노코멘트."

* * *

아침부터 원무과는 전쟁터였다. 진료가 시작되자 물밀듯이 환자와 보호자가 밀려왔고, 어제 마무리 짓지 못한 보호자들은 아침부터 줄을 서서 그들을 기다렸다. 오늘 입퇴원할 환자의 수를 확인하고 각 병동마다 전화를 돌려 입원 예정된 환자를 배정했다. 급성 환자나 VIP 환자는 먼저 병실을 빼줘야 하기 때문에 병실이 나왔다가도 금세 사라지고, 그에 대해 보호자를 이해시켜야 하는 것도 그들의 몫이었다. 입원 대기 환자는 넘치는데 병실은 항상 부족했다. 그 때문에 대기자들의 민원은 매번 쏟아졌고, 진주는 그걸 감당해야만 했다.

병원장 라인을 타고 내려온 낙하산 서태연 과장은 환자와 보호자의 민원을 받는 걸 유독 싫어했다. 점심시간 외에는 자리를 자주 비워서 공석일 때가 많았다.

"입원실 자리가 안 난다고요. 자리 나면 연락드릴게요."

환자를 24시간 케어해야 하는 보호자는 멀티플레이어가 되어야 한다. 환자가 잠을 자거나 쉬는 시간에 내려와 원무과 일을 처리해야 하고, 돈을 구해야 하고, 병에 대해서도 의사만큼 척척 알아야 한다. 어느 병원, 어느 교수가 좋은지 빠삭해야 하고 환자의 우울함과 스트레스를 받아주며 감정 쓰레기통이 되어야 한다. 혹시라도 환자가 조금이라도 나쁜 생각을 하게 되면 안 되기 때문에 힘든 내색도 하지 못한다. 그래서 진주는 아픈 환자보다도 그걸 지켜보는 보호자를 보면 항상 마음이 쓰였다.

"입원실 자리가 안 나? 지금 내 애가 아파 죽겠는데. 뭐, 다시 말해 봐!"

이곳에선 좋은 사람보다는 불만이 가득한 사람을 주로 만난다. 그들은 제 뜻대로 되지 않을 경우 반말을 일삼기도 하고 함부로 인격모독을 하기도 했다. 그것에 이력이 난 서 과장은 손짓을 하며 보호자를 끌어낼 것을 지시했다. 진주는 수습을 하기 위해 박스로 사다 둔 캔 커피를 든 채 보호자를 데리고 원무실 밖으로 나갔다.

* * *

대만 팬 미팅은 오늘로 다섯 번째였다. 드라마가 최고 시청률로 종영한 덕에 그는 팬 미팅 일정이 줄줄이 잡혀 있었다.

재훈은 팬 미팅을 앞두고 대기실에서 숨을 고르며 생수병 뚜껑을 따서 물을 마셨다. 윤정은 재훈에게 다가가 그의 피부톤을 정돈했고, 그 옆에 경민은 그의 슈트에 묻은 먼지를 떼었다.

"오빠는 피부 건들 게 없어요. 여자보다도 더 고와."

"고마워."

"오늘 보니까 저번보다 사람 더 많이 온 거 같아요."

"그래? 더 큰 곳으로 잡을 걸 그랬나?"

"그럼 오빠, 교통 마비돼서 안 돼요."

그의 스타일리스트인 경민과 메이크업 담당인 윤정이 밖의 소식을 전해주었다.

"덕재 형, 오늘 순서는?"

"먹방, 노래 부르고, 인터뷰. 선물 나눠주면 되고."

"응."

덕재가 세세하게 상황을 설명하지 않아도 재훈은 알아들었다. 이번엔 어떤 음식이 나올까. 예전에 중국 팬 미팅에서 취두부가 나와서 난감했던 기억이 있었다. 제 팬들이 좋아하는 음식인데 못 먹는다고 하기도 그렇고……. 결국 먹긴 했지만 말이다.

"스탠바이. 준비해주세요."

덕재의 말에 재훈은 대기실을 나섰다. 무대에 올라가기 직전 옷매무새를 한 번 더 정리했다. 이번 팬 미팅은 한국 케이블 방송에서 생중계가 된다고 하였다.

덕재의 신호에 맞춰 재훈은 계단을 하나씩 올라갔다. 관객석에서는 그의 실루엣이 보이기 시작한 순간부터 환호가 쏟아졌다. 홀 안이 떠나갈 듯이 소리를 지르던 팬 몇몇은 그의 얼굴을 보자마자 감격해서 눈물을 보이기도 하였다.

"김재훈! 김재훈!"

그를 향한 환호성이 끊이질 않았다. 재훈은 무대에 서서 입꼬리를 올리며 웃었다. 한 손을 들고 오랜 친구에게 인사하듯 그는 이리저리 몸의 방향을 돌리며 모두에게 인사했다.

블랙 슈트를 입은 그는 위압적이면서도 신사적인 모습이었다. 작년엔 부드러움이 느껴지는 계통의 정장이었다면 오늘은 섹시하고 감각적인 느낌이 강했다. 딱 떨어지는 핏에 긴 기럭지는 그가 무대 위를 걸을 때마다 시선을 잡았다. 꼭 모델로 파리를 사로잡았던 그때처럼, 그의 팬들은 그의 사진을 찍느라 바빴다.

재훈은 잠시 멈춰서 사진 찍을 수 있도록 포즈를 취해주었다. 바닥을 보며 피식 웃기도 하고, 바지 뒷주머니에 손을 찔러 넣기도 하고, 엄지로 턱을 쓸기도 했다. 그의 몸짓 하나하나가 변할 때마다 이곳은 열광의 도가니였다.

* * *

진주는 점심 식사를 하고 원무팀 직원들과 함께 카페로 갔다. 각자 더치페이로 커피를 주문했다. 주문한 커피가 나오자 네 사람 중 사원인 주리가 먼저 일어났다. 그녀는 쟁반을 들고 테이블로 왔다. 각자 주문한 커피를 가져가자, 주리는 자연스럽게 쟁반을 치웠다.

"와- 섹시해. 후니 미쳤다."

"내가 이거 보려고 무제한 요금제를 쓰나 봐."

카페에는 삼삼오오 사람들이 모여 있었는데, 오늘따라 시끄러웠다. 진주 테이블 옆옆 자리에선 20대 초 학생들이 들러붙어 '섹시'를 논하고 있었다. 그리고 김재훈이 광고 모델로 활약하는 이 카페의 주문대 모니터 화면과 주변에 있는 작은 TV들에선 재훈의 팬 미팅 현장이 생중계되고 있었다.

"제발 한국에서도 해줘요. 팬 미팅!"

"열 일 제쳐 두고 오빠에게 달려가겠어요. 마이 달링, 재후니."

"꺄악! 저 여자 지금 일부러 뽀뽀한 거지? 매니저는 우리 오빠 보호 안 하고 뭐 하는 거야!"

옆자리가 시끄러운지 이지안 부장과 서태연 과장은 커피를 들고 담배 피우러 가겠다며 카페를 나갔다.

"대리님도 혹시 김재훈 팬이세요?"

"나……? 아니?"

"세상에. 김재훈 팬 아닌 사람도 있어요? 남녀노소 다 좋아하던데."

"걔가 왜 좋아?"

"……."

주리는 그녀를 미개인을 보는 듯한 표정으로 쳐다봤다.

"잘생겼지, 키 크지, 돈 많지. 삼박자를 갖췄는데 인성도 좋지. 아주 그냥 잘생긴 정도가 아니라 머리부터 발끝까지 섹시함이 철철 흘러넘치잖아요. 여성 잡지에서 자빠뜨리고 싶은 남자 1위에 뽑힌 건 다 이유가 있다고요. 거기다 비율은 또 얼마나 좋아요. 뭘 입혀도 다 소화하는 후니 오빠는 그냥 신이라고요, 신! 몸신!"

자빠뜨리고 싶은 남자 1위. 그런 수식어도 붙어 있는 줄 몰랐다. 원래도 결혼하고 싶은 배우, 제일 잘생긴 배우, 자기 관리가 철저한 배우 등 여러 면에서 1위를 차지하고 있어서 새삼 놀랍지도 않았다.

"평생 김재훈은 솔로였으면 좋겠어요."

"걔도 연애는 해야 하지 않을까?"

그러자 주리가 검지 하나를 딱 들더니 좌우로 흔들었다.

"만인의 남자죠. 다른 배우는 몰라도 후니 오빠만큼은 절~대 연애하면 안 돼요. 그건 만인에 대한 배신입니다!"

"……주리 씨, 재훈이 나이가 몇인데. 연애도 하고 언젠가 결혼도 해야지."

"안 되죠. 그 잘생긴 얼굴과 탄탄한 몸을 한 여자한테 몰빵하는 건 신도 바라지 않을 거예요."

"만약 평범한 사람 만나면 어떨 거 같아? 오히려 김재훈이 들이대면?"

"……세상이 무너질 일이죠. 상상도 하기 싫네요."

주리는 생각만 해도 부들부들 떨리는지 커피에 있는 얼음을 입에 넣어 오도독 씹었다. 이건 주리만의 반응은 아닐 것이다. 요새 팬들은 자기가 좋아하는 배우의 연애도 응원하고 하던데, 재훈을 좋아하는 팬들은 일제히 오빠는 꼭 평생 만인의 연인이셔야 한다며 재훈을 압박하곤 했다.

대신, 사생처럼 집 밖을 못 나갈 정도로 괴롭히진 않았다. 재훈이 그걸 소름 끼치게 싫어한다는 걸 알고 나서는 그의 진정한 팬이라면 사생은 엄두도 내지 않았다. 그는 연애할 생각도 없고, 꽃밭에 있어도 감흥이 없는 녀석이었다.

'책임져.'

그가 했던 말이 현실성 있게 느껴지지 않아서 진주는 고개를 저으며 상념을 지우려 했다.

"대리님 저 잠시 팬 미팅 시청해도 될까요?"

"네."

진주는 핸드폰 액정을 켜서 시계를 보았다. 아직 시간적 여유가 있었다. 주리는 빠른 손놀림으로 TV에서 김재훈 팬 미팅 실시간 중계 영상을 찾아냈다.

-오늘 하루 저로 인해 행복한 시간이 되셨으면 좋겠습니다. 즐거우셨나요?

그가 든 마이크의 방향이 객석으로 향했다. 보고 있는 영상이 흔들릴 정도로 관객들은 고함을 질렀다. 연예인이라는 걸 자꾸 잊으면 안 되는데. 친구이기 전에, 그는 대중의 사랑을 받는 배우였다.

"오늘은 통역사가 없네요? 우리 후니 오빠 이제 중국어도 하나 봐요. 역시 멋져."

"응? 뭐라고요?"

"와- 슈트 끝장나네요. 어머머, 복근 보여주려나 봐. 하…… 숨 막힌다."

진주는 주리가 제게 말을 거는 줄 알았는데, 영상을 보며 혼잣말을 하는 거였다. 그녀도 대화할 상대가 없으니 화면에 집중하기 시작했다.

화면 속 재훈은 재치 있게 관객들에게 말을 걸었다. 질문 타임이 길어지고 곤란한 질문을 하여도 그는 당황한 기색 없이 차분하게 답변을 했다. 재훈이 통역을 쓰지 않고 본인이 말하는 바람에 방송 VJ의 통역이 한 박자 더 느렸다.

-고등학교 사진이네요. 오래된 사진인데 다시 보니까 반갑네요. 저 사진은 제가 모델로 활동하면서 연기자로 변신할 때쯤인 거 같아요. 저와 가장 친한 친구들이 있어요. 빈 교실에 모여서 다 같이 숙제를 할 때 찍어준 사진이에요.

그 사진을 보니 진주의 입에도 웃음이 나왔다. 우리 네 명이 같이 빈 교실에 남아 공부를 한 적이 있었다. 그때의 사진이었다. 재훈이 모델로 데뷔하면서는 저렇게 같이 모여 있을 시간이 점점 줄긴 했지만 말이다. 그럼에도 재훈은 그녀보다 항상 성적이 위에 있었다.

* * *

그날도 넷이서 언어 영역 시험을 스톱워치를 켜놓고 풀었다.

그런데 진주는 매번 비슷한 문제에서 자꾸 틀렸다. 심지어 시간이 없어서 비문학은 제대로 다 읽지도 못하고 마지막 한 장은 거의 다 찍기 일쑤였다.

'또 틀렸어. 도대체 이 머리는 왜 달고 다니니, 진주야. 어? 네가 홍진주지 빡진주는 아니잖니. 이건 머리지 빡대가리가 아닌데 왜 같은 걸 자꾸 틀리는 거야.'

그녀가 책상에 이마를 쾅쾅 박으며 이 빡대가리 달고 다녀서 뭐 하냐며 자책할 때 재훈이 그녀의 책상 위, 그녀의 이마가 닿을 위치에 손바닥을 대주었다. 그런 그의 옆으로 태주가 고개를 빼꼼히 내밀었다.

'너 그러다 진짜 빡대가리 돼.'

'의자에 궁둥이 붙이고 있는 시간은 내가 더 많은데 왜 점수는 재훈이 네가 다 가져가는 거야?'

'나도 가져갔는데?'

'이 빡태가리 박태주. 넌 좀 빠져!'

그 옆에서 한 개 틀린 문제집을 들이밀며 태주가 진주를 놀렸다. 태주는 1개를 틀렸고, 하연은 5문제를 틀렸다. 힐끗 옆을 보니 김재훈은 아예 채점이 되어 있지 않았다.

'넌 다 틀림?'

'진주야. 김재훈이야. 얘가 다 틀렸겠어?'

하연이 그런 걸 질문이라고 하냐는 표정으로 진주를 보고 있었다.

'그럼, 뭐야. 올백이야?'

'그런 것 같은데.'

'끄아아악!'

진주가 머리를 쥐어뜯었다. 그때, 하연이 핸드폰으로 두 사람 사진을 찍기 시작했다. 그러다 얻어 걸린 사진이 그거였다.

* * *

-지금은 그때로 돌아가고 싶단 생각이 들어요. 유독 보고 싶은 친구가 자꾸 떠오르네요.

그때, 수줍은 얼굴과 함께 재훈이 볼을 붉혔다. 저러면 여자 있는 것 같잖아! 김재훈! 그럼 안 된다고. 진주는 곁눈질로 화면을 보고 있는 주리를 보았다. 혀로 마른 입술을 축이며 화면에서 시선을 떼지 못하고 있었다. 진주는 핸드폰 액정을 켜서 시계를 한 번 본 후 주리의 옷깃을 잡았다.

"주리 씨."

"……잠시만요, 대리님. 지금 대박, 대박! 우리 후니 오빠가…… 잠시만요."

주리는 그녀의 팔을 잡고 횡설수설하며 화면을 봤다. 김재훈 팬이라는 건 알았지만 이 정도면 중증인데. 그녀는 제 주변 사람이 재훈을 덕질한다고 생각하니 너무 이상했다.

"오빠 한국어로 해줘요오~ 이러면 못 알아듣는데. 엉엉…… 번역이 한 박자 느리단 말이에요!!"

그녀는 점점 미쳐 가는지 화면에 있는 재훈과 대화를 이어갔다. 진주는 주변을 흘깃 보고는 카페의 옆 테이블로 조용히 엉덩이를 움직였다. 일행이 아닌 것처럼 앉은 그녀가 핸드폰을 꺼냈다. 그럼에도 귀는 주리의 핸드폰에 쏠려 있었다. 바로 옆자리이다 보니 소리가 다 들렸다. 중국어라 알아들을 순 없어도 주리가 대신 생중계를 해줘서 어떤 대화가 오가는지는 가늠할 수 있었다.

-첫사랑인가요?

-그렇기도 하고, 아니기도 해요. ……고백의 순간이 많았는데, 한 번도 하지 못했거든요.

"끄아악! 누구, 누군데? 후니, 오빠만은 제발……. 그 첫사랑 결혼했을 거야. 이러지 마."

속엣말을 밖으로 꺼내는 주리가 너무 신기했다. 여기 그래도 회사 단지라 보는 사람이 많은데.

-제가 너무 겁이 많았어요. 그래서 앞으로는 겁 없이 살아보려

합니다. 연기의 폭도 더 넓어질 수 있도록 배역 마다하지 않고 하겠습니다. 제가 스킨십 진한 영화는 일부러 거절했었는데요, 올해부터는 받아볼까 합니다. 하하.

"안 돼요, 오빠…… 당신의 몸을 세계에 공개하지 마아……. 비밀로 해줘."

"주리 씨, 우리 점심시간 다 끝나가요."

"아…… 벌써요? 잠시만요. 녹화를 어떻게 하더라……."

주리는 자리에서 일어났다. 진주는 먼저 자리에서 일어났고 주리는 그 뒤를 따랐다. 걸어가면서도 핸드폰을 보고 싶어서 손을 꼼지락거리는 걸 보니, 김재훈이 정말 좋긴 한 모양이었다.

"주리 씨가 이 정도로 팬일 줄은 몰랐어요."

"저 우리 오빠 베개랑 이불이랑 볼펜, 마우스패드 등등 다 우리 오빠 거예요. 제가 일하는 이유가 덕질하기 위해서라고요!"

"으음……."

"팬 사인회 때 우리 오빠 만나려면 명품 가방 하나 정도는 사 줘야 줄 설 수 있거든요. 돈 벌어야죠. 오빠 인기가 높아질수록 덕질하려면 돈 많이 필요하거든요."

김재훈을 만나려면 명품 백 하나를 사야 한다라……. 진주는 부모님을 제외하고선 누구에게도 재훈과 아는 사이라는 걸 공개한 적 없었다. 아무리 자신과 친하더라도 말이다. 그럴 경우 분명 재훈과 전화 통화를 해달라거나 사인을 부탁할 것이다. 대놓고 부탁하지 않더라도 은근슬쩍 계속해서 그녀를 다그칠 거였다.

대학교에 입학하고 얼마 안 돼서 진주와 하연은 고등학교 동창들에게 재훈의 연락처를 알려달라는 연락을 주기적으로 받았다.

번호를 알려주지 않자 그들은 공공의 적이 되었지만 말이다.

'더럽게 치사하다, 정말.'

더럽고, 치사하다는 말을 수없이 들었다. 남의 번호라서 못 알려준다니까 동창인데 왜 못 알려주냐며 따져 왔다.

그러니까 당사자가 싫어한다고! 그럼에도 그들은 자신과 하연이 그의 번호를 알려주기 싫은 거로 받아들였다. 그래서 그 후로 그녀는 재훈과 아는 사이라는 걸 주변에 공개해본 적이 없었다. 그건 하연도 마찬가지였고. 태주는 오히려 재훈보다 더 어렵고 차가운 녀석이라 그에게 대놓고 연락할 친구는 당연히 없을 거였다.

"우리 오빠 십구금 영화 하면 안 되는데."

"왜요?"

"……상대 배우가 우리 오빠 테크닉에 빠지면 어떡해요."

"테, 테크닉이요?"

"꼭 하지 않아도 살만 닿아도 그냥 뿅 갈걸요? 제가 악수할 때 봤는데 엄청 부드럽더라고요. 아…… 벗고 있으면 그냥 침이 줄줄 흐르잖아요. 특히 배꼽 아래가…… 치골 봤어요?"

"응."

"치골을 봤다고요?"

진주는 고개를 끄덕였다. 봤지, 봤지. 눈이 멀고 기억이 흐릿하다고 한들 안 본 건 아니었다.

"어디서 봤어요? 그 사진 어디 있어요? 갖고 계세요? 저도 좀…… 공유해요. 전 아직 거기까진 못 봤거든요."

주리의 눈빛이 반짝반짝 빛나고 있었다. 그 사진을 위해서라면 월급까지 통째로 드릴 수 있다는 우스갯소리도 하였다.

"우리 오빠 드로즈는 꼭 입고 사진 찍는데. 치골이면."

주리의 손이 하반신의 정중앙으로 갔다. 그걸 본 진주의 눈이 커졌다.

"여기, 이곳에 있는 뼈를 봤다는 거죠?"

"……아. 아니."

"대리님, 장골 보신 거 아니에요? 여기는 장골이고요, 치골은……."

주리는 골반에서 이어지는 뼈를 가리키며 '장골'이라고 했고, 치골을 말할 땐 다시 손이 엄한 곳으로 갔다. 괜히 부끄러워서 진주는 대학 병원 정문을 두리번거렸다. 얘가, 얘가 사람들 많은데 손이 자꾸 어디로 가는 거야. 진주는 주리의 손을 잡았다.

"알겠어요, 알겠어. 내가 말 잘못했어요. 장골, 장골 봤어."

"그럼 그렇지. ……저도 아직 오빠 치골은 못 봤거든요. 다 벗어 줘도 그거 볼 수 있을지 모르겠어요. 거기까지 벗기 전에 기절할 거 같거든요."

"……."

"아마도 어마무시하겠죠?"

봤다고 말하면, 그 형태를 설명했다간 하루 종일 꽥꽥 옆에서 소리를 지를 것 같은 예감이 스쳤다. 특히, 주리 앞에선 절대 얘기하면 안 되겠다는 생각이 들었다.

\* \* \*


"여기, 물."

재훈은 덕재로부터 생수병을 받았다. 1부 팬 미팅이 끝난 후 그는 대기실로 내려왔다. 무대에는 그의 팬 미팅을 축하하러 온 대만의 유명한 아이돌이 무대를 꾸미고 있었다.

"하…… 살 것 같아."

그는 팬 미팅 중간중간 물을 마셨음에도 불구하고 목이 탔다. 팬들을 위해 준비한 노래도 하고, 복근을 보고 싶다기에 셔츠를 풀어서 보여주기도 했다. 팬들의 선물을 받고 그가 나오는 드라마, 영화의 명대사를 같이 따라 해 보기도 했다. 대만의 유명한 다섯 번째 코스 요리를 먹으며 맛 평을 해주니 그들은 더욱 좋아했다.

"인기가 식을 줄을 몰라. 군대 다녀오면 보통 식는데……. 넌 갔다 와서 완전 세계적인 배우가 됐지. 이게 다 누구 덕?"

"……덕재 덕."

덕재는 마음에 드는지 옆에 있던 물을 따서 마셨다. 재훈은 고개를 좌우로 저으며 미간을 좁혔다. 그 말이 얼마나 듣고 싶었으면 매일 들어도 지겹지 않나 보다. 김재훈은 덕재가 키웠다.

"덕재 오빠 참, 누가 들으면 오빠가 우리 재훈 오빠 똥 기저귀 갈아준 줄 알겠어요?"

"야 기저귀만 안 갈았지, 다 해줬어."

"더러워! 더러워! 저리 가요!"

덕재가 장난치자 경민과 윤정은 그에게서 멀리 도망갔다. 윤정은 재훈의 뒤로 와서 넓은 어깨를 잡았다. 그들에게 손을 뻗는 덕재로부터 도망가기 위해 재훈의 의자를 빙글 돌리며 등 뒤로 숨은 채로 따라 다녔다.

"윤정아."

"네, 오빠."

"어지러워."

"미안해요. 오빠. 이게 다 덕재, 오빠 때문이잖아요!"

"뭐만 하면 나보고 잘못이래. 그래, 내가 다 잘못했다."

"……삐졌어요?"

윤정이 덕재에게 다가가 팔꿈치로 그를 찔렀다. 막내로 태어난 윤정은 애교가 많아서 덕재를 한 손에 놓고 주무르기 십상이었다. 덕재는 딸 셋을 키우지만 여자의 애교엔 항상 스르르 녹았다. 재훈은 익숙한 일상을 보며 친구들이 생각나서 피식 웃었다.

'박태주! 이 박태가리! 이놈! 저리 가라고!'

진주는 놀리면 바로 반응하는 친구였다. 태주는 하연에게 하지 못하는 장난을 항상 진주에게 쳤다. 밸런타인데이였나……. 그때 태주가 본인이 받은 초코파이와 초콜릿을 뭉개고 밟아서 진주의 의자에 뒀던 적이 있었다. 그녀는 시력이 좋지 않아서 본인이 부주의하다고 매번 말해 왔다. 그날도 역시 그녀는 의자에 뭐가 있는지 보지 않고 철퍼덕 자리에 앉았다. 태주는 그걸 보고 깔깔 웃었고 뒤따라 교실로 들어온 하연은 태주를 노려보며 팔을 잡아와 등짝을 스매싱했다.

'박태가리! 이거 뭔데?'

'……초코 똥.'

'……이 시부랄 새끼.'

초코 똥을 손에 쥔 그녀가 태주에게 던졌지만, 순발력 빠른 그는 옆으로 비켰다. 진주는 남의 사물함에 던진 초코 똥을 제 손으로 치웠다. 중학생치고 하는 짓이 꼭 초등학교 저학년과 다름없었다. 태주는 뭐가 즐거운지 깔깔 웃었고, 진주는 울상을 지었다.

'재훈아. 쟤 혼 좀 내줘.'

'내가 왜.'

'김재훈. 너도 똑같은 놈이야. 말렸어야지! 여자애 엉덩이에 이러고 싶냐!'

'네가 여자였냐?'

그때 다가온 태주가 '네가 여자였냐?'고 물었다. 그러자 진주는 정색했다.

'그럼. 너희가 모르는 게 있다. 이 누나는 말이다……. 명동 길바닥에 나가면 캐스팅이 막 들어오는 여자라고. 저번 주에도 명함 받았거든? 내가 강남에 사복 입고 지나가면 나이트 가자고 얼마나 꼬드기던지. 그게 다 이 얼굴과 몸이 된다는 거 아니겠어?'

'다들 눈이 삐었나?'

태주가 고개를 갸웃하자 진주는 아니라고 아득바득 우겼다. 재훈은 화장실로 씻으러 가는 진주를 따라나섰다. 여자 화장실 앞에 삐딱하게 서서 그녀를 기다렸다. 그녀가 화장실에서 나올 때, 깨끗하게 씻은 얼굴에 묻은 물기를 보았을 때, 손에 묻은 물기를 교복에 닦을 때, ……내가 여기 왜 왔는지 모르는 그때. 그는 혼란스러움을 계속 느꼈었다. 왜 홍진주가 가는 길마다 자신이 따라다니는지. 제대로 씻지 못해 엉덩이에 묻은 초코 똥을 두고도 왜 얼굴이 예뻐 보이는지. 강남에 사복을 입고 가서 삐끼들이 나이트 가자고 꼬시자는 말이 왜 신경 쓰이는지. 분명 친구였는데 언제부터 진주를 하연과 태주랑은 다른 존재로 느끼게 됐는지. 알

수가 없었다. 그저 그날도 진주의 뒤를 쫓아 거기에 있었을 뿐이었다.

'뭐냐? 김재훈?'

주변을 두리번거리던 그녀가 '아아-'라고 하며 고개를 끄덕였다.

'남자 화장실 꽉 찼구나. 여자 화장실 쓰게?'

'……내가 미쳤냐.'

'내가 망봐줄게. 아무도 없어. 괜찮아, 괜찮아.'

얼른 들어가라고 여자 화장실로 저를 밀어 넣는 그녀가 뭐라고. 그 모습조차 귀여워서 웃음이 나왔는지 정말 알 수가 없었다.

'망봐준다고 하고 도망 안 간다니까. 편히 볼일 봐. 나만 믿으라고.'

진주가 검지와 중지를 붙여 이마에 댔다가 그를 보는 방향으로 댄티큐를 날렸다.

# 3. 선택의 순간

팬 미팅이 끝나고 다음 날 그는 저녁 비행기로 바로 귀국했다. 공항에는 그를 맞이하는 팬들로 가득했다. 재훈은 고개를 끄덕이거나 오른손을 들어 인사를 대신했다. 마스크에 선글라스를 끼고 있어도 수많은 카메라가 재훈을 따라다녔다.

"오늘 하루 쉬고 내일 방콕 가야 해. 집에서 푹 쉬어. ……마사지 받을래?"

"아니."

"오케이. 집으로 출발할게."

"응. 형."

덕재는 차를 몰아 그의 집으로 갔다. 해외 스케줄을 하고 오면 아파트로 가서 암막 커튼을 쳐놓고 죽은 듯이 자는 게 그의 습관이었다. 그만큼 해외 스케줄은 부담되고 피곤하다는 걸 거다. 팬미팅 끝나고 화보 촬영까지 병행했으니…… 쉴 시간이 없긴 했다. 또 바로 출국을 해야 하는 상황이라. 그걸 따라다니는 자신도 대단하지만, 소화하는 배우는 김재훈밖에 없을 거였다. 다른 배우들은 조금 뜨면 여자도 집으로 불러 만나고, 유명 클럽의 프라이빗룸에서 신나게 놀고, 해외에 나가 엄한 짓을 하기도 했다. 그런데 이 자식은 정말 일밖에 모르는 남자였다. 그나마 만나는 친구라고는 아주 건전한 친구들뿐이었다.

……홍진주는 건전하진 않지만. 덕재는 재훈의 시선이 자꾸 다른 이에게 닿는 게 영 마음이 쓰였다.

"들어가."

"어어, 형. 고마워."

그는 집으로 들어가며 바로 진주에게 전화를 걸었다. 어제부터 문자를 보냈는데 답이 없었다. 너무 장난을 쳤나.

'너 나 먹고 뱉는 거 아니지?'

"이 미친놈아."

제가 진주에게 했던 말을 생각하니 절로 미친놈 소리가 나왔다. 잘 참다가 왜 그때는 못 참았을까. 홍진주를 덮칠 수 있는 순간이 있었음에도 꾹 참은 게 몇 해인데. 왜 그날은…… 그날은 못 참았을까. 몸이 먼저가 아닌데. 진주의 마음도 얻지 못한 상태로, 몸으로 먼저 들이대선 안 됐는데. 차라리 고백을 했다면 덜 후회

했을 것이다.

'종종 하자.'

종종 하긴 뭘 해. 재훈은 넥타이를 풀어헤친 후 머리를 쓸어 넘겼다. 신호음이 가는 동안 초조하게 기다렸다.

-고객님의 전화가…….

젠장.

재훈은 받지 않는 전화를 노려보다가 침대로 던져버렸다. 그날, 왜 그랬을까. 왜 그랬을까. 그는 캡 모자를 눌러쓰고 마스크를 썼다. 그러곤 지하로 내려가면서 하연에게 전화를 걸었다.

-김 배우. 웬일?

"진주랑 같이 있어?"

-아니. 걔 오늘 회식일걸.

"아직도 안 들어갔어?"

-지금이 몇 시야…… 벌써 밤이네. 그러게, 이 기집애. 늦게 다니지 말라니까. 내가 전화해볼게.

"응. 전화하고 연락 줘."

그는 침대에 앉아서 거칠게 얼굴을 쓸었다. 제 전화를 안 받는 건 그렇다 치고, 뭔 일 없을까 하는 불안감이 눈앞을 덮쳤다. 유인호가 그대로 넘어갈 놈이 아닌데…… 얘 술 먹고 설마 지네 집으로 가는 거 아니야? 그는 그녀에 대한 걱정으로 방 안을 서성였다.

그러다 하연에게서 온 문자를 확인하곤 그는 아무 생각도 하지 못했다. 그저 진주네로 가야 한다는 생각밖에는.

[연락 안 받아. 얘 귀소본능 있잖아. 지네 집으로 간 거 같아.]

부장님이 집에 늦게 들어가고 싶은 날은 꼭 회식 자리가 이어졌
다. 낙하산 서태연 과장은 부장의 회식 요구에 바쁘다며 집에 갈
수 있었지만, 진주와 주리는 그러지 못했다. 대리와 사원은 힘이
없었다. 그녀들은 부장의 술잔을 받아 마시며 이를 아득바득 갈
았다. 나는 저런 상사가 되지 말아야지.

"왜 다들 우리보고 난리야. 대학 병원에 사람 많아서 일 밀리는
게 우리 탓이냐고! 거 위에선 자꾸 돈 받아내라 난리지."

"······그러게요."

위에서 치이고, 고객에게 치이고. 일하다 보면 데스크 직원들하
고도 부딪칠 일이 많았다. 일은 많은데 의사나 간호사가 아니기
에 그들은 기를 펴고 살 수 없었다. 병원은 철저히 의사들의 체계
로 돌아가는 곳이었으니까.

"많이 마셔. 우리 홍 대리. 소맥을 좋아하지?"

"네. 좋아합니다."

"홍 대리, 올해 결혼한다고 했나?"

"······헤어졌습니다."

"왜?"

"그러게요. 하하하하."

그러니까 나 집에 보내줘.

"설마 차였어?"

"······네."

더더욱 불쌍해 죽겠지? 그럼, 날 이제 집에 보내줘! 진주는 속

으로 말하며 비어 가는 소주병을 바라보았다. 이제 두 잔만 더 마시면 끝이야. 끝!

"저기 소주 한 병 더 주세요. 위로주 줘야지."

"……."

부장은 지나가는 이모님을 잡고 소주 한 병을 더 주문했다. 두 잔만 남았는데, 졸지에 아홉 잔이 남았다. 진주는 저걸 더 마셔야 하나 멍한 표정으로 보았다. 주리는 이미 취해 가는 것 같았다.

그 이후로는 주리에게 가는 술까지 그녀가 대신해서 마셨다. 부장님께서 소주병으로 도미노를 할 때쯤 돼서야 그들은 회식을 끝마칠 수 있었다. 진주는 부장님을 택시에 태우고, 주리도 다른 택시에 태워 집에 보냈다. 그러곤 비틀거리며 걸었다. 좀 걷다 보면 잠에서 깰 줄 알았는데, 더운 날씨 탓에 땀만 날 뿐이었다. 그녀도 지나가는 택시를 잡고 집으로 갔다.

차창을 보며 꾸벅꾸벅 졸던 그녀가 잠에서 깼을 땐 집 앞이었다. 차에서 내리자 차 안과 달리 후덥지근한 열기가 온몸을 잠식했다. 그녀는 손부채질을 하다가 손등으로 눈을 비볐다. 자신의 집 앞이었다. 얼마 만에 오는 집인지. 하연이네도 좋지만 그녀는 역시 이곳이 좋았다. 제 돈으로 마련한 원룸! 자신의 집! 조만간 부모님 네로 다시 들어갈 거긴 하지만, 여길 떠나 이사 간다고 생각하니 씁쓸했다. 대학생 때부터 지금까지…… 그녀가 놀고, 먹고, 취업 준비를 하고, 피 터지게 과제하던 곳인데 말이다.

"아……."

진주는 눈이 부셔서 손등으로 눈을 막았다. 한쪽 눈은 찡그리며 감고, 다른 쪽 눈은 실눈을 뜬 채 앞을 보았다. 차 헤드라이트가 그녀의 눈을 정확히 쏘고 있었다.

휘청. 굽을 신은 그녀가 앞으로 걷다가 휘청였다. 눈이 너무 부셔서 앞이 제대로 보이지 않았다. 자가용 하나가 그녀 쪽으로 오고 있었다. 차가 가까워지자 운전석 쪽에 앉은 사람이 언뜻 보였다. 그녀는 눈에 힘을 줘서 얼굴을 보려고 애썼다.

"……유……인호?"

그의 표정은 알 수 없었으나, 자신이 있음에도 불구하고 멈출 생각은 없어 보였다. 술에 취해 휘청이는데도 오싹함이 발끝부터 몰려왔다. 그녀는 본능적으로 뒷걸음질 쳤다. 그러다 하이힐이 벗겨졌다. 발이 옆으로 꺾이며 통증이 느껴졌으나, 그게 문제가 아니었다. 아픔보다도 공포가 밀려와 몸이 부들부들 떨렸다. 유인호라면 저를 박을 수도 있을 것만 같았다.

그리고 보면 유인호는 사귀는 와중에도 그녀가 그의 말을 다른 생각을 하느라 못 들을 때면 화를 내곤 했다. 그녀가 어디서 무엇을 하는지, 누구와 무슨 대화를 하는지도 사사건건 알고 싶어 했다. 그걸 왜 네게 말해야 하냐고 따지면 그게 밖이든, 안이든 그는 개의치 않고 화를 냈었다. 제 손목이 빨개지고 멍이 들 정도로 잡아끌기도 했었다. 그가 이런 사람인 걸, 눈치챌 수 있는 순간들이 많았는데, 왜 다 그냥 넘겼을까.

진주의 눈빛이 흔들거렸다. 그 어둠 속에서도 입술 끝이 삐뚜름하게 올라간 것이 보였다.

'진주야. 네가 다른 남자에게 가면 내가 눈이 돌아버려. 널 죽일지도 몰라.'

그래도 자기 앞길이 있는데 멈출 거야. 내가 다른 남자 만난 것

도 아니잖아……. 그건 우발적인 거였다고. 양다리 걸친 널 받아
주는 게 말이 안 되잖아! 진주는 무슨 자신감인지 그가 제 앞에
서 멈출 거라고, 저 차가 저를 들이받지 못할 거라고 확신했다. 유
인호 네가 사람이라면 나를 치진 않겠지. 그러면서도 몸은 뒷걸
음질 쳤다. 그러자 발목에 아픔이 그대로 느껴졌다.

부우웅, 부우웅……. 천천히 달리던 차에서 부우웅- 엔진이 가
열되는 소리가 났다. 그건, 그가 액셀을 밟았다는 거였다. 설마,
아닐 거야. 유인호 너 잃을 거 많잖아. 진주는 그제야 지금 상황의
심각성을 깨달았다. 혼자서 돌아다니지 말라고 했던 김재훈의 목
소리가 둥둥 떠다녔다. 아침은 잘 먹고 다니냐고 걱정하는 부모님
이 떠올랐고, 태주와 하연의 얼굴도 스쳐 갔다.

"……홍진주!"

퍽! 쾅! 그 순간이었다. 진주는 눈을 떴다. 바로 그녀의 앞에 유
인호 차가 반대로 돌아 나무들이 있는 화단에 꽂혀 있었다. 그런
인호의 차를 박은 상대의 차는 재훈의 차였다. 그 굉음에 오피스
텔 주민들은 창문을 열고 아래를 보았고, 주변을 지나던 사람들
은 이곳으로 몰렸다.

얼마 지나지 않아 경비 아저씨 두 명이 헐레벌떡 이쪽으로 왔다.
진주는 상황 파악을 하고 아픈 발을 끌고 차로 갔다. 조수석 문
을 연 그녀는 가방으로 재훈의 얼굴을 가렸다. 지금 김재훈이 사
고를 냈다는 걸 걸리면, 이 녀석 연예계 생활에 금이 갈 것이다.

그녀는 재훈이 걱정됐다. 그가 얼마나 열심히 연기를 하고, 힘들
어도 말 한 마디 못 하고 묵묵히 버텼는지 잘 알았다. 그 자리에
쉽게 간 거 아니고, 유지하는 것도 몇 배의 고통이 동반된다는 것

을 잘 알기에 유인호보다 재훈이 더 걱정되었다.

"괜찮아?"

"네가 나 걱정할 때야? 지금 경비 아저씨 오고 있어. 사람들 몰렸다고!"

"넌 괜찮냐고!"

"……으응."

말하는 와중에도 재훈의 이마에서 피가 흘러내렸다. 차가 부딪치며 창문에 머리를 박은 것 같았다. 전에 다쳤던 그 이마였다.

"재훈아, 너 피…….."

"아, 괜찮아."

그는 손등으로 피를 슥 닦더니 아픈지 인상을 썼다. 운전석 옆으로 날아간 모자를 다시 집어 썼다. 운전석 옆 창문에도 금이 가 있었다. 저게 금이 갈 정도면 얼마나 세게 박은 거야. 너 진짜 앞뒤 생각도 안 하고 이게 뭐하는 짓이야. 왜 그랬어. 여기는 왜 왔어. 연락 안 돼서 온 거야? 그렇다고…… 차로 저걸 박으면 어떡해! 하고 싶은 말이 많았지만, 그녀는 입이 떨어지지 않았다.

"미안해…….."

"네가 뭐가 미안해. 내가 차 박은 건데."

"그냥 나 때문에 이런 일이…… 덕재 오빠! 덕재 오빠한테 먼저 전화를…….."

진주가 그를 가리기 위해 막고 있던 가방에서 핸드폰을 꺼냈다. 덕재, 덕재, 덕재 오빠를 입으로 부르며 번호를 찾자, 재훈이 그녀의 손목을 잡았다. 손이 참 따뜻했다.

* * *

늦은 밤, 덕재는 옷도 갈아입지 못하고 경찰서로 달려왔다. 그가 도착했을 땐 어떻게 알았는지 경찰서 밖에 기자들이 진을 치고 있었다.

"무슨 일이야? 우리 재훈이한테 무슨 일 난 거야?"

까치집 진 머리를 하고 온 덕재가 오자마자 재훈부터 찾았다. 재훈의 왼쪽 이마에 붙은 거즈가 빨갛게 변한 걸 보고 눈이 커졌다.

"얼굴 다쳤어?"

"조금?"

"뭐? 아, 어떤 새끼가 우리 재훈이 얼굴을 이렇게 만들어?"

살벌한 욕설이 그 뒤를 이었다. 전직 동네 건달다운 포스였다. 강북 일대를 주름잡았다던 덕재와 그의 형이자 원스타 대표 조창석. 그들은 경위 경감은 물론 경무관까지도 안면을 트고 지낼 정도로 유명한 인물들이었다. 원스타 조폭설이 돌 정도로 그들은 종종 포털 사이트에 오르내렸다. 그래서 재훈의 팬클럽단은 재훈이 노예 계약을 연장했을 때 피켓 들고 시위하며 소속사를 옮기길 바랐다.

그러나 재훈은 그들의 진심을 알기에 떠나지 않았다. 과거의 모습보다는 지금 제 앞에 있는 사람을 올바르게 봐야 한다고 했다. 재훈에게는 그들이 연예계 생활을 하게 해주고, 자신보다 제 일에 발 벗고 나서주는 고마운 사람들이었다.

"누구냐고!"

덕재의 미간이 일그러졌다. 경찰서에 있던 순경, 경사, 경위의 시선이 그녀에게 날아들었다. 그러자 서서히 허리에 손을 올린 덕재가 목을 꺾으며 진주에게 걸어왔다. 뿌드득, 드득. 그의 목에서 나는 소리가 살벌했다. 진주는 끅, 딸꾹질을 했다. 어라? 내가 이런 건 아닌데? 딸꾹질이 지금 나오면 이상하잖아?

"……진주 씨?"

"저 아닌데요!"

진주는 손사래를 쳤다. 그러곤 김재훈을 앞세워 그의 등 뒤에 숨었다. 그의 어깨 너머로 덕재를 보며 고개를 절레절레 저었다.

"자자, 일단 앉아 보십시다. 정리를 좀 해보자고요."

"그래요, 경찰 양반. 얼른 부탁드립니다."

"……."

덕재의 말에 경찰이 잠시 그를 째려보았으나, 덕재의 눈빛에 주눅이 들어 모니터를 보며 딴청을 피웠다. 자세히 보니 덕재도 잘 아는 놈이었다.

"어? 아이고. 박준상 형사님 아닙니까?"

"……누구, 아!"

"강북에서 칼싸움 났을 때 제 뒤에서 봉 요래요래 흔들었던 분 맞으시죠? 아고. 그때가 벌써 십 년도 더 됐네요."

제대로 망신살 뻗쳤겠다. 픕, 피식. 주변에서 웃던 사람들이 박준상 형사라는 사람과 눈이 마주치자 입을 막았다.

"그때 왜~ 봉 흔들면서 제 뒤로 와서 숨으셨잖습니까? 경찰 양반 귀여워서 내 이름도 똑바로 기억합니다. 박. 준. 상. 우리가 박봉이라고 불렀는데 기억 안 납니까? 어이구~ 경위 달았네요. 경위님 오셔서 우리 재훈이 이렇게 다친 겁니까? 아직도 봉 요래요래 흔드는 겁니까? 또 못 막았습니까?"

"조덕재 씨!"

"그래요. 내가 조덕잽니다. 그래서 우리 재훈이 다칠 동안 망부석 되셨냐고 물었습니다!"

덕재가 다리를 꼬며 턱을 들었다. 네까짓 게라는 표정이었다. 싸움만 나면 물총을 쏴대지만 칼을 들이밀면 봉을 꺼내 요리조리 흔들면서 뒤로 숨어버렸던 놈이었다. 그래도 이 녀석은 도망가진 못하고 마지막까지도 그들 곁에서 봉을 요리조리 흔들어서 그나마 낫다는 평을 들었다. 그 외엔 다 도망갔었지.

"지금 피해자는 이분이십니다! 가해자는 저쪽이구요. 김재훈 씨가 와서 이분의 차를 박으셨다는 겁니다."

"……진짭니까? 김재훈, 그래?"

끄덕끄덕. 재훈이 고개를 끄덕이자 덕재가 거칠게 머리를 쓸었다.

"잠시만요."

그는 재훈에게 다가갔다. 피해자를 한 번 보고, 재훈에게 간 그가 변호사를 불러야 할 거 같다고 말했다.

재훈에게 사건 설명을 들은 후, 덕재는 이번엔 진주를 불렀다.

"진주 씨, 이거 기사 터지면 우리 재훈이 평생 차 사고 짤 돌아다니는 거 아시죠? 킬러김 소리 들으면 안 되잖습니까."

"그렇죠."

킬러김. 그런 별명이 붙으면 그가 나올 때마다 사진과 함께 '죽음을 운전하는 자', '건드리면 죽습니다. 킬러김' 등의 문구가 붙어 다닐 것이다. 그녀도 그가 웃음거리가 되는 건 원치 않았다. 물론 그가 상대 차를 박아서 상대가 죽거나 몸이 다친 건 아니지만 그래도 누군가의 안줏거리가 되기엔 충분할 것이다.

"진주 씨가 데이트 폭력을 당하고 있던 상황에서 우리 재훈이가 도와준 거로 하면 어떨까요? 얼굴 안 나가게 인터뷰 하나만 부탁드립니다."

"형, 뭘 그런 걸 부탁해. 모자이크해도 금방 찾아."

"……네 이미지 어쩔 건데. 킬러김 할 거냐고."

"하지 뭐."

"돌았냐? 온갖 짤에 네 얼굴 붙이면서 놀림감 되도록 그냥 둔다고? 미쳤구나."

오래전에 돌아다니던 유행어라 기억이 가물가물하지만 덕재가 강조하니 킬러X가 확실히 기억났다. 뺑소니 사고 때문에 킬러X라는 별명을 갖게 된 배우가 있었다. 그 짤이 한 시대를 풍자했을 정도로 한창 돌아다녔었다.

"재훈이 이미지에 타격 가지 않게 협조할게요."

"역시, 우리 진주 씨는 상황 파악이 잘 되네요. 그럼 형사님과 얘기 나누고 오겠습니다."

"제가 할까요? 덕재 오빠랑 악감정 있는 거 같은데."

"……내가 저놈 봉을 요리조리 흔들면서 등 뒤에 숨을 때부터 봤습니다. 자식, 말은 통하는 녀석입니다. 저 자식이 누가 우리 형님 신고하면, 와서 형님을 잡는 게 아니라 신고한 놈을 먼저 잡더라니까요. 그런 놈입니다. 허허. 내가 잘 알아요."

그건 경위를 달기 전이죠. 자리가 사람을 만드는 법인데. 지금은 싹싹 빌고 고개를 숙여야 재훈이한테 유리한 쪽으로 도와줄 텐데?

유인호는 해볼 테면 해보라는 듯 그들을 보며 피식 웃고 있었다. 그보다 재훈이 잃을 게 더 많은 걸 그는 잘 알 것이다. 진주는 인호와 눈이 마주쳤다. 불과 얼마 전만 해도 같이 커피를 마시고, 밥을 먹는 게 아무렇지 않았던 사람이었는데. 그녀가 몸을 부르르 떨자 재훈이 그녀를 그의 뒤로 보냈다.

"내 어깨 잡고 있어."

"응?"

"떨지 말고, 잡으라고."

그는 손수 그녀의 손을 그의 어깨 위에 두었다. 그녀는 재훈의 어깨를 잡고 숨을 크게 들이마셨다가 뱉었다. 그러는 두 사람에게 덕재가 다가왔다.

"해결됐어?"

재훈의 질문에 덕재가 어깨를 으쓱하더니 뒷머리를 쓰다듬었다.

"……변호사 부를게. 말이 안 통하네."

그럴 줄 알았다. 옆을 보니 재훈도 같은 생각을 하는 모양이었다. 그 앞에서 경찰봉을 요리조리 흔들면서 도망갔다느니, 후배들 앞에서 망신살 뻗칠 일을 왜 말하냐구요! 가끔 보면 정말 원스타는 재훈이를 잘 물어서 승승장구하는 거 아닐까 하는 생각이 든다. 특히 이런 상황에서 해결은커녕 일만 더 늘린 꼴이었다.

"됐어. 내가 해결할게."

"아니야. 아니야. 재훈아."

재훈은 덕재와 진주를 제치고 가서 형사 앞에서 90도로 고개를 숙였다. 톱스타의 사과. 경찰서에 달라붙어 있던 기자들은 그 걸 놓치지 않고 사진 속에 담았다. 그들에겐 내일 아침 가십거리 가 필요했으니까.

결국, 재훈이 해결했다. 덕재의 말대로 스토킹, 데이트 폭력을 당하는 여성을 구해준 영웅담으로 각색하여 기자들에게 뿌려졌 다. 틀린 말은 아니었지만, 다른 게 있다면 그 여성과 재훈이 기사 와는 달리 아는 사이라는 것이었다.

* * *

재훈은 병원에서 다친 곳을 바늘로 꿰매고 바로 비행기를 탔다. 팬 미팅 일정을 미룰 수는 없었다. 그를 볼 날만을 기다리고 고대 하는 팬들을 저버릴 순 없었다.

진주는 회사를 마치고 하연을 만나러 갔다. 며칠 디자인 마감을 하느라 밤을 새웠는지 하연의 눈 밑이 퀭했다.

"괜찮아?"

"어. 진주야, 나 이거 커피 내가 마신다?"

"응. 마셔."

하연은 진주의 아이스 아메리카노를 가져가 꿀꺽꿀꺽 삼켰다.

"태주는?"

"……푸흡!"

아이스 아메리카노를 마시던 하연이 그대로 입으로 뿜었다. 회 색 테이블에는 그녀의 입에서 뿜어진 검은 액체가 튀었다. 진주 는 순발력 있게 빠르게 뒤로 물러남으로써 하얀 블라우스를 지켜낼 수 있었다.

"디러. 왜 뿜고 난리야."

"태주를 왜 나한테 물어?"

"그럼 방콕에 있는 김재훈한테 물을까?"

재훈의 이름을 입에 올리니 진주의 얼굴은 울상이 되었다. 미안해서 어쩌지.

그날 이후로 인호는 연락이 두절되었다. 부모님께 엄청 혼이 난 모양이었다. 원래도 미미보이여서 결혼조차 부모님이 원하시는 사람과 하고 자신을 감쪽같이 속였던 놈이었다. 소문으로는 해외로 쫓겨났다고 들었다. 진짜인지 아닌지 관심도 없지만. 부모님께서 실망했다는 소리를 들었다면, 그는 세상이 무너지는 것처럼 느꼈을 터였다.

왜 그런 남자랑 연애했지. 대학생 땐 왜 그가 인기가 많았을까. 갑자기 그런 생각이 들었다. 떠올려 보니 나름 취업 공부할 때 제게 도움 주는 것들이 많았다. 아직도 동기, 선후배들은 그의 실체를 모른 채 좋은 사람인 줄 알고 있을 것이다.

"재훈이는 괜찮아?"

"응. 바로 비행기 타서 걱정이네. 상처 꿰맨 후에 비행기 타도 되지?"

"응. 될걸."

진주는 핸드폰을 꺼내서 폭풍 검색하기 시작했다.

비행기가 뜨면 실밥 다 터지면 어쩌나. 걱정스러웠다.

"괜찮대지?"

"응. 지식인에서 괜찮대. ……진짜, 엄청 신경 쓰이네. 도착은 했나?"

그녀는 재훈에게 연속으로 톡을 보냈다.

[잘 도착했어?]

[꿰맨 곳은 어때? 아파?]

[도착하면 연락 줘.]

[진짜 미안해……]

왜 거기서 하필 네가 다치고 그래, 정말. 신경 쓰이게.

"네가 찾던 태주는 오늘 못 온댄다."

하연이 진주에게 핸드폰을 보여줬다. 거기엔 오늘 못 간다고, 밤에 야근한다고 되어 있었다. 핸드폰을 든 하연의 손이 부르르 흔들렸다. 그건, 또 하나의 카톡이 왔다는 거였다.

[이따 밤에 우리 집 올래?]

"……"

"왜?"

하연이 고개를 갸웃하며 핸드폰을 가져와 액정을 보았다. 눈썹이 꿈틀거리다가 하연의 귀가 빨개졌다. 뭐야, 이상한데? 두 사람 썸 타는 중인 거야? 갑자기? 몸은 우리가 부딪쳤는데 썸은 왜 니들이 타냐. 진주의 눈썹도 같이 꿈틀거렸다.

"둘이 사귀어?"

"아니, 아니야."

"아닌 게 아닌데~"

진주의 채근에 하연은 폭 한숨을 쉬었다.

"뒤를 봐라. 진주도 같이 놀러 오라고 되어 있잖아."

"……아, 그러네."

다음 문자에선 '진주도 같이 오던가'라고 되어 있었다. 그런데 왜 저기서 태주의 표정이 보이는 걸까. 개는 떼고 오면 좋겠는데. 이런 뉘앙스가 느껴진다면 오버인 걸까.

"나 사실 태주 좋아해. 십 년째 짝사랑 중이야."

"십, 십 년? 그럼 우리 열여덟 살 때부터…….."

"응. 오래됐지?"

"미안해, 하연아. 제일 친한 친구라는 애가 네 마음도 몰라주고, 눈치도 못 채고. 진짜 미안해. 우리 히연이 많이 힘들었겠다."

진주는 하연을 와락 안았다. 그러자 그녀가 진주의 등을 쓸어내리며 괜찮다고 하였다.

"미안하면 나랑 같이 태주네 갈래?"

"지금?"

"응. ……이렇게라도 보고 싶어."

"하연아."

진주는 하연의 진심을 알고 나니 코가 매웠다. 그 긴 시간 동안 몰라서 미안하고, 이런 와중에 고백도 못 하고 있어서 답답하고, 그럼에도 보고 싶다고 같이 가달라는 게 안타까웠다.

"고백은?"

"못 해. 내가 어떻게 고백을 해. 친구 사이가 다 깨지는 건데. ……고백은 아무나 못 하는 거야. 난 아직 그 정도로 태주를 사랑하진 않나 봐. 안 보고 사는 거 생각하면 무서워."

"……."

갑자기 재훈의 얼굴이 떠올랐다. 하연은 친구 사이가 깨질까 봐 무서워서 고백조차 못 하고 있는데 김재훈은 제게 잠이나 자자며 가볍게 말을 했다. 그런데 왜 유인호가 저를 스토킹할 때마다 김재훈이 그 자리에 있는 걸까. 왜 자신을 대신해서 다치는 걸까. 혼란스러웠다.

"그냥 미친 척하고 태주랑 잠이라도 잘까."

"야……!"

"말이 그렇다고. 나는 그렇게 못 해. 결국 섹스를 하고 나면 선택의 순간이 오잖아. 연인이 될지, 친구조차 못 할지. 그게 무서워서 못 해."

"……."

그렇지. 섹스한 다음 우리 친구로 지내자며 밥도 먹고, 영화도 보고, 전처럼 지낼 순 없을 것이다. 술에 취하면 더더욱 만나면 안 될 거고. 그런 상황에서 각자 남자 친구, 여자 친구가 생긴다면 그때는 전화번호까지 서로를 위해 지워야 할 수도 있다. 괜히 긁어 부스럼 만들면 안 되니까.

"진주야. 재훈이 팬 카페 실랭(실겁? 실랭이 뭐지?)에 뜨는데?"

"응? 뭔데?"

진주는 하연의 핸드폰 액정으로 시선을 돌렸다. 하연은 진주에게 핸드폰을 주었다.

[죄송합니다, 여러분]

재훈이 팬 카페에 글을 남긴 것이었다. 내용은 어떤 상황에서도 사람이 차에 탄 상태에서 박으면 안 됐는데, 경황이 없었고 실망시켜 드려서 죄송하다는 말이었다. 사람을 구하려다가, 차 안에 있는 사람이 다칠 수 있는 상황이었지만 순간 판단력이 흐렸다. 등등.

"와, 김재훈 진짜 큰 사람이네. 여론이 김재훈 싹이 다르다, 됨 됨후니래."

진주도 댓글을 같이 보았다. 됨됨이가 바른 재훈을 추종하며, 됨 됨후니라는 별명이 금세 생겨났다. 재훈이 그 상황에서 적절히 인 호의 차를 박아줘서 진주는 다행히 살았다. 그러나 연예인이 사 람이 타고 있는 차를 박았다는 내용으로 그를 공격하는 사람도 몇몇 있었다. 저 때문에 번거로운 일이 생긴 것이다.

"너 재훈이한테 엄청 미안하겠다."

"응. 고맙긴 한데, 이 빚을 어떻게 갚냐."

'몸으로 갚아.'

재훈의 얼굴이 생각났다. 진주는 화들짝 놀라 흠칫 주변을 둘 러보았다. 김재훈이 실제 한 말도 아닌데 그의 얼굴과 함께 '몸으 로 갚아'라는 대사가 생각났다. 나 정말 미친 거야?

"태주네 갈 거야?"

"응. 네가 가주면."

"내가 같이 갔다가 조용히 빠져줄까?"

"……아니. 그럼 태주가 나도 가라고 할 거 같아. 옆에 더 오래 있고 싶어."

진주는 하연에게 핸드폰을 돌려준 후 팔짱을 끼었다. 우리 팀이 팀이라고 생각했는데 내부 분열이 생겨나고 있었다. 김재훈과 홍 진주. 박태주와 지하연.

"진주야 미안해. ……나 사실 좋아한다는 말이 턱 끝까지 차서 못 참겠어. 우리 팀 이렇게 넷이 보는 것도 못 하게 될까 봐 겁나 는데. 이제 내가 죽을 거 같아……. 그래서 모르겠어. 말을 못 하니 죽을 거 같아. 턱 끝까지 차서 나도 모르게 뱉을 것만 같아."

하연이 카페 테이블에 얼굴을 박은 채로 엎어졌다. 진주는 그런 그녀의 등을 쓰다듬으며 위로해주었다. 우리 팀은 오늘부로 해체였다. 그녀도 태주를 친구로서 좋아하지만 하연이가 이렇게까지 힘들지 않길 바랐다.

* * *

방콕에 도착한 그는 팬 미팅을 위해 리허설을 먼저 하였다. 노래를 세 곡 정도 불러야 하기에 목 상태를 점검하고 1부, 2부, 3부 때마다 입을 옷을 확인하였다. 먼저 기자회견이 시작되었다. 수많은 카메라가 그를 주목하고,

"사와디캅 포즈 부탁드립니다."

그는 포즈를 취한 채 주변을 보며 인사하고, 중간중간 가볍게 웃었다. 오른손을 들어 팬들에게 인사하기도 하고, 혼자만 서서 계속 포토 타임이 이어지니 민망한 표정을 짓기도 했다. 그러면서도 사회자가 요청하는 바는 다 들어주려고 노력했다.

촬영이 끝난 다음엔 인터뷰가 시작되었다. 재훈의 뒤로 통역가가 앉고, 그의 옆엔 사회자가 앉았다.

「사와디캅, 김재훈입니다. 올해도 태국에서 여러분들을 만날 수 있어서 감사합니다. 작년과는 다른 모습 보여드리기 위해 준비한 것도 많으니 오늘 잘 부탁드립니다.」

재훈이 태국어로 유창하게 인사말을 하자, 팬들의 함성이 끊이지 않았다. 그는 피곤한 기색 없이 웃으며 사회자의 질문에 대해

답변을 하였다. 그가 말을 하고 바로 옆에 있는 통역사가 통역을 했다. 그러면 다시 이곳을 꽉 채울 함성이 이어졌다.

"한두 달 체력 관리하고 나서 바로 영화 들어가는데 좋은 힘 받고 갑니다. 정말 감사드립니다."

재훈은 고개 숙여 인사를 했다. 언제까지 이렇게 팬분들을 만날 수 있을지, 자신에게 이런 자리가 있을지 알 수 없었다. 그래서 그는 진심으로 그들에게 감사했다.

"가끔 태국에 일어나는 자연재해, 좋지 않은 소식을 들으면 마음이 안 좋아요. 그런 일들이 일어나지 않도록 기도하겠습니다. 항상 건강하셔서 내년에도, 내후년에도 만나 뵙고 싶습니다. 홍수나 태풍 소식에……."

재훈은 잠시 말을 멈추고 뒤를 돌았다.

"죄송합니다. 혹시라도 가족 중에 피해를 보신 분들이 계시다면 힘내시기 바랍니다. 저의 작은 정성이 여러분들에게 조금이라도 도움이 되길 바랍니다."

그는 팬 미팅을 다녀온 나라에 자연재해가 생겨 모금 활동을 하면 누구보다 앞서서 선뜻 도움을 주었다. 한국이든, 해외든 가리지 않고 말이다. 사랑을 먹고 사는 직업이니, 그 사랑을 베풀 줄도 알아야 한다는 게 그의 생각이었다. 그런 그의 선행이 한두 해가 아닌지라 팬들도 잘 알고 있었다. 재훈은 다시 앞을 보았다. 그러자 그의 눈앞에 팬클럽 임원단이 케이크를 들고 서 있었다.

"폼락쿤! 여러분, 사랑합니다."

그는 다시 감정을 잡고 깍듯이 고개 숙여 인사하고, 손으로 작은 하트를 만들어 무대 아래에 있는 팬들에게 인사했다. 대기실로 들어오자 윤정이 그에게 생수병을 내밀었다. 재훈은 순식간에 한 병을 다 마셨다. 피로가 누적돼서 눈앞이 흐릿흐릿했다.

"오빠, 병원 안 가 보셔도 돼요?"

"응."

"그래도…… 차를 박은 사람도 관리 잘해야 해요. 목이랑 척추 진짜 훅 가요."

"괜찮아. 형, 우리 다음 일정이 어디야?"

덕재가 그에게 다가와 어깨를 주물렀다. 그러자 재훈이 괜찮다며 어깨를 틀어 그의 손아귀에서 빠져나갔다.

"말레이시아 쿠알라룸푸르."

"……아."

몸이 좀 힘든데. 윤정의 말대로 병원에 갔어야 했나. 이마 찢어진 것도 실밥 풀어야 하는데…….

"가는 길에 대학 병원에서 실밥 풀고 소독하고 가자. 다행히 머리카락으로 덮을 수 있는 부위긴 한데……. 앞으로 앞머리 다 까려면 상처 생기면 안 되는데. 큰일이네."

"의느님께 맡기면 돼."

아무렇지 않게 툭 던지는 김재훈 때문에 다들 웃을 뿐이었다. 배우 입장에서 더 치명적일 텐데. 재훈이 여기 오는 동안, 도착 후 1부 끝나고 대기실에서 내내 이마를 거울로 봤었다. 그건 그가 그만큼 신경 쓰고 있다는 거였다. 의느님께 맡긴다고 대수롭지 않게 여기는 건 상대를 위한 배려였을 것이다.

[사진]

[사진]

[사진]

무심코 핸드폰을 보자, 우리 팀 톡방에 사진이 여러 장 올라와 있었다. 사진을 보는 그의 입매가 위로 올라갔다. 온갖 피로가 다 풀린다는 표정이었다.

"뭘 보고 웃어요?"

"……나만 볼 거야."

그는 덕재에게서 액정을 숨겼다. 그러곤 의자를 빙글 돌려 저만 보이도록 하였다. 그런데 그의 등 뒤로 거울이 있어서, 덕재와 윤정, 경민은 누구의 사진인지 다 알 수 있었다.

"그래, 많이 봐라."

"네, 오빠. 저희 안 물어볼게요."

재훈은 어깨를 으쓱하며 진주의 사진을 보았다. 물론 진주와 하연, 또는 태주와 하연, 또는 셋이서 찍은 사진이지만 그는 진주만 계속 보였다. 얼른 귀국하고 싶네.

* * *

일주일 후. 진주는 주리의 손에 이끌려 피부과가 있는 층에 올라왔다. 그 이유는 재훈이 흉터 시술을 한국대학 병원에서 받겠다고 통보해 온 거였다. 흉터가 안 남을 줄 알았는데.

"우리 후니 얼굴 어떡해요. 대리님, 우리 피부과 최 교수가 최고 할 때 최를 쓰시는 거죠? 업계 최고 맞죠?"

"맞아."

"우리 오빠도 그렇지, 남이 무슨 일이 일어나든 말든 그냥 가야

지. 울 오빠 마음씨가 너무 고와서 세상을 잘 살아갈까 걱정이에
요."

주리 씨가 걱정 안 해도 잘살 놈이에요. 진주는 피식 웃었다. 제
게 팬심을 들킨 이후로 주리는 시시때때로 재훈에 대한 이야기를
그녀에게 했다. 그래서 생각을 안 하려고 해도 김재훈이 하루에
도 수십 번씩 생각이 났다.

"오오! 나온다. 어? 성형외과 장 교수님 아니세요?"

"맞아. 장 교수님도 수술에 참여하시나?"

"……진짜 흉터 심한가 봐요. 우리 장 교수님이 장챈보다 칼을
잘 써서 장 교수님이겠죠? 우리 후니, 다음에 들어갈 영화가 로
맨스물이라 클로즈업 많을 텐데. 상처 없겠죠? 믿어도 되겠죠?"

"네. 최 교수님 장 교수님 모두 최고예요. 걱정 마요. 근데, 벌써
영화 정해졌어? 난 못 본 거 같은데."

"아, 저희는 다 알죠. 제가 대리님, 팬클럽 임원을 겸하고 있잖
습니까."

주리가 손으로 입을 막으며 '비밀'이라고 말했다. 진주는 그때그
때 재훈이 무엇을 촬영하고 있는지 잘 몰랐다. 그가 시사회에 초
대해주면 어떤 영화를 하는지 알았고, 드라마가 방영되면 화제가
되니까 그래서 알았다. 새삼 참 그에게 관심이 없었구나 하는 생
각이 들었다.

무심코 고개를 돌리자 어디 가서 자고 있을 것 같던 서태연 과
장이 재훈의 옆에 딱 붙어서 병원 길 안내를 하고 있었다. 진주
와 주리는 그 황당한 모습에 인상을 찌푸렸다. 역시 낙하산. 주
요 행사에는 꼭 그의 얼굴이 TV 화면으로 나가는 것이 다 이유

가 있었다. 진주는 주머니 속에서 핸드폰을 꺼냈다. 진동이 연이어 울렸다.

[점심 같이 하자.]

재훈에게서 온 문자였다. 엘리베이터 앞에 선 그가 핸드폰을 쥐고 있었다. 재훈이 뒤를 돌아보더니 정확히 진주를 찾아내고 씨익 웃었다.

"……어억! 내 뒷목. 대리님, 대리님!"

진주는 뒤로 넘어가려는 주리를 잡아주었다.

"나 보고 방금 웃은 거 맞죠? 후니가 절 보고, 우리 오빠가 날 보고 웃어줬다구요. 다리에 힘이……."

주리의 다리에 힘이 풀려 무릎이 꺾였다. 진주는 그녀를 부축해주었다. 그렇게 좋을까. 제대로 숨도 쉬지 못하며 거칠게 호흡하는 주리를 보고 놀라 그녀도 상체를 굽혔다.

"주리 씨, 괜찮아? 숨, 숨 쉬어."

"……후, 후, 후우! 후우!"

산모가 출산하기 전 심호흡을 할 때처럼, 주리 또한 헐떡거렸다. 재훈이 엘리베이터 안으로 들어가고 나서야 주리의 호흡이 제대로 돌아왔다.

"대박! 이게 무슨 일이야. 대리님, 저 오늘 계 탔나 봐요. 오늘 점심에 저 잠시 나갔다 와도 될까요? 청심환이 필요해요."

"응. 편하게 다녀와."

"같이 밥 못 먹어서 죄송해요. 근데 대리님 이건 저희 팬클럽단에게 꼭 전달해야 하는 내용이라, 샌드위치 먹으면서 카페에 글 올려야겠어요."

주리가 그녀에게 인사를 하고 나갔다. 그 사이에 그녀의 핸드폰에서 다시 진동이 울렸다.

[점심, 시간 안 돼? 그럼 나 서운할 거 같은데.]

[돼. 어디로 갈까?]

진주는 답장을 보냈다. 그러자 얼마 안 가 그에게서 장소를 설명하는 톡이 왔다. 그녀는 사무실로 내려가서 지갑을 챙겨 병원 밖으로 나갔다. 진주는 중식집 안으로 들어갔다. 룸으로 들어가자 재훈이 의자에서 일어나 그녀에게 다가왔다. 손 인사를 하기도 전에 다가와 그가 그녀를 와락 안았다.

"잘 지냈어?"

"어. 네가 비행기 타고 오더니 미국식으로 인사하네. 야, 좀 놔!"

진주가 그를 밀어냈지만, 그는 오히려 더 꽉 안았다.

"싫어. 못 놔."

"…… 왜 이래? 갑자기!"

사람 당황스럽게. 그는 약 삼 초간 그녀를 꽉 끌어안더니 놓아주었다. 정신을 쏙 빼놓고 그녀의 의자를 빼주며 앉으라고 턱짓했다. 진주가 의자에 앉자 그는 그녀를 위해 준비한 선물 박스를 챙겨 내밀었다. 원래도 재훈은 우리 팀 선물을 잘 사 오긴 했지만, 오늘은 왜 받기가 민망한 걸까. 오히려 지금 선물을 줘야 할 사람은 자신인데.

"오늘 밥은 내가 살게."

"왜? 내가 살게. 나 잘 벌잖아."

재훈이 테이블 앞에 서서 팔짱을 끼었다. 물 빠진 티셔츠도 그가 입고 있으니 장인이 세심하게 세공한 디자인처럼 느껴졌다. 그는 참 좋은 옷걸이였다. 뭘 걸쳐놔도 핏이 좋으니. 만약 자신이 디자이너였다면 뮤즈를 김재훈으로 삼고 싶을 만큼, 그는 멋있었다.

"아냐. 나 너한테 미안한 거 많아서 안 돼."

"뭐가 미안해?"

"네 이마……."

"이거? 별거 아니야."

그의 이마에 붙어 있는 밴드가 자꾸 신경 쓰였다.

"그거, 상처 안 남는대?"

"그럴걸."

"얼마나 걸려?"

"몰라. 영화 촬영 전까지는 괜찮아져야 할 텐데……."

상처가 깊긴 했던 모양이다. 재훈의 미간에 옅은 주름이 생겼다. 걱정하는 기색이 역력한 걸 보니 미안함이 배로 느껴졌다.

"내가 도와줄 건 없어? 병원 올 때마다 내가 밥 살게."

"정말 미안해?"

"응. 당연하지. 배우 얼굴을 그렇게 만들었는데."

"……그럼 내 부탁 좀 들어줘."

진주는 고개를 갸웃했다. 그러다가 그녀의 눈이 커졌다. 자자고? 그가 한 번 더 자자고 했던 제안이 떠올라 귀까지 화끈거렸다. 너 진짜!

"무슨 상상을 하는 거야, 홍진주. 내가 또 자자고 할까 봐 그래?"

"야, 좀!"

"덕재 형 막내가 아파서 육아 휴직을 주려고."

육아 휴직? 덕재 오빠는 쌍둥이 딸 둘이 있고, 셋째 딸이 이제

돌이 지났다. 막내인 거면 갓 돌이 지난 애가 아프다는 거였다.

"나 영화 촬영 전까지는 집에만 있어야 하거든. 집, 헬스장. 중간 중간 CF 촬영 있고."

"그래서?"

불안감이 엄습했다. 도대체 무슨 말을 하려고 뜸을 들이는 건지. 그래도 같이 자자는 건 아니니 다행인가.

"덕재 형을 대신해서 한 달만 곁에 있어줘."

"나보고 매니저를 하라고? 나 직장인이야, 재훈아."

"알아. 회사 끝나고 와서 나랑 저녁 먹자. 주말에 운동도 같이 하고."

"⋯⋯무슨 운동?"

진주의 질문에 그가 등을 의자에 붙이며 턱을 15도 정도 옆으로 틀었다. 삐딱하게 웃는 그의 얼굴을 보니 이상한 상상은 그가 하고 있는 것 같았다.

"아니야. 김재훈. 나 그 운동 얘기한 거 아니야! 너 방금 무슨 생각했어?"

"누가 뭐래? 나 아무 생각 안, 안 했는데."

근데 왜 말을 더듬어? 왜 귓불이 빨개지냐고! 무슨 생각했길래.

"하여튼 해줄 거지?"

"⋯⋯밥 사 주는 거로 대신."

대신하면 안 될까. 말을 다 하기도 전에 재훈의 검지와 중지가 밴드가 붙은 이마 주변을 매만졌다. 그러더니 한쪽 눈을 찡그리며 인상을 찌푸렸다. 아직도 아픈가?

"알겠어, 알겠어! 김재훈 네가 손발이 다친 건 아니지만 덕재 오

빠 대신해서 밥 같이 먹고 배달도 내가 대신 시켜줄게! 내가 해
준다고!"

김재훈은 학창 시절에 데뷔를 해서 혼자 할 수 있는 게 많지 않
았다. 특히 혼자서 밥도 못 하고 다 되어 있는 음식을 제대로 데워
먹는 것도 못 했다. 청소는 항상 사람에게 맡겼기 때문에 당연히
어설펐다. 한 번은 우리 팀이 펜션에 놀러갔는데 그가 방 닦는 걸
보고 하연과 그녀가 다시 닦았다. 그 방에 빛이 들어오자 그가
걸레질한 흔적이 그대로 보였다. 네모난 방에 그는 동그랗게 물걸
레질을 해놓은 거였다. 그가 지나간 길은 물난리가 났고. 그의
일과 관련된 것에선 철저한 녀석이 그 이외의 것에선 팔푼이였다.
덕재 오빠가 그의 뒤에서 수발을 정말 잘 들고 있는 거였다. 덕재
오빠의 한 달간 장기 휴가가 그에게 미칠 영향은 안 봐도 뻔했다.

"일단 먹자."

양장피와 크림새우, 볶음밥이 동그란 테이블을 가득 채웠다. 마
지막엔 그녀가 좋아하는 꿔바로우(탕수육)도 나왔다. 진주는 테
이블을 돌려가며 접시에 먹고 싶은 음식을 담았다. 폭풍 식사
를 하고 있는데 쩝쩝거리는 소리가 제게서만 들렸다. 이상한 느
낌에 고개를 들자, 재훈은 볶음밥 몇 숟가락을 먹고 그녀를 보
고 있었다.

"너 안 먹어?"

"응."

"안 먹는 거야, 못 먹는 거야?"

"후자."

맛있는 음식을 눈앞에 두고 침만 흘려야 하는 재훈을 보면 항상

불쌍하다는 생각이 들었다. 펜션에서도 그는 바비큐 파티를 했을 때 소고기 딱 다섯 점만 먹었었다. 그리고 다음 날 새벽에 일찍 일어나 운동을 했었다.

"근데 이렇게 많이 시켰어?"

"응. 너 다 먹으라고."

"……양장피, 꿔바로우, 크림새우, 볶음밥. 이게 다 나 혼자 먹으라고 주문한 거라고?"

끄덕끄덕. 너 나를 돼지로 보는 거냐.

"골, 골고루 먹으라는 뜻이지?"

"아니. 꿔바로우는 네 개밖에 없고, 크림새우도 한 접시에 네 개. 볶음밥에 양장피 같이 먹으면 너 다 먹을 수 있잖아."

"……."

한창 잘 먹을 땐 그렇긴 했지만, 지금은 그 정도 식성이 안 되거든! 취업 준비를 하고 난 이후부터 그녀는 식사량이 확 줄었다. 취업을 한 이후에는 회사를 다니면서 스트레스를 하도 받아 그런지 소화력이 나빠지고 위장까지 줄어들었다.

"너 먹는 거 보면 나도 배불러서 좋아."

그녀는 개의치 않고 열심히 먹었다. 그러자 그가 따뜻한 보이차를 리필해주며 그녀 쪽으로 동그란 유리를 돌렸다.

"먹는 모습도 복스럽고 예쁘네."

"……켁! 켁!"

"물 마셔, 물."

진주는 그가 준 보이차를 마셨다.

"헷, 뜨거!"

혀까지 데인 그녀의 눈가에 눈물이 찔끔 맺혔다. 방금 맵고 짜고 겁나 뜨거웠다. 왜 갑자기 예쁘다고 하고 난리야. 네가 언제부터 날 예쁘게 봤다고! 진주는 티슈로 콧물, 눈물을 닦으며 재훈을 노려보았다.

"진주야."

"왜? 무섭게 왜 그렇게 봐?"

"홍진주."

"응."

…….

네 눈빛이 무섭다, 나는. 네 입에서 무슨 말이 나올지 몰라서 더 무섭다.

'결국 섹스를 하고 나면 선택의 순간이 오잖아. 연인이 될지, 친구조차 못 할지.'

그 순간, 하연이 했던 말이 떠올랐다. 김재훈과 나도 서로 미루고는 있지만 알 것이다. 연인이 되지 못한다면, 친구조차 될 수 없다는 것. 선을 넘는다는 게 그래서 가장 무서운 거였다. 이미 선을 넘고 나면, 다시 그 전으로 되돌릴 수 없으니까. 친구처럼 대하려고, 전과 똑같이 지내려고 그녀는 노력하고 있었다. 핀잔을 주고, 그가 하는 장난에 전처럼 반응하고, 밥도 아무렇지 않은 듯 먹으면서 말이다.

"나랑 만나자."

"……."

재훈의 선택은 '연인'이었나 보다. 김재훈을 잃지 않으려면 그녀에게도 선택권은 하나였다. 연인이 되는 것. 그런데 그것도 결국 헤어지면 친구조차 못 하는 건 같았다. 난 김재훈을 좋아할까? 친구가 아닌, 남자로서 그에게 마음이 있는 걸까? 하연과 같이 그의 화보를 보며 감탄한 적이 있었다. 그가 나오는 영화나 드라마 배역이 멋있어서 반했던 순간도 있었다. 그런데 그건 어디까지나 남자로서는 아니었다. 최고의 스타와 연애……. 진주는 고개를 휘휘 저었다.

"다른 생각 말고, 만나 보자. 진주야."

"재훈아. 나도 하나만 물을게."

"응."

"너 나랑 자고 나서 갑자기 내가 좋아진 거야?"

진주의 질문에 재훈은 풋 하고 웃었다. 그의 웃음의 의미를 모르는 그녀로서는 당황스럽기 그지없었다. 왜 웃지? 왜 웃는 거야? 진짜인 거야?

"네가 그 정도로 잘했다고 생각해? 홍진주?"

잘하긴 뭘 잘해. 아마도 김재훈이 리드하는 대로 따라가기만 했을 것이다. 그녀의 답변을 이해한 그의 입가에 부드러운 곡선이 생겼다. 다정한 웃음에 그녀는 얼굴에 넘어가지 않기 위해 물을 마셨다.

"그전부터야."

"언, 언제부턴데?"

"고등학생 때."

거짓말! 거짓말! 김재훈이 고등학생 때 누구를 좋아했고, 첫사랑이 누군지 내가 제일 잘 알고 있는데! 재훈은 저가 했던 말을 다 잊은 걸까? 그녀는 다시 한번 재훈에게 실망했다. 그는 그저 저와

자고 싶은 거였다. 그걸 위해서라면 밥도 사 주고, 선물도 사 주고, 첫사랑이라는 둥 듣기 좋은 소리도 계속해댈 거다.

"나 너랑 연애 안 해."

진주가 선택한 건, '친구조차 되지 못한'쪽이었다. 상대가 저를 가볍게 생각한다면, 자신도 그를 친구로라도 두기 위해 노력할 필요가 없는 거였다.

# 4. 마음이 가다

사무실로 복귀한 진주는 몰아치는 업무를 처리하며 오후 시간을 다 보냈다. 퇴근 시간이 이미 지났음에도 불구하고 그들은 시간 가는 줄 모른 채 모니터에서 눈을 떼지 못했다.

"대리님. 벌써 여덟 시예요. 하아암."

주리를 포함한 직원들 모두 한숨 돌리는지 기지개를 켰다. 진주는 이미 퇴근한 과장 자리를 한 번 보고 이지안 부장을 보았다.

"다들 퇴근해. 남은 건 내일 하고."

"아싸!"

"저는 조금 더 하고 갈게요."

"……."

서리태 콩물 같은 서 과장보다 당신이 방금 더 싫어졌어. 이 부장은 다시 업무를 시작하였고, 직원들은 기지개를 켜다 말고 자리에 앉았다. 이지안 부장의 퇴근 시간은 아홉 시 이후였다. 매번 눈치 싸움 하듯 퇴근을 하도록 만드는 장본인이었다. 진주는 그런 직원을 둘러본 이후, 먼저 가방을 쌌다.

"먼저 가보겠습니다. 내일 봬요!"

"어, 저두요. 대리님~ 같이 가요!"

주리가 진주의 뒤를 쫓았다. 두 사람이 나가자, 나머지 직원들도 짐을 싸서 이 부장에게 인사를 하고 나갔다. 파도가 밀려 나가듯 직원이 모두 퇴근한 사무실은 무척 휑했다.

* * *

"대리님~ 오늘 점심 뭐 드셨어요?"

"중국집 가서 양장피랑 크림새우 먹었어요."

"그럼 중식은 패스~ 저녁에 치맥 어떠세요?"

"좋죠. 치맥."

진주는 주리와 함께 치맥을 먹으러 가까운 호프집으로 갔다. 바삭바삭한 튀김옷을 입은 치킨이 나오기도 전에 그들은 생맥주를 물처럼 마셨다.

"끄악. 좋다. 저 오늘 계 탄 날. 심쿵, 심멎을 경험했잖아요. 다음 번에 중국에서 팬 미팅 할 땐 저도 월차 내고 가려고요!"

"거길 왜 따라가?"

"시간 내서 무조건 가야죠! 저 보고 웃어주셨잖아요!"

팬 미팅이나 촬영장에 가지 않더라도 항상 월급의 반 이상을 투자해서 오빠 더울 땐 시원한 거, 추울 땐 따뜻한 거 마실 수 있게 커피차를 팬클럽에서 보낸다며 설명을 해 왔다. 밥차도 보내고. 가끔은 친한 배우들 생일도 같이 챙겨준다고……

직원이 치킨을 들고 올 때쯤 치느님을 보기 위해 진주가 고개를 들었다.

"……!"

그녀가 앉아 있는 자리에서 대각선으로 보이는 방향의 남자와 시선이 마주쳤다. 슈트를 입은 남자였는데 이쪽을 보고 있던 모양이었다.

"팬 카페에 오늘 일 올렸더니 저보고 전생에 나라를 구했다고 하시더라고요."

"그래? 거기 팬클럽도 대포 카메라 들고 다니면서 사진 찍고 그래?"

"아뇨. 저흰 사생짓 안 하는 게 철칙이에요. 팬클럽 초반엔 규율 어기는 몇몇이 있었는데 재훈 오빠한테 단단히 혼나서 다신 안 할 거예요. 그리고 우리 후니가 저희 팬 카페에 평소 먹는 거랑 오빠 일상 올려주세요."

팬 관리 잘하네. 걔가 사생활 터치하는 거 싫어하긴 하지. 한 번 잘못 걸리면 팬이고 뭐고 호되게 혼낼 사람이기도 하다. 김재훈이라면, 본보기를 제대로 보여줬을 것이다.

띠링~ 주리의 핸드폰이 울렸다. 그녀는 핸드폰을 가져가더니 눈빛을 반짝였다.

"어? 우리 오빠도 오늘 중식 먹었네. 대리님이 드신 메뉴랑 똑같아요. 양장피, 크림새우. 오오, 여기 우리 병원 주변인데?"

"켁!"

양념 치킨이 목에 걸리자 진주의 얼굴이 금세 빨개졌다. 수리가 그녀에게 맥주를 내밀었다. 그녀는 물인 줄 알고 받아 마셨다가 테이블에 맥주를 뿜었다. 계속해서 기침이 나왔다. 목에 걸렸는데 물을 줘야지, 맥주를 주면 어떡해요. 말을 하고 싶었으나 기침 때문에 말이 나오지 않았다. 눈물까지 맺힌 진주가 주먹을 쥐고 코를 막았다. 코가 너무 매웠다. 양념 치킨의 양념이 매워서 그런지 코끝까지 빨개졌다.

"대리님, 괜찮아요?"

"……콜록, 응…… 콜록!"

그녀는 티슈를 뽑아 코를 가렸다. 다 흐르지 못한 액체가 티슈를 적셔 갔다.

"대리님 혹시 우리 후니 봤어요? 아- 먹으러 따라갈걸."

"어? 치킨 얼른 먹어, 주리 씨."

"네, 대리님도 드세요."

진주가 사레가 걸린 탓에 주리가 물었던 질문은 공중에 흩어졌다. 주리도 본인이 무엇을 질문했는지 잊은 모양이었다. 속으로 안도의 한숨을 내쉰 그녀가 눈을 들자 대각선 방향에 있던 남자와 다시 눈이 마주쳤다. 이상하네. 한 번 눈이 마주치기 시작하니 자꾸 시선이 갔고, 그럴 때마다 종종 시선이 마주쳤다.

"대리님, 맥주 더 마실까요?"

"아니. 오늘은 여기까지 하자."

"아…… 아쉬운데."

"다음에요. 이건 내가 계산할게요. 주리 씨 지갑은 덕질할 때 써요."

"와! 정말요?"

진주는 고개를 끄덕였다. 카드로 치맥을 계산한 다음 두 사람은 방향이 달라 각자 집으로 헤어졌다. 그녀는 하연의 집으로 가기 위해 버스 정류장에서 버스를 기다렸다. 정류장 의자에 앉아 있자 후덥지근한 바람이 불어왔다. 이러다가 갑자기 긴팔을 입게 되고 금세 겨울이 될 것만 같았다.

진주는 빵빵하게 부푼 배를 만지며 동시에 하품을 했다. 눈을 뜨면 출근을 하고, 점심을 먹고, 일을 하다 보면 또다시 집. 그녀의 평일은 매번 같은 스케줄로 돌아갔다. 그런 그녀에게 주말에 친구들을 만나는 건 정말 즐거운 일이었는데……. 하연인 태주랑 어떻게 되고 있는 걸까. 자신과 재훈은 이대로 친구조차 못 하더라도, 하연이와 태주는 연인이 되었으면 좋겠다. 그런 생각을 하던 그녀는 문득 뒤를 돌아보았는데, 이번에도 저 멀리서 슈트를 입은 남자가 보였다. 그녀는 그와 눈이 마주치자 턱 끝을 당기며 그를 불렀다.

"이쪽이요. 잠시 저 좀 보고 가세요!"

저를 해치려는 사람으로는 보이지 않았다. 감시당하고 있는 거 같은데……. 그 상대가 누군지 알 것 같았다. 김재훈, 너 맞지? 그러고 보니 중식집에서도 본 것만 같았다. 그 전에 하연의 집 앞에서도……. 아닌가? 한 번 의심하기 시작하니 지난 일들이 연

달아 생각나며 이상하게 느껴지는 점들이 떠올랐다. 진주의 표정이 무섭게 굳어졌다. 그녀의 앞까지 온 남자가 진주에게 깍듯이 인사했다.

"안녕하세요. 진주 씨 경호를 임명받은 주찬우입니다."

"언제부터 저 따라다니셨어요?"

"일주일 정도……."

"……김재훈 이 자식."

진주는 찬우를 앞에 두고 재훈에게 전화를 걸었다. 이런 짓 할 사람은 재훈 말곤 없을 것이다. 인호가 나타날 때마다 항상 그 자리에 있던 남자가 김재훈이었으니까. 신호음이 몇 번 가고 나서 바로 재훈이 전화를 받았다.

─진주야.

"야! 김재훈!"

그녀는 다짜고짜 그의 이름을 불렀다. 그러자 정류장에 있던 몇몇 시선이 그녀에게 향했다. 그녀는 버스 정류장을 지나 거리를 걸으며 통화를 이어갔다.

"너 도대체 나한테 왜 이래? 자고 나니까 내가 쉬워 보여? 내가 너랑 오랜 사이니까 갖고 놀다 버려도 아무 말 못 할 거 알고 이러는 거지? 갑자기 왜 이러는 건데……! 고등학생 때부터 날 좋아했다고? 내가 네 첫사랑이 누군지, 고등학생 때 누굴 좋아했는지 다 아는데, 네 진심이 하나도 안 느껴져. 그리고…… 나 경호 필요 없어. 유인호는 더 이상 나타나지 않을 거니 걱정 마. 걔가 세상에서 제일 무서워하는 게 제 엄마인데 그거 걸렸으니 절대 내 앞에 안 나타나. 나 이런 장난 안 좋아해. 나 말고 다른 여자 만나. ……네가 나랑 친구조차 하기 싫다는 거로 알게."

-진주야, 홍진……!

뚜뚜뚜. 진주는 전화를 탁 끊었다. 그러곤 제 앞에 서서 다 듣고 있는 경호원을 보고 이로 입술을 질끈 물었다. 다 쏟아내고 나니 속이 시원했다. 김재훈은 제게 왜 이렇게 쉬울까. 고백이 왜 이렇게 쉬워? 그녀는 하연이 떠올랐다. 고백조차 못 하는 하연과 대비 돼서 그의 감정이 더 가벼워 보였다. 고작, 잠 한 번 더 자자고 하는 행동처럼 느껴졌다.

……짜증 나. 쏘아붙이고 나서 또 너무했나 싶어 끝이 찜찜했다. 이럴 거면 지르지나 말지. 매번 지르고 후회하는 이 성격이 참 싫 지만, 어쩌겠는가, 이렇게 태어난 것을.

"저 혼자 갈게요. 상사한테는 제가 전화 넣었으니 걱정 안 하셔 도 됩니다. 걱정 마세요!"

진주는 앞에 있는 남자가 걱정하지 않게 손사래를 치며 다가오 는 버스로 달렸다. 남자는 그녀의 말에도 결국 같은 버스에 올라 탔다. 진주는 손바닥으로 머리를 짚고 버스 창문에 기댔다. 그래, 너희 멋대로 해라! 나 다칠까 봐 그렇다는데, 그래, 다 해 먹어라! 자포자기한 그녀가 후 한숨을 쉬었다.

* * *

하연은 태주의 집무실에서 그를 기다렸다. 그녀가 몸을 꿈틀거 릴 때마다 가죽에서 소리가 났다. 괜히 태주가 일하는 데 방해 될 것만 같아 그녀는 최대한 움직이지 않으려고 했다. 저녁을 같이 먹기로 했는데 갑자기 일이 생겼는지, 그는 삼십 분째 일을 하는 중이었다.

　약속을 정해서 만나기 바로 십 분 전, 밥을 먹다가도, 친구들과 있다가도 회사 일이 생기면 그는 다른 건 다 제쳐 두고 일을 하러 갔다. 박태주는 일밖에 모르는 남자였다. 그래서 옆에 있는 사람을 외롭게 만드는……. 하연이 태주를 힐끗 보았다가 핸드폰을 들고 조심스럽게 집무실 밖으로 나갔다. 그녀는 진주에게 전화를 걸었다.

　-응. 하연아.

"어디야?"

　-집 가는 중이야. 다 와 가. 오늘 늦어? 꼭 하고 싶은 말이 있는데.

"오늘? 응, 지금 태주네 사무실이야."

　-응. 그럼 내일 얘기하자. 파이팅. 우리 하연이 하고 싶은 거 다 해~ 알았지? 박태주든 뭐든! 다 네가 원하는 대로 될 거야. 그러니까, 힘내, 하연아!

"고마워. 역시 너밖에 없어. 사랑해!"

　하연은 진주가 하고 싶다는 말이 궁금했지만, 태주를 두고 갈 순 없었다. 사랑과 우정 중에 선택하라고 하면, 자신은 분명 사랑일 거였다. 그래서 진주에게 미안해졌다. 요새 제게 하고 싶은 말이 많은 눈치였는데. 그런데 시간이 지나도 진주는 그 자리에 있을 것만 같았다. 확신이 있었다. 그러나 박태주는 이 시간이 아니면 언제 또 볼지 모르고, 자리에 없을 남자였다.

"……너 연애해?"

태주의 갑작스러운 목소리에 하연은 핸드폰을 떨어뜨렸다.

"으악! 놀라라. 언제 나왔어?"

"방금."

태주가 그녀의 핸드백을 들고 벽에 기대서 있었다. 그는 얇은 그의 카디건을 하연에게 내밀었다. 그녀는 태주의 카디건을 어깨에 걸치고 핸드백을 달라고 손을 뻗었으나 닿진 못했다. 그는 핸드백을 뒤로 빼며 앞으로 걸었다. 임원용 엘리베이터의 버튼을 누르고 기다리는 동안 잠시 정적이 흘렀다.

"지하연. 너 연애해?"

태주의 표정이 전보다 더 시린 것 같았다. 일하느라 피곤했나? 그녀는 다시 한 번 핸드백을 가져가기 위해 손을 뻗었으나 태주가 휙 핸드백을 등 뒤로 숨겼다.

"핸드백 줘."

"내 말에 먼저 대답부터 해. 연애 하냐고."

"내가 무슨 연애야. 진주다, 진주!"

"아……."

그제야 핸드백이 하연의 품으로 돌아왔다. 그녀는 핸드백을 어깨에 메고 마저 쇼핑백도 달라는 듯 손을 내밀었다.

"박태주! 그것도 줘."

"이건 내가 들게. 핸드백이나 들어. 뭐 먹을래?"

"……음. 술 마시고 싶은데, 술 사서 우리 집으로 갈래? 진주 걱정되기도 하고."

진주가 하고 싶다고 했던 말도 궁금한데……. 태주랑 즐겁게 노는 동안, 진주는 남자 친구와 헤어지고 스토킹을 당했다. 위험했던 순간도 있었는데 그때마다 저는 태주 생각만 했었다. 다 잊었다. 이제 미련 없다. 그렇게만 생각했는데 요새 가을로 넘어가는 날씨 탓인지 태주가 자꾸 보고 싶고 그랬다. 이 빌어먹을 짝사랑은 왜 시도 때도 없이 사람을 보고 싶게 만드는지.

"진주 걱정하지 마."

"어떻게 걱정을 안 해. 요새 진주한테 자꾸 안 좋은 일만 생기잖아. 우리 집 가는 골목도 위험하다고."

"사람 붙였어. 걱정 마."

"……뭐?"

"문자 왔네. 집에 잘 들어갔대."

태주는 무심하게 핸드폰을 꺼내 문자를 보더니 말했다. 하연은 고개를 갸웃거렸다. 그사이 엘리베이터 문이 열렸다. 태주는 먼저 그 안으로 들어갔지만, 하연은 눈썹을 찡그리며 멍하게 서 있었다.

"안 타?"

"……진주한테 사람을 붙였다고?"

"어."

"언제부터?"

"너 진주랑 우리 집에 놀러 온 다음 날부터. 너 술 먹고 진주 걱정된다고 걔 꺼안고 울고 했던 건 아냐? 빨리 타. 팔 떨어져."

하연은 엘리베이터에 올라탔다. 임원용 엘리베이터라 이 시간에 탈 사람은 아마 없을 거였다. 좁은 공간에서 정적이 흐르니 숨이 막힐 것만 같았다.

"발 안 아파?"

태주의 눈이 하연의 구두에 가 있었다.

"응. 안 아파. 근데 진주한테 말 안 하고 그래도 돼?"

"말해야 하나?"

"당연하지! 진주 알면 기분 나쁠 일이잖아. 누가 너 감시한다고 생각해 봐."

"음. 그렇겠네."

좋은 의도로 했겠지만, 진주가 알면 정말 기분 나쁠 일이었다. 박태주는 이렇게 다른 사람의 기분을 잘 생각하지 못하는 치명적인 단점이 있었다.

"진주한텐 내가 말할게. 태주 네가 사람 붙여서 보호하고 있다고. ……그래도 안심이 되긴 하네."

하연은 주차장으로 내려와서 문자를 썼다. 그녀의 뒤에 선 태주는 고개를 끄덕이며 하연을 기다렸다.

[진주야. 태주가 너 위험할까 봐 경호원 붙였대. 퇴근길에 아마 너 집 가는 길에 따라갔을 거야. 얘가 너 걱정해서 그런 거니까 기분 나빠…….]

하연은 거기까지 쓰다가 다시 뒷부분은 싹 지웠다.

[진주야. 태주가 너 위험할까 봐 경호원 붙였대. 태주가 네가 많이 걱정됐나 봐. 내가 단단히 혼낼게.]

사실을 전달하면서 태주가 진주를 걱정해서 그랬다는 점을 강조했다. 진주는 상대가 저를 생각해서 한 행동에 대해선 매우 관대했다. 아마 이번에도 그럴 것이다. 태주의 운전기사가 차를 몰아 그들의 앞으로 왔다. 태주가 뒷좌석 문을 열고 하연에게 턱짓했다. 그녀가 먼저 타자, 그 옆에 태주가 탔다.

"네가 진주를 이렇게 생각하는 줄 몰랐다. 박태주. 언질이나 좀 해주지."

"나 진주 걱정 안 하는데?"

"그럼 왜 경호원 붙였어?"

"……그냥. 너도 걱정하고."

나도 걱정하고?

"재훈이도 걱정하는 거 같고."

그럼, 그렇지. 역시 한국어는 끝까지 들어봐야 해. 하연은 다리를 꼬고 턱을 괸 태주를 보았다. 바깥 풍경을 보는 무감한 저 표정을 보며 뭐가 좋아서 심장이 뛰는지. 그녀는 가슴 부근에 손을 올렸다. 심장아, 나대지 마. 제발.

* * *

다음 날 출근을 한 진주는 숨을 돌릴 때마다 핸드폰을 흘깃 보았다. 어제 김재훈한테 제 할 말만 다 하고 끊었는데, 자꾸 신경이 쓰였다. 얼마나 황당했을까. 연락 없는 핸드폰을 보며 진주는 화장실 칸 하나에 들어가 그에게 전화를 걸었다. 몇 번의 신호음이 가자 그가 전화를 받았다.

-…….

"저기…… 내가 어제는 말이야. 말이 심했어. 미안해. 네가 아니라 태주가 사람 붙인 거였대. 네 말 듣지도 않고 화내고 오해해서 미안해."

-사과하려고 전화한 거야?

"응. 집이야?"

ㅡ집이지. 나 집 말고 갈 데 없잖아.

그렇지, 김재훈은 쉬는 날은 거의 집에 있었다. 그에게 집 밖은 다른 의미로 위험한 곳이었다. 그의 사생활이 노출될 수 있는 곳. 그래서 빛 좋은 개살구라며 그녀는 그를 매번 놀렸다. 돈 많이 벌면 뭐하나, 대한민국 땅덩이 밟고 다니는 것도 어려운데. 뭐, 하연은 실제 재훈이 버는 수입을 듣고는 평생 집 밖에 안 나가도 행복할 것 같다며 우스갯소리를 해서 다들 피식 웃었었다.

"밥은 먹었어?"

ㅡ아니. 덕재 형 휴가 보내서 굶고 있어.

"뭐 좀 시켜먹어."

ㅡ배달 음식 먹으면 안 돼. 관리 중이라서. 양배추 먹었으니까 괜찮아.

"아침, 점심, 저녁 그것만 먹겠다고?"

ㅡ응.

안쓰럽게, 왜 그것만 먹냐고. 어제 저는 중식 요리를 점심으로 먹고, 저녁에 치킨을 먹었다. 오늘 점심엔 집밥을 먹었고. 닭 가슴살만 먹는데도 어쩜 저렇게 키도 잘 크고 몸도 잘 컸는지, 역시 유전자가 제일 중요한 모양이었다.

"먹고 싶은 거 있어?"

ㅡ아니. 없어.

"알겠어, 그럼 뭐……."

ㅡ홍진주!

진주가 전화를 끊으려고 하자, 재훈이 급하게 그녀를 불렀다.

"왜?"

-배는 안 고픈데, 너무 할 게 없다. 보고 싶은 영화 있으면 나랑 같이 보자. 결제해 둘게.

"……."

-이상한 짓 안 해. 장난치면서 너 헷갈리게 하지 않을 거고. 네가 내 진심이 느껴지지 않았다면 그건 내 잘못이잖아. 진주야. 와서 얼굴만 보여줘. 보고 싶어.

쿵. 높은 곳에서 아래로 곤두박질칠 때의 느낌처럼, 심장이 쿵 떨어졌다. 보고 싶다고? 내가? 정말 날 좋아하는 거야? 김재훈 네가 왜?

-네 말처럼 다른 여자 만날 수 있었으면 지금까지 혼자 있지도 않았어. 내가 국내에 있을 때마다, 쉴 때마다, 아니… 촬영 중간중간에도 너 만나려고 했잖아. ……방법이 잘못된 거 인정해. 그때 네가 너무 예뻐서 참을 수 없었어. 아니, 참기 싫었어. 그런데 그것 때문에 내 진심 왜곡하지 말아줘. 네가 원하지 않으면 손끝하나 안 댈게.

아니, 손끝 하나 대지 말란 건 아닌데…. 아니지, 당연히 대면 안되지! 이중적인 마음이 동시에 들었다. 그녀는 이랬다저랬다 하는 마음의 소리를 들으며 갈피를 잡지 못했다. 두근거리는 마음, 걱정되는 마음, 이게 뭔지 모르는 마음이 온통 뒤섞였다.

"일, 일단 이따 갈게. 끊어!"

그녀는 전화를 끊고 깊게 심호흡을 했다. 네가 14년간 친구로 지낸 김재훈이라고. 박태주를 떠올리자, 태주 눈, 코, 입. 아니, 하나도 설레지 않아. 박태주가 나한테 고백을 한다면? 이 미친놈아 하면서 욕을 한 사발 해주며 무시했을 거다. 그런데 재훈이 고백했을 때 자신은 어땠나? 엄청 당황했었다. 똑같은 친구인데, 왜 상대의 행동에 따라 내가 달라지는 거지? 재훈이를 남자로 보고 있었나? 그건 아니다. 그녀는 하연처럼 재훈과 있고 싶어서 어떻게든 시간을 만들고, 그를 따라 다니고, 그와 있으면 행복해서 죽을 것 같고 그런 적이 없었다. 심장이 빠르게 뛴 적도 없었고. 그런데 도대체 왜 갈피를 잡을 수 없는지, 진주의 눈빛이 하염없이 흔들렸다.

* * *

재훈은 진주를 기다리는 동안 어질러진 집을 정리했다. 전에는 청소는 사람을 썼는데 누군가 그의 집 사진을 찍어서 기자에게 제보한 이후로는 사람을 잘 부르지 않았다. 물론, 덕재가 있을 땐 그가 직원을 지켜보고 있기에 그런 일이 일어나진 않았다.

덕재 형이 한 달간 육아 휴직이 들어간 동안, 그는 집 청소도 어떻게 할지 난감했다. 정리는 잘해서 옷 정리나 이런저런 정리정돈은 했지만, 집안일은 여간 고민되는 게 아니었다.

"사람을 다시 불러야 하나."

고민하던 재훈은 욕실로 들어갔다. 훌렁훌렁 벗은 그의 몸엔 실오라기 하나 걸쳐져 있지 않았다. 그의 몸 위로 샤워기의 물이 떨어져 흘러내렸다. 운동으로 다져진 넓은 어깨와 가슴엔 알맞게 근육이 잡혀 있었다. 목과 어깨 사이의 승모근이 발달하여 쇄골로 떨어지는 부위는 특히 더 섹시해서 팬들은 그를 쇄골미남이라고도 하였다. 재훈은 가슴과 복근 그 아래까지 비누칠을 했다. 머리까지 한 번에 감은 후 비눗기를 제거했다. 샤워하는 동안 욕조에는 물이 알맞게 받아져 있었다.

그는 발끝부터 욕조에 넣었다. 물의 온도가 적당했다. 그가 욕조 턱을 넘기 위해 다리를 올리자 허벅지 근육(대퇴근)이 올라붙었다. 물 안에 들어간 그는 머리 뒤로 손깍지를 낀 채로 눈을 감았다.

'내가 네 첫사랑이 누군지, 고등학생 때 누굴 좋아했는지 다 아는데, 네 진심이 하나도 안 느껴져.'

어젯밤 진주가 했던 말이 생각나자 그가 인상을 찌푸렸다. 내가 아는 첫사랑은 넌데, 누굴 말하는 건지. 진심을 보이고 싶었다. 말하고 싶어서 목 끝까지 차올랐지만 네가 쉽지 않아서, 너를 잃고 싶지 않아서, 혹시라도 네가 다칠까 봐, 누군가 널 해치려 들까봐 말 못 했던 건데. 제 진심을 몰라주는 진주가 밉다가도, 얼굴만 떠올려도 웃음이 나왔다. 어느새 그의 입꼬리가 양옆으로 길게 늘어져 있었다.

\* \* \*

재훈이네 집으로 가는 동안 진주는 안경을 벗어 가방에 넣었다. 버스 창문에 이마를 대자 피곤했는지 잠이 솔솔 왔다. 버스가 방지 턱을 지나거나 차선 변경을 할 때 몸이 흔들렸지만 그녀는 누가 업어 가도 모를 정도로 잘 잤다. 그녀는 꿈속에서 재훈을 만났다. 요새 부쩍 김재훈 생각을 하다 보니 꿈에서도 그가 나타나는 모양이었다.

대학교 4학년 졸업 후 취직 준비를 위해 강남 해커Y단기 학원에서 하루 종일 엉덩이를 붙이고 살았다. 거기서 만난 같은 취준생끼리 그룹을 만들어 각 공채 소식을 접하고 지원을 하였다. 학원비가 워낙 비쌌기에 그녀는 더는 부모님께 짐을 지고 싶지 않았다. 밥값과 교통비만이라도 그녀가 벌고 싶었다. 그래서 취업 준비를 하는 와중에도 주말에 아르바이트를 하며 바쁘게 보냈었다. 그러다 보니 그녀는 친구를 만날 새가 없었다. 평일엔 공부, 주말엔 아르바이트 그리고 공부. 집, 독서실, 학원, 아르바이트 카페. 네 군데만 돌며 하루가 일 년처럼 지겹고, 언제 취업이 될지 몰라 불안해하던 그때 김재훈이 그녀에게 큰 힘이 되었다.

'영화 보자.'

그는 국내에 있을 땐 진주에게 연락해 밥을 사 주고, 영화를 보여주었다. 그땐 태주는 해외에 있었고, 하연은 같은 취준생이라 돈이 넉넉지 않아 자주 못 보았다. 그뿐 아니라, 동질감 때문에 하연과는 서로 만나면 한숨만 쉬었다. 학원비가 다 부모님의 지갑에서 나온다는 것을 알기에, 하연과 진주는 취업 후에 제대로 놀자고 약속을 하였다. 그러나 취업의 길은 왜 이렇게 멀고도 힘든지. 입시도 힘들었는데 취업의 문은 더 좁았다. 그런 그녀에게 일탈을 할 수 있게 만들어주는 유일한 존재가 김재훈이었다.

'아이스크림 사 줄게. 나와.'

학원에서 밖으로 달려 나가면 차 한 대가 서 있었다. 그녀가 올라타면 아이스크림 케이크 하나를 선물로 주었다. 어디 밖에 나가 먹진 못했지만, 그 안에서 이가 부딪칠 정도로 시원한 에어컨 바람을 맞으며 아이스크림을 먹을 수 있었다. 그게 진주가 편안하게 숨 돌릴 틈이었다.

'나 영어 과외 좀 해줘.'

'과외? 너 공부 나보다 잘하잖아.'

학창 시절 김재훈은 자신보다 성적이 높았다. 그는 수업을 들을 틈도, 공부를 할 시간도 없었을 텐데도 하루 종일 엉덩이 붙이고 있는 자신보다 성적이 월등히 높았다.

'안 하니까 머리가 굳나 봐. 가르쳐주라.'

'너 세상을 다 가지려고 하냐? 하나쯤 못 해도 되잖아.'

'……과외비 준다. 어때?'

'에헴. 얼마 줄 건데?'

꽁. 이마에 꿀밤 한 대가 날아왔다. 그녀는 왜 때리냐는 듯 인상을 쓰다가 들고 있던 스푼으로 그의 머리통을 때렸다.

'됐다. 나 과외 해달라는 건 장난이고. 나 말고 내 사촌 동생 과외 해줘. 주말 과외하고, 월 백. 어때?'

'……나야 좋지. 그런데 나한테 맡겨도 돼?'

'응. 너 학벌 좋잖아. 애가 성격이 모났으니까 잘 구슬려 봐. 걔 못 잡으면 과외비도 없어. 그리고 이거 카드.'

그가 본인의 카드를 내밀었다. 취업 준비를 하느라 하던 과외를 다 끊었다. 과외는 자신의 스케줄이 아닌, 학부모와 학생의 스케줄에 맞춰야 하는 거였다. 그런데 주말에만 해도 된다니, 거기다 백만 원. 그는 정말 하늘에서 내려준 구세주였다. 그렇지만, 카드는 왜 주는 거지?

'우리 집 놀러 올 때 먹을 것 좀 사 와. 내가 나갈 수가 없잖냐.'

'아~ 내 돈으로 사도 되는데. 네가 얼마나 먹는다고.'

'매번 너한테 어떻게 얻어먹냐. 취업하면 많이 사. 그 전엔 내가 살게.'

이건 꼭 연인끼리 하는 대사 같았다. 너 취업하기 전까진 오빠가 밥값 낼게, 너한테 어떻게 얻어먹겠어. 기시감이 느껴져 곰곰이 생각해 보니, 먼저 취업한 남친을 둔 취준생 동료가 종종 듣는 대사였다.

'돈 많은 친구 됐다 뭐 하냐. 안 받아?'

아, 그래도 그걸 어떻게 받아. 그는 벙찐 그녀에게서 아이스크림 케이크를 뺏은 후, 그녀의 청재킷 주머니에 카드를 넣었다. 잠시 후, 재훈이 시계를 한 번 보더니 곤란한 표정을 지었다. 그러더니 뒷좌석에서 박스 꾸러미 몇 개를 꺼내 진주에게 주었다.

'이게 다 뭐야?'

'회사로 배달 온 초콜릿. 오늘이 밸런타인데이라더라. 가서 그룹 원들하고 같이 먹어.'

'야아, 네 팬들이 알면 난리 난다.'

'편지는 다 빼서 집에 뒀어. 걱정 마. 공부할 때 먹으면 좋잖아.'

그럼, 받아볼까? 진주는 재훈과 달리 단 거라면 사족을 못 썼다. 특히 취준생에게 초콜릿은 지친 삶의 유일한 선물이었다. 그녀는 더는 빼지 않고 초콜릿 박스를 품 안에 가득 안았다. 그러느라 카드를 다시 돌려준다는 걸 까먹었다. 학원으로 다시 돌아와 책상에 앉았을 때, 재훈에게서 문자 하나가 와 있었다.

[힘내. 막차 생각하지 말고 택시 타고 다녀. 그러라고 카드 준 거니까. 나중에 다 갚아라. 달아놓을 거니까.]

재훈의 문자에 가슴이 따뜻해졌다. 얘가 설마 나를? 그러고 보면 초콜릿으로 고백하는 날에 제게 이걸 주기도 했었다. 진주는 재훈의 카드를 지갑 속에 넣고 다녔지만 쓰진 못했다. 그러나 그 카드를 보면 조금 설레기도 했었다. 재훈의 첫사랑이 누군지, 그의 마음이 다른 여자에게 가 있단 걸 알기 전까지. 그 이후로 그녀는 취업 준비에 목을 맸다.

남이 제게 관심이 있다고 생각하니 잠시 설렜던 거지 좋아했던 건 아니었다. 그저 그런 해프닝에 불과한 일이라고 넘기며 그녀는 그의 집에 놀러 간 날 책상 위에 카드를 돌려주었다.

* * *

재훈은 현관 앞을 서성였다. 엘리베이터가 그가 사는 층에 도착하는 소리를 듣고 현관문을 열어주었다.

"나 올라오는 게 보여?"

"감. 느낌."

"밥 못 먹었다며. 마트에서 재료 좀 사 왔는데, 뭐 해줄까? 된장찌개, 김치찌개, 김치볶음밥, 고추장찌개, 김치찜, 청경채볶음, 제육볶음? 소고기도 사 왔어. 밥은 즉석식품으로 대신하면 될 거 같고."

진주는 신발을 벗고 들어와 부엌으로 갔다. 냉장고 문을 연 그녀는 장 봐 온 재료들을 모두 넣기 시작했다.

"버스 타고 왔어?"

"응."

"어쩐지. 얼굴에 자국 다 났다. 이번엔 정거장 제대로 내렸어?"

"아니…… 두 정거장 뒤에 내려서 택시 타고 왔어."

"그럴 줄 알았다. 처음부터 택시 타고 오지."

"……내 월급으로는 뚜벅이가 제격이야."

진주는 재료를 다 넣고 부엌 테이블에 기대서서 팔을 내렸다. 그런 그녀의 손에 종이 뭉치가 잡혔다. 그곳으로 눈을 돌리니 눈에 띈 파일 몇 개가 보였다. 그건 CF 광고 기획 자료들이었다.

"보고 싶으면 봐."

"진짜?"

진주는 화색을 띠며 기획서를 보았다. 너무 보고 싶은 티를 냈나.

그녀가 꺼낸 CF는 속옷 광고인 모양이었다. 남성용 드로즈가 첫 장에 빼곡하게 들어가 있었다. 마네킹에 입힌 거지만, 실제 이걸 입을 사람은……. 진주의 눈이 재훈의 얼굴에서부터 하반신까지 훑어 내려갔다. 엄청 섹시하긴 하겠다. 광고 콘셉트를 보던 그녀의 눈썹이 꿈틀거렸다.

「네 속옷, 오빠가 골라줄게.」

「형한테 상의해.」

「내 취향은…….」

시리즈 1, 2, 3으로 기획되어 있었다. 오빠가 골라주는 속옷, 형이 골라주는 속옷, 그리고 그의 취향. 남녀노소 누구에게나 사랑받는 김재훈이기에 가능한 콘셉트였지만, 이건…… 너무 느끼하고 부담스러웠다.

"이거 너 찍게? 빤스 바람으로?"

"빤스가 뭐야. 란제리 속옷 광고인데."

"그, 그럼 노출은 어디까지 해? 빤스에 윤곽이 다 보일 텐데."

진주의 눈이 다시 그의 하반신으로 갔다. 가린다고 하여도 그곳 윤곽은 다 티가 날 텐데. 민망하지 않을까? 연예인이 아닌 그녀는 저의 몸매가 적나라하게 드러난다고 생각하니 부끄러움이 앞섰다. 해가 지나면 아홉수이고, 또 해가 지나면 서른이었다.

"가릴 수 있어."

"사이즈가 천 쪼가리에 가려질 수 있어? 아닐 텐데?"

진주의 말에 재훈이 피식 웃었다. 그러더니 냉장고에서 등을 떼고 그녀에게로 서서히 다가왔다. 부엌 테이블에 기대고 있던 그녀의 양옆에 손을 짚고 그가 상체를 숙였다.

"너 기억났어?"

"……뭐, 뭐를."

"우리 잔 거. 그날 밤에 네가 어땠는지 다 기억났냐고."

"아니!"

진주는 세차게 고개를 저었다. 시간이 지나면서 문득 기억의 조각이 맞춰지곤 있었지만 전체가 기억이 난 건 아니었다. 그의 사이즈 정돈 기억이 났지만…….

얼굴이 점점 내려왔다. 너 아무 짓도 안 한다고 했잖아. 네 마음 장난 아니라고 했잖아. 이럼, 이럼 안 되는데. 진주가 얼굴을 뒤로 빼며 테이블을 잡은 손에 힘을 줬다.

"소고기 구워 줘. 같이 먹자."

긴장한 그녀를 보며 피식 웃은 그가 서서히 물러났다. 그녀가 방금 숨을 멈췄던 걸 아는 모양이었다. 그의 능글맞은 표정을 보고 있으려니 왠지 모를 부끄러움이 밀려왔다. 프라이팬에 소고기를 굽는 그녀의 옆에 선 그가 빤히 그녀를 보았다. 누가 보고 있으니 소고기 옆에 양파 하나를 굽는 것도 신경이 쓰였다.

"왜, 왜? 다 되면 부를게."

"나 뭐 하나 물어봐도 돼?"

"안 돼."

아무것도 물어보지 마.

"내 첫사랑이 누구야?"

"……."

그걸 왜 나한테 물어? 박태주도 알고, 지하연도 아는 네 첫사랑을 왜 나한테 물어. 네가 제일 잘 알면서. 그녀는 미간을 좁힌 채로 그를 올려다보았다.

"홍진주. 네가 아는 내 첫사랑이 누구냐고."

그가 팔을 걷어붙였다. 그 상태로 팔짱을 끼자 팔에 핏줄이 돋았다. 지금 이 상태로 촬영 현장에 가도 손색이 없을 정도로 그의 몸은 완벽한 핏을 자랑했다.

"박, 박태주한테 물어봐."

"태주?"

"나만 아는 거 아니거든!"

"……너만 잘못 알고 있는 거 같은데?"

내가 잘못 알고 있다고? 아니야, 박태주도 네 첫사랑 누군지 알고 있어.

"하린 언니잖아. 김재훈 네 첫사랑."

## 5. 달콤한 고백

"하린 누나?"

"그래. 첫사랑이자, 네가 계속 짝사랑하고 있는 상대. 아니야?"

"어. 아니야."

"……아니라고?"

진주는 고개를 갸웃했다. 딱 잘라 아니라고 하는 그에게 맞다고 우길 순 없지만, 그럼 그녀가 본 것은 무엇인지.

"누나가 나 연기 연습 도와주고, 데뷔할 때 도움준 건 맞지만 첫 사랑도, 짝사랑도 아니야. 잘못 짚었어."

"너, 우리 팀 만날 때마다 하린 언니랑 약속 있다고 했잖아. 생일 선물 사려고 나한테 여자들은 뭐 좋아하냐고 묻기도 하고, 또, 또……."

나 취업해서 너한테 제일 먼저 밥 사려고 했는데, 우리 약속 파투냈잖아. 그때도 하린 언니한테 가봐야 한다고 했었다.

"또 뭐?"

"하여튼 각별한 사이였잖아."

"……진주야."

그가 답답하다는 듯 머리를 거칠게 쓸어 넘겼다. 그러는 사이 프라이팬에선 탄 냄새가 났다. 그녀는 얼른 가스 불을 끄고 다 타버린 소고기를 보며 입맛을 다셨다.

"홍진주. 내가 데뷔하고 아는 사람 없어서 먼저 데뷔한 하린 누나한테 도움을 좀 받았지만 네가 생각하는 그런 거 아니야."

"……."

"나, 너 좋아했어. 그때도."

쿵. 다시 심장이 떨어지는 듯한 느낌이 들었다. 그때와 같았다.

"나 진주 네 옆에서 더 이상 친구 할 자신 없어. 한계야. ……더는 못 해. 혹시 친구라도 못 할까 봐 버렸는데 네가 다가왔잖아. 안아달라고 했잖아."

'안아……줘.'

술김에 했던 말이 떠올랐다. 재훈에게 손을 내밀고 안아달라고 한 건 자신이었다.

"진심만 알아줘. 나 정말 홍진주 아니면 안 되니까, 구제 좀 해줘라."

나 아니면 안 된다고? 김재훈 네가? 이렇게 자꾸 고백을 하면, 네 마음이 진짜라고 생각하게 되잖아.

"이제 믿나 보네."

재훈은 팔짱을 풀고 와서 진주가 태운 고기를 집게로 집어서 싱크대 안으로 넣었다. 그러곤 새로운 프라이팬을 꺼냈다.

"내, 내가 할게."

진주는 프라이팬에 소고기를 다시 올렸다. 넉넉히 사 오길 잘했다. 재훈은 그녀가 고기를 굽는 동안 냉장고 문을 열어 물을 꺼냈다. 생수병 두 개를 머그잔에 각각 따랐다. 식기 세트를 꺼내 물로 씻은 후 테이블 위에 올렸다.

"밥은 즉석식품 있어."

"응. 전자레인지 돌릴게."

재훈은 냉장고에서 즉석 밥을 꺼내 전자레인지 앞으로 갔다. 진주는 그가 그대로 넣으려는 걸 보고 프라이팬을 두고 그쪽으로 가서 밀봉되어 있는 것을 뜯었다.

"전자레인지 돌릴 땐 손가락이 들어갈 정도, 아니면 여기 점선되어 있는 곳까진 뜯어야 해."

"응."

"1분 30초 정도 돌리면 되고."

"아하."

그는 즉석 밥을 전자레인지에 넣고 그녀의 말대로 했다. 그는 1분 30초를 누르는 법을 몰라서 30초씩 3번을 돌렸다. 그걸 본 진주는 콧잔등을 찌푸렸지만 이번엔 직접 해주진 않았다. 그저 밥 먹은 후에 한 방에 돌리는 법을 알려줘야겠다고 생각했을 뿐이다. 밥 돌려 먹는 법은 알아야 배고플 때 해 먹을 거 아닌가.

소고기, 볶음김치, 밥. 국이 없어도 그는 음식을 남기지 않고 싹싹 비웠다. 식단 조절을 하는 그가 제가 한 음식은 싹싹 다 먹어 주니 고맙기도 했다. 재훈은 다 먹은 후, 커피는 본인이 하겠다며 캡슐 커피를 내렸다.

"뜨거워. 잠시만."

진주가 머그잔을 바로 쥐려고 하자 그가 일어나 냉동실에서 얼음통을 꺼내 왔다. 진주의 잔에 얼음 두 개를 동동 띄워 준 후 도로 냉동실에 넣었다. 뜨거운 열기에 얼음이 금세 녹았다. 그러자 커피는 그녀가 먹기 좋은 온도가 되어 있었다.

"덕재 오빠 없었으면 넌 굶어 죽었겠어."

"동감."

"아니다. 덕재 오빠랑 대표님이랑 너 하나 잘 키워서 부자 됐으니까 네 덕인가?"

"그것도 맞지."

진주는 피식 웃었다. 원스타 대표 조창석, 그리고 대표의 친동생 조덕재. 두 사람은 경찰도 벌벌 떨게 할 정도로 무서운 조직에 몸담고 있었다고 했다. 요새는 조직이 건설사로, 기획사로 여러 사업체로 뻗어가서 그 세계가 더 넓어진다고 했다. 그중 두 사람은 약간 다른 노선을 탔다. 아예 조직 생활을 접고 기획사를 차린 것이다.

그런 그들의 눈에 든 건, 재훈이었다. 형님들이 배우 잡아다가 집에서 밥 먹이고 같이 살며 키우는 걸 여럿 본 그들은 배운 대로 행했다. 그리고 단 한 번의 선택으로 로또를 맞았다. 그들은 재훈을 하나의 작품으로 만들어 냈다. 재훈이 그들의 과거를 알았을 때 그 역시 충격은 받았지만, 그들을 배신하진 않았다. 저를 위해 발로 뛰어준 사람이기에, 그들의 진심을 믿었으니까.

진주는 너 그러다 쥐도 새도 모르게 죽으면 어쩌냐고, 평소에 손찌검하진 않는지, 누가 너 때리려고 하면 누나한테 꼭 전화하라며 재훈을 웃게 만들었다. 그녀는 걱정에서 한 말이었지만 재훈은 그럴 일 없다고 그녀를 안심시켰다. 실제로 그런 일은 일어나지 않았다.

"너 종알종알 얘기하는 거 보면 왜 이렇게 예쁘지."

턱을 괸 재훈이 그녀를 보며 말했다. 마주 보고 있는 상태로 돌려 말하는 법 없이 직구를 던져 오자 진주는 괜히 테이블 모서리를 보며 눈알을 굴렸다.

"하루 종일 네 수다만 듣고 싶다."

"……그럼 시끄러울걸?"

"아니. 전혀."

"아직도 적응 안 돼. 네가 나한테 이러는 거."

"적응해 봐. 나 시도 때도 없이 표현할 거니까."

그의 입꼬리가 서서히 올라갔다. 그러더니 그의 눈도 사람 설레게 반쯤 접히며 웃었다. 전 국민을 홀리는 그 웃음에 진주도 같이 입술이 실룩거렸다. 저 모습을 보고 무감하게 웃을 수 있는 건 박태주가 유일할 거였다.

"참, 재훈아, 너 혹시…… 태주."

"태주?"

"아니야. 아니다."

태주 혹시 여자 있어? 태주 좋아하는 사람 있는지 물어보고 싶은데.

"태주가 뭐? 편하게 얘기해."

"⋯⋯음."

"뭔데 뜸을 들여."

"혹시, 혹시 말이야. 태주 게이야?"

"뭐?"

재훈이 황당하다는 표정을 짓더니 고개를 저었다. 그건 게이는 아니라는 뜻이었다.

"조, 좋아하는 여자 있어?"

"⋯⋯."

하연이가 태주한테 올해가 가기 전에 고백을 할 거 같아. 만약 올해도 고백을 못 하면 하연이가 너무 아플 것 같아. 되든 아니든 하연이의 짝사랑이 끝났으면 좋겠어. 그래야 다른 사람이 올 자리도 생길 테니까.

"왜 갑자기 박태주가 궁금해?"

"아니, 그냥."

"걔 말고 나만 궁금해하면 안 돼?"

"으응?"

"⋯⋯나한텐 궁금한 거 없어?"

재훈은 뾰로통한 표정으로 머그잔 손잡이를 쥐고 엄지로 뽀득뽀득 문지르고 있었다. 설마 태주 이야기를 꺼낸 걸 듣고 질투한 건가. 에이, 설마⋯⋯. 다른 사람도 아니고 김재훈이 그럴 리 없잖아.

"그, 그날 우리가 그렇게 안 됐어도 고백했을까?"

"우리가 그날 섹스하지 않았어도 내가 너한테 고백했을 거냐고 묻는 거야? 나한테 궁금한 건 그거야?"

"응."

그렇게 적나라하게 말해줄 필요는 없잖아. 진주도 그가 했던 행동 그대로 머그잔을 쥐고 손잡이를 문댔다.

"당연하지. 내 인내심이 한계에 다다랐는데."

"……."

"네가 좋아하지도 않는 유인호 옆에 둘 때마다 얼마나 속 터졌는데."

"잠깐- 내가 유인호를 안 좋아했다고?"

"어. 내가 널 모르냐."

아닌데? 좋아하니까 2년이나 옆에 둔 건데.

"너 좋다고 고백했고 잘해주니까 옆에 둔 거지. 그리고 너 걔랑 스킨십 못 하겠다며. 그런데 걔가 계속 시도했으면 이미 일찍이 도망갔을 거다."

내가 너한테 너무 솔직했구나. 과거까지 속속들이 알고 있네. 재훈의 말이 사실이었다. 유인호가 저를 먼저 따라다니고 고백도 했다. 키스까진 했지만 그 이상은 하고 싶지 않았다. 몇 번 시도하던 인호도 더는 그녀에게 스킨십을 강요하지 않았다. 종종 밥을 먹고 영화를 보고, 손을 잡는 정도. 성인끼리 만나 연애를 했다고 하기에는 초등학생만도 못한 연애긴 했다. 불편함이 없었고, 같이 있는 시간이 편했다.

그러고 보니 헤어진 다음 정이 뚝 떨어졌다. 그가 아무리 사이코 같은 짓을 했어도, 미련 하나 없이 감정이 너무 쉽게 사그라들었다. 2년간 연애를 했는데 잊는 건 단 하루면 충분했던 거 같기도 하다. 정말…… 그의 말대로 안 좋아했던 것 같기도 했다.

"근데 재훈아."

"응?"

"나 진짜 미안한데, 나 연애 안 하고 싶어. 유인호랑 그렇게 된 것도 있고, 당분간은……."

"괜찮아. 난 내가 할 수 있는 방법을 총동원해서 네 마음 돌릴 거야."

"……그래도 내가 널 안 좋아하면 어떡해?"

그럼 포기할 거야? 그렇다면 최선을 다해서 네 마음을 받아주지 않으려고 노력할 거야.

"그런 일 없어."

"만약, 만약에 내가 네게 안 넘어가면?"

"그럼 진주 네가 원하는 대로 할게. 친구든, 뭐든."

"너 약속했다?"

진주는 새끼손가락을 그에게 내밀었다. 그는 웃음기를 머금고 그녀의 새끼에 손가락을 걸었다.

"대신 너도 나 남자로 봐줘야 해. 안 그러면 약속이고 뭐고 없어."

"……언제는 내가 여자로 봤나."

"홍진주."

"알겠어. 그럴게."

그녀의 손가락을 쥔 그의 손에 힘이 들어갔다. 꽉 엮인 새끼를 펴 보려고 했지만 그의 손힘이 더 셌다. 올가미처럼 칭칭 옭아맨 모양새를 보니 쉽게 놔주지 않을 것 같았다.

"커피 식었다. 다시 타줄게."

재훈은 일어나서 머그잔에 캡슐 커피를 내렸다. 김이 모락모락 나는 뜨거운 커피에 그가 전처럼 얼음 두 개를 동동 띄웠다. 진주가 마시기 딱 좋은 온도가 되었을 즈음 그가 머그잔을 들고 와서 마주 보는 자리에 앉았다.

Rrrrr. Rrrrr.

진주의 핸드폰이 울렸다. 그리고 동시에 재훈의 핸드폰도 진동이 울렸다.

두 사람은 서로의 핸드폰을 흘깃 보았다.

[박태주]

[하연이~♥]

두 사람 무슨 일 있었나? 진주는 재훈과 눈이 마주쳤다. 그의 눈치를 보다가 그녀는 먼저 핸드폰을 들고 부엌을 나가 거실을 가로질러 발코니로 향했다. 심상치 않은 예감이 들었다. 진주는 떨리는 마음으로 전화를 받았다.

"여, 여보세요?"

그녀의 수화기 너머로 하연의 울음소리가 들렸다. 그 순간, 그녀는 드디어 하연이 고백했다는 것을 알 수 있었다. 그 고백에 대한 답은 그녀의 울음이 대신하고 있었다.

\* \* \*

진주는 택시를 타고 하연이 있는 곳으로 갔다. 하연은 원룸에서 소주 다섯 병을 사다 놓고 안주도 없이 물과 함께 마시고 있었다. 진주는 들어가자마자 그녀가 마시는 소주병을 뺏었다.

"진주야. ……나 어떡해."

흐어어엉, 그 뒤엔 울음소리에 묻혀 하연이 하는 소리는 알아들을 수 없었다. 진주는 하연이 울음을 그칠 때까지 조용히 앞에서 기다렸다. 방 안엔 온통 술 냄새가 진동했다. 진주는 창문을 열어 환기를 시키고 선반 위에 있는 과자 몇 개를 꺼내 봉지를 뜯어서 한군데에 모았다. 그러곤 잔도 챙겨 왔다.

"고백한 거야?"

진주의 질문에 하연은 목이 메는지 고개를 끄덕이는 것으로 대답을 대신했다. 아직도 닭똥 같은 눈물이 뚝뚝 떨어졌다. 퍼석하게 마른 입술, 통통 부은 눈, 볼터치를 한 것처럼 빨간 광대까지. 그녀가 얼마나 울었는지 말하지 않아도 느껴졌다.

"태, 태주가…… 친구로도 보지 말재."

"뭐?"

"얼마나 차가운지. 내 말 다 듣지도 않고 차였어."

박태주의 성격이 원래 냉혈한이지만, 그래도 하연을 이렇게 매몰차게 거절할 줄은 몰랐다. 말을 다 듣지도 않고 친구로도 보지 말자고 딱 자를 줄은…….

"고백하려고 한 건 아닌데, 박태주가 의심 가게 행동을 하잖아. 이번뿐만이 아니야. 예전에 걔 유학 가기 전에……!"

하연은 양쪽 무릎을 세우고 꺼이꺼이 울었다. 진주는 하연의 빈 잔에 소주를 따르고 제 잔에도 따랐다. 뭐라고 위로를 해줘야 할지 몰라서 잔을 돌리고 있는데 하연이 앞에 있던 잔을 들고 소주를 꿀꺽 한입에 털어 마셨다.

"태주 유학 가기 전에 우리 매일 만났어. 유학 가면 언제 다시 돌아올지 모르는 상황이었잖아."

알지. 태인 자동차는 태주의 형이 물려받고, 그는 해외로 강제로 쫓겨난 거였다. 거기 유학 가서 공부를 하고, 그러다가 미국 지사를 맡아달라는 뜻이었으나 그건 국내에서 오르지 못하게 싹을 자른 거였다. 다시 한국으로 와서 태인 자동차 부회장 자리로 오른 건, 그리 오래되진 않았다. 태주의 형이 망나니 노릇을 톡톡히 해줘서 태주의 아버지께서 하다 하다 못해서 태주를 부른 거였으니까.

"그래서, 내가 고백하면 부담될까 봐 그때도 고백 못 했어. 좋아서 미국 간 거 아니었잖아. 걔 집에서 장남 아니라고 버림받듯이 간 거여서, 그래서, 그래서 부담되기 싫었어. 귀국해선 태주가 너무 좋아서 아직도 걔가 좋아서 친구로 지냈는데. 이게 지옥 같더라. 태주랑 있는 시간은 천국인데, 친구로만 다가가야 하는 순간들이 지옥이었어."

"우리 하연이 고생 많았네. 박태주가 그렇게 좋았어?"

하연의 고개가 아래로 뚝 떨어졌다. 문득, 하연 위로 재훈의 얼굴이 겹쳐졌다. 그의 말이 사실이라면 하연이 태주를 좋아할 때, 재훈도 저를 좋아하고 있었을 것이다. 김재훈도 이렇게 제 옆에서 괴로웠을까. 아무렇지 않게 재훈을 불러내고, 수다도 떨고 연애 상담도 했었는데. 김재훈 너도 친구마저 잃을까 봐 그래서 고백을 못 한 거였니. 하연을 볼 때마다 이렇게 고개를 떨궜을 재훈도 같이 생각났다.

"미안해 진주야. 우리, 우리 팀 더 이상…… 안 될 거 같아. 나 때문에…… 미안해."

"아니야. 절대 너 때문 아니야. 너 아니었어도 우리 팀 해체됐을 거야."

진주는 진심으로 그렇게 생각했다. 그러나 지금 재훈과 있었던 일을 얘기하기엔 타이밍이 안 맞았다. 오늘은 우선 하연의 이야기를 다 들어주는 게 먼저인 것 같았다.

진주는 하연에게 과자를 내밀었다. 하연은 싫다고 고개를 젓더니 물을 마시고 다시 술잔에 술을 따랐다.

"괜히 고백했어. 친구로 남을걸. 이제 박태주 못 본다고 생각하니까 세상이 무너지는 거 같아. 진주야, 나 가슴이 너무 아파. 송곳으로 누가 여기를 찌르는 거 같아."

"하연이 네가 괜찮아질 때까지 내가 술친구 해줄게. 시간이 지나면, 그럼 괜찮아질 거야."

그녀는 유인호와 헤어졌을 때 하연처럼 괴롭지 않았다. 하루 만에 정을 털어버릴 만큼 말이다. 물론 그녀도 사람인지라 자주 연락하던 상대가 없어져서 조금 허전함이 있었지만 유인호의 사이코 같은 행동에 그마저도 없어진 지 오래전이었다. 재훈의 말대로 자신은 유인호를 좋아하지 않았던 것 같다.

"……일단 자. 하연아."

진주는 술병에 남은 술을 싱크대에 쏟아버렸다. 그리고는 바닥에 그대로 쓰러진 하연의 몸 위로 담요를 덮어주었다. 눈을 감은 하연의 볼 아래로 눈물 자국이 굳어져 있었다. 그녀는 바닥을 치운 후 문을 닫고 밖으로 나갔다. 더 울고 싶을 거였다. 오늘 하연이 펑펑 울고 털어냈으면 좋겠다.

* * *

재훈은 시무룩해져 있는 태주를 위해 양주를 꺼냈다. 냉동고에서 각 얼음을 꺼내 얼음통에 넣고 집게와 함께 가져왔다. 간단한 과일 몇 개만 잘라서 접시에 내놓았다.

"하연이가 진주한테 전화했더라. 너 하연이랑 싸웠어?"

"안 싸웠어."

"그럼?"

"다시 안 보기로 했어. ……친구로도."

"……."

재훈은 기어이 그렇게 결정했냐는 눈빛으로 태주를 보았다. 짝사랑을 하는 상대끼리는 서로를 잘 알아보는 법이었다. 재훈은 하연을 일찌감치 알아보았고, 하연도 자신이 진주를 좋아하는 걸 설핏 눈치챈 것 같았다. 다만 서로 티를 내진 않았다.

"너 근데 알고 있었냐?"

차분한 재훈을 보며 태주가 물었다. 이 정도 소식이면 놀라거나 들고 있던 컵을 떨어뜨린다거나 액션이 있어야 하는데, 재훈은 덤덤했다.

"응. 딱 봐도 알겠던데."

"걘 왜 갑자기 고백을…… 사람 당황스럽게. 나보고 어쩌라고."

"마음이 하나도 없어?"

단 일 퍼센트도? 14년 동안 넌 정말 걜 친구로만 본 거야? 재훈은 태주의 마음이 하연처럼 크진 않아도 조금이라도 있길 바랐다. 진주가 제게 그랬기를 바라는 마음으로.

"응. 없어."

"……."

"내가 딱 잘라서 거절한 건 걔가 작정하고 계속 꼬시면 내가 나쁜 생각할 거 같아서. 14년이나 친구로 지냈는데 내가 걔 필요할 때 호텔로 불러서 진탕 구르고, 해외 출장 갔다가 왔을 때 불러내서 술친구로 쓰고. 그럴 순 없잖아."

나쁜 놈. 너 이거 홍진주가 들었으면 복날에 개 패듯 맞았을 거다. 그런데 태주의 친구로선 그의 선택이 그답다는 생각을 했다. 태주에게도 하연은 소중했으니까 쉽게 안고 버릴 수 있는 연인으로 두고 싶지 않았던 거다. 태주에게 여자란 있어도 그만, 없어도 그만인 존재였으니까.

"나 진주한테 고백했다."

"……."

쨍그랑. 태주의 잔이 바닥으로 떨어졌다. 바닥에 있는 러그에 양주가 튀고, 유리 파편이 바닥에 널리 퍼졌다. 그럼에도 태주는 벙쪄 있었다.

"너 학창 시절에 잠깐 좋아한 거 아니었어?"

"응. 나 한시도 진주 안 좋아한 적 없었어. ……진주한테 부담될까 봐, 너처럼 이렇게 매몰차게 걔가 거절할까 봐, 그리고……."

재훈은 인상을 썼다가 풀었다. 그가 생각하는 경우의 수 안에 들어선 안 될 장면이 떠올랐기 때문이다. 그런 일은 없을 거다. 없어야 한다.

"태주야. 내가 진주 좋아하면서 정말 힘들었거든. 걔 보면 너무 좋고 행복한데 다른 남자 만난다고 하는 날이면 손에 일이 안 잡혔어. 고백했다가 아예 인생에서 없던 사람이 될까 봐 무섭더라. 그래서 잊어보려고 했는데 노력했는데 안 돼."

"……"

"걔 보는 게 좋아서 우리 팀 일부러 우리 집으로 부르고 그랬어. 그러면 진주 볼 수 있으니까. 진주가 결혼 얘기할 때마다 식은땀이 나더라. 그거 어떻게 보나 싶어서."

"말도 안 돼."

태주의 놀란 표정을 보고 재훈이 피식 웃었다. 태주도 진주만큼이나 눈치가 없었다. 다른 곳에선 눈치가 빠른 녀석이 사람 감정은 왜 이렇게 모르는 건지 모르겠다.

"그러니까 박태주. 하연이가 납득할 수 있게 예의 있게 거절해."

"……"

"너 걔 말 듣지도 않고 그냥 친구로도 보지 말자 하면서 일어났을 거잖아."

"……너 귀신이다. 혹시 거기 있었냐?"

"장난하지 말고. 오랜 우정에 대한 예의는 차리란 거야. 마음 몰라줘서 미안하다고 사과하면 더 좋고. 그러면 하연이 걔도…… 시간은 걸리겠지만 더는 너 잡지 않을 거야."

만약, 홍진주가 정말 미안하다고 아무래도 친구로도 안 되겠다고 진지하게 말을 걸어왔다면 저도 더는 잡지 못했을지도 모른다. 그래서, 그럴까 봐 그녀를 안은 것이다. 우정에 대한 예의를 차릴 수 없게, 홍진주가 자신을 매일 생각하고 혼란스럽도록. 하도 고민을 해서 자신을 좋아한다고 착각할 수 있게끔.

"그래서 넌 진주가 사귀재?"

"아니."

"그럼 너도 끝이네."

"그렇게 안 돼. 넘어오게 할 거야."

"근데 재훈아, 십 년 넘게 널 남자로 안 본 거면 답은 나와 있지 않냐?"

그 뒤는 '내가 지하연을 그렇게 봤듯'이란 말이 이어졌다. 재훈은 잠시 시무룩해졌으나 자신은 하연과 상황이 달랐다. 그 누구에게도 허락하지 않았던 몸을 홍진주가 제게 허락했다. 그건 쉽게 넘길 일이 아니었다.

"나 진주한테 무슨 일 생기면 배우 생활도 접을 거야. 거기까지 생각하고 고백한 거야."

"……!"

"다 버릴 각오하고."

아마 지하연도 그랬을 거다. 박태주 네가 하연이 마음 받아줬다면, 걔 저 하고 싶은 거 다 포기하고서라도 네 옆에 있었을 게 뻔했다. 너희 가족이 원하는 틀에 맞춰서 그렇게 살아줬을 거였다.

"너희 어머니와 같은 일 일어나지 않아. 김재훈 네가 너무 간 거 같다."

"응."

저 때문에 진주가 다치게 된다면, 견딜 수 없을 것이다. ……그 때문에 고백하지 않기 위해 무던히도 애썼다. 고백하려는 순간마다 어머니를 떠올렸다. 그러면 저도 모르게 주춤하게 되었으니까. 어머니와 같은 일이 진주에게 일어난다면. 그렇다면, 살고자 하는 마음이 사라지지 않을까.

　다음 날, 신주는 입맛이 없어서 점심을 생략했다. 주리도 월급 들어오는 날까지는 샌드위치로 대신하겠다고 하였다.

　올해 아무래도 마가 낀 거 같았다. 그녀는 톡으로 사주 상담을 받았다. 원무팀 직원에게 소개받은 곳인데 신점을 그렇게 잘 본다고 소문이 자자했다.

　[올해 남자가 들어왔네? 이미 알던 남잔데? ……너 올해 힘들다. 항상 몸조심하고.]

　[네.]

　[얘 너 친구 있지? 네 친한 친구 지금 마음 아프다. 걔가 조상 덕이 없어서 그런 거니 한 번 데리고 와라.]

　[네? 제 친구요?]

　[그래. 가만 네 친구 다른 애는 보자, 친구들 사이가 엄청 꼬였구나. 너 혹시 최근에 고백받았니? 얘가 너 좋아하는데?]

　마치 옆에서 지켜본 듯한 정확함. 진주는 팔에 소름이 돋았다.

　[그 마음 아픈 친구 몇 살이니? 생일이 언제야? 무슨 띠야?]

　진주는 그녀의 나이와 띠를 메신저에 입력했다.

　[……마음 아픈 친구는 해가 넘어가야 좋다. 신부리가 있네. 그리고 넌 항상 몸을 조심해야 해. 몸가짐을. 지금 네 옆에 있는 또다른 친구가 몸이 달아 있다. 타오르고 있어. 불이야, 불. 우리 동자님이 보시기에 엄청 유명하다고 나오는데.]

[저! 여기까지만 볼게요. 감사합니다.]

[그래~ 고맙다.]

진주는 손으로 두 팔을 비볐다. 용하다고 하더니 정말 제 상황을 딱 맞춘 것이다. 아프다는 친구는 하연을 말한 것이고 타오르고 있는 친구는 김재훈을 말하는 거였다. 그게 내 사주에 있는 건가?

"대리님, 추우세요? 에어컨 끌까요?"

"아– 아니. 미영 씨가 알려준 신점 거기…… 톡 상담도 된다는 거기. 너무 잘 맞춰."

"그죠? 저는 전화 점으로 봤는데 이번 달에 기절할 정도로 좋은 소식 있을 거라 했거든요. 그게 후니를 본 거 같아요."

"……소름 돋아."

"근데 그분이 저 반대로 기절할 정도로 충격적인 소식이 있을 거래요. 근데 제 일상이 너무 단조로워서 없는데, 우리 오빠한테 무슨 일이 생기는 걸까요? 다음엔 재훈 오빠로 점을 한 번 봐야 겠어요."

"……"

안 돼, 보지 마. 괜히 불안했다. 너무 잘 맞추니까. ……설마 재훈이 좋아하는 상대가 당신과 가까이에 있다고 말하는 건 아니겠지? 으, 아니야. 다 우연의 일치일 거야.

그러기엔 정말 너무 정확히 잘 맞았다. 진주는 본인이 톡으로 상담을 하면서 소스를 다 제공한 건 아닌지 채팅창을 위아래로 움직여 대화를 다시 읽었다. 그녀가 어느 정도 말했던 것도 있지만, 그걸 끼워 맞췄다면 정말 능력자였다.

"월급만 들어오면 바로 예약할 거예요."

"그, 그래. 근데 점은 재미로 보는 거잖아. 이게 다 우연의 일치라고."

김재훈하고 만약 사귀게 되면, 팬클럽단에게 머리채를 잡히고 뜯길까? 물론, 주리는 아니겠지만. 그녀는 그런 생각을 하며 주리를 보았다. 직급 떼고 한판 붙자고 할 거 같은 눈빛으로 모니터 화면을 노려보고 있었다. 거기엔 재훈과 하린이 다정하게 찍은 사진이 띄워져 있었다.

"이 불여시는 맨날 우리 오빠한테 친한 척하더라고요. 딱 봐도 불여시인데, 왜 청순하다고 하는지 모르겠어요."

"청순한 게 가식인데 사람들이 그걸 몰라."

"대리님 저희 통했네요. 지라시로 실제 성격 다 돌아다니는데 그래도 청순하다고 다들 좋대요. 예쁘면 단가? 우리 오빠는 얼굴 보고 좋아하는 남잔 아닐 거예요."

그래, 정말 그런 것 같다. 그 꽃밭에서 벗어나 자신을 선택한 걸 보면. 확실히 얼굴 보고 사람을 좋아하는 남자는 아닌 것 같았다. 진주는 점심시간이 끝나가는 걸 보고 다시 한숨을 쉬었다.

"나 잠시 전화 좀 하고 올게."

그녀는 하연이 점심은 먹었는지, 오늘 몇 시에 끝나는지 물어봐야 했다. 당분간, 하연이 마음을 추스르는 동안 옆에 있어줘야 할 거 같았다. 다행히 하연은 양해를 구하고 지방에 있는 할머니댁으로 가 잠시 머물 예정이라고 하였다. 걱정하지 말라는 목소리가 떨려서 괜히 더 걱정이 되었다. 도착해서 할머니랑 찍은 사진 보내달라고 안 그러면 내려갈 거라고 하자, 하연은 못 말린다며 그럴 거라고 답을 해줬다.

그녀는 퇴근하자마자 버스 안에서 하연에게 톡을 보냈다.

[할머니 잘 계시지? 아프신 덴 없고? 사진 보내줘! 나도 내려가서 할머니께서 해주신 밥 먹고 싶다.]

[사진]

진주는 하연이 보낸 사진을 보고 안심했다. 다행히 할머니와 함께였다.

[건강하셔. 안 그래도 다음에 너 데리고 오라고 하더라. 재훈이랑 태주도.]

[나쁜 놈은 생각도 하지 마!]

[태주 나쁜 애 아니야. 나 이렇게 됐다고 너까지 친구 안 할 필요는 없어. 진주야. 나 여기서 훌훌 털고 올라갈게.]

[그래. 싹 다 잊어버려.]

진주는 기지개를 쭉 켰다. 온몸이 찌뿌둥했다. 재훈은 며칠 쉰다더니 오늘 잡지 촬영 스케줄이 있다고 하였다. 덕재 오빠 대신, 대표님께서 직접 재훈을 촬영장으로 모시고 갈 계획이라고 들었다. 지금쯤이면 촬영이 끝났을 거 같은데…….

진주가 핸드폰 화면 안에서 시간을 확인할 때쯤, 화면에 '김재훈'이 떡하니 떴다. 혹시라도 누가 봤을까 싶어서 주변을 둘러본 후 그녀는 손으로 입가를 가리고 작게 전화를 받았다.

"여보세요?"

거의 속삭이는 것과 같은 데시벨이었다.

―나 촬영 끝났는데, 어디야?

"나? 나 집으로 가는 중."

-부모님 집? 하연이네?

"하연이 할머니네 내려갔어. 나 부모님 집으로 가고 있지. 왜? 오게?"

-가고 싶은데 못 가. 네가 택시 타고 나 있는 데로 와주면 안 돼?

"……촬영장으로?"

-아니, 우리 집으로.

맨날 만나는 곳이 집이야. 위험하게.

-하연이랑 태주 얘기도 해야 할 거 같은데.

"갈게. 지금."

-꼭 택시 타고 와라. 오빠가 택시비는 주마.

"오빠는 무슨. 나 택시비 낼 돈 있거든! 내가 백수도 아니고."

진주는 투덜거리며 전화를 끊었다. 얘는 돈을 쉽게 쓰려는 버릇이 있다. 다른 사람 택시비도 내주고 밥도 사 주고, 영화도 보여주고. 아주 돈 쓸 곳이 지독히도 없나 보다.

[세컨 홈으로. 아파트 말고.]

[오케이. ……에어컨 빵빵하게 틀어줘. 거기 더워.]

진주는 버스에서 내려 택시를 타고 기사님께 주소를 말씀드린 후 등받이에 등을 기댔다. 이번엔 잠을 자지 않으리라 다짐하며 눈가에 힘을 주었다.

* * *

테드 매거진의 잡지 촬영이 있는 날이었다. 귀엽게 생긴 인상의 에디터는 편집장을 대신해서 석 달간 팀장 역할을 한다고 들었다.

"잠시만요. 사진 확인하고 갈게요."

꼼꼼하게 확인한 그녀는 포토그래퍼에게 이것저것 요구를 하고 나서 재훈에게로 왔다.

"단추 두 개만 더 풀면 안 될까요?"

"네. 그러세요."

"잠시만요."

그러더니 대범하게 다가와 그의 단추를 풀었다. 그러더니 셔츠 깃을 확 펼쳐 가슴 근육이 보이도록 만들고 뒤로 몇 발자국 걸어갔다. 팔짱을 낀 후 보더니 다시 다가와 그의 옷깃을 정리해주었다.

"좋아요. 엔딩 촬영은 이거로 합시다."

"네. 감사합니다."

"시간 내주셔서 감사합니다. 저도 집에서 애들이 기다리고 있어서 인터뷰는 짧게 할게요."

"애가 있으십니까?"

"……네. 셋이나 있어요."

이런, 그렇게 안 보였는데.

"부럽네요."

진주와 결혼하면 얼마나 좋을까. 그녀를 닮은 아이까지 있다면 세상 부러울 게 없겠지.

"촬영 갑니다."

포토그래퍼의 시선이 차갑게 느껴졌다. 아까와 다르게 경계하는 듯한 눈초리였다. 그러자 에디터가 포토그래퍼에게 다가가 귀에 뭔가를 속삭였다. 그의 표정이 금세 풀렸다. 재훈은 포토그래퍼가 카메라를 들자, 무감한 표정으로 앞을 보았다. 턱을 쓸어내리는 동작을 하며 찰칵 셔터 소리가 날 때마다 몸의 방향을 느긋하게 돌렸다.

"좋아요. 좀 더 잡아먹을 듯이."

그는 상대가 자신을 보고 만지고 싶어 미치게 할 자신이 있었다. 그가 턱을 살며시 들고 자신 있게 포즈를 취한 순간 주변이 고요해졌다. 이곳에 있는 스태프들은 모두 재훈에게 빠져들어 숨을 참았다. 그가 풍기는 위험스러운 분위기에 압사당할 것만 같았다. 오직, 사진을 찍는 포토그래퍼만이 그에게 매혹되지 않은 채 최대치를 끌어내고 있었다.

"컷. 수고하셨습니다."

"수고하셨습니다."

재훈은 깍듯이 인사했다. 그는 에디터가 풀어놓은 단추를 서서히 채웠다. 편집장은 총 다섯 가지 질문만 할 거고, 잡지 기사가 나가기 전에 그의 회사로 먼저 보내주겠다고 하였다.

"역시, 도형 오빠 최고."

"누가 남자 옷 함부로 벗기래?"

"화났어?"

도란도란 말소리가 들려와 그가 뒤를 돌아보았다. 거기엔 포토그래퍼와 테드 매거진 에디터라고 소개한 여자가 서 있었다. 그의 눈이 커지자 옆에 있던 스태프가 두 사람은 잉꼬부부라고 설명해 주었다. 그제야 이해가 갔다. 그는 도형이 부러워서 한참 보다가 눈이 마주쳤다. 왜 존경스럽게 보이는지 모르겠다. 재훈은 인터뷰를 마친 후 진주에게 전화를 걸었다.

"하연이랑 태주 얘기도 해야 할 거 같은데."

그는 그녀가 집에 간다고 할까 봐 미리 선수 쳤다. 이러면 진주가 당장 온다고 할 것 같았다. 그의 예상은 역시 빗나가지 않았다.

"대표님, 아파트 말고 빌리지로 가주세요."

"누구 와?"

"……홍진주요."

"도대체 그 애랑 무슨 사이야? 덕재가 엄청 경계하는 거 같은데?"

덕재 형이 경계한다고? 그는 덕재에게 제대로 자신이 진주를 어떻게 생각하는지 얘기해야겠다고 생각했다. 분명 덕재 형도 자신의 마음을 눈치챘을 것이다. 다만, 그게 지금까지 고생해서 만든 것들을 모두 버릴 만큼이라는 것만 모를 뿐이다.

"대표님, 아니 창석이 형."

"왜?"

"그냥. 갑자기 스캔들 터져도 놀라지 말라고."

"……무서운데?"

"지금은 아니고. 그냥 나중에."

"누구랑 나는데? 설마…… 그 홍진주 씨?"

재훈은 창석의 질문에 답하지 않았다. 이 상황에서 답을 하지 않았다는 건 긍정하는 것과 마찬가지였다. 창석이 룸 미러를 통해 재훈을 보았다. 그는 벌써 누군가를 떠올리는지 창밖을 보며 옅게 미소 짓고 있었다. 설렘을 담은 미소였다.

* * *

"맥주? 커피?"

"맥주로. ……혹시 소주 있어?"

"그럼. 있지."

재훈은 냉장고에서 캔 맥주와 소주를 꺼냈다. 얼음통에 얼음을 채워서 잔과 함께 갖고 오자, 진주는 잔에 맥주를 콸콸 부은 후 얼음을 띄웠다. 얼음이 녹기도 전에 그녀는 한잔을 시원하게 말아 마셨다.

"천천히 마셔."

"좀 답답해서."

"홍진주."

재훈은 진주가 다시 말려는 잔을 손에 들고 위로 팔을 올렸다. 키 차이 때문에 그녀가 의자에서 일어나 까치발을 들어도 그의 손에 있는 잔을 뺏을 수 없었다.

"너 답답하고 기분 안 좋을 때 술 마시는 버릇 고쳐야 돼."

"알아. 아는데."

하연이 목소리 듣고 나니까 속이 답답해서 뻥 뚫어야 할 거 같단 말이야. 진주가 울상을 지었다가 미간을 좁히는 등 여러 표정을 지었으나, 재훈은 고개를 저으며 절대 잔을 주지 않았다.

"그리고 술 빨리 마시는 것도 안 돼."

"뭐 다 안 된대! 네가 내 아빠야?"

"아빠보다 널 더 사랑하는 사람이지."

"……"

그런 말 갑자기 좀 하지 말라고! 진주는 그의 손에서 잔을 뺏는 걸 포기하는 척하며 의자에 앉았다. 재훈이 손을 내리려고 하는 순간, 그녀는 냉큼 그의 발등을 밟고 손을 뻗었다.

"아! 차가······."

"······홍진, ······."

그녀는 제 얼굴로 쏟아진 액체를 혀로 낼름 맛보았다. 맥주가 비처럼 쏟아져 내렸다. 정신이 확 깨는 것 같았다. 갑자기 몸 가까이 닥친 진주 때문에 놀란 그가 잔을 뺏기지 않으려 잔을 뺐다. 그러다 그녀의 머리 위로 약간의 맥주가 쏟아진 것이다.

"괜찮아?"

비를 맞은 생쥐 꼴이 된 진주를 보며 재훈은 두 입술을 꼭 붙인 채 웃지 않으려고 애썼다.

"으아악! 김재훈! 너 진짜!"

진주가 손을 머리 안에 넣고 마구 흩트리다가 축축함에 인상을 썼다. 입고 있던 상의까지 다 젖었는데 맥주가 마르면서 찝찝함이 배가 되었다.

"가서 씻고 와. 안주 꺼내 놓을게."

"······요리도 못 하면서."

"너 주려고 냉장 식품 잔뜩 사 놨다."

"수건하고 옷은? 갈아입을 거 안 가져왔어."

"잠깐만."

재훈은 다이닝룸을 나와서 거실을 가로질렀다. 2층으로 올라간 그가 드레스룸에서 티셔츠와 속옷 하나를 챙겨서 내려왔다. 오는 길에 수건 재질의 긴 가운 하나도 챙겼다. 진주는 옷더미를 들고 온 재훈에게 손을 내밀었다.

"가운이랑 티셔츠네. ······이건."

"마땅히 입을 게 없을 거 같아서. 내 속옷인데 일단 이거라도 입어."

"네, 네 빤스를 입으라고? 야…… 너 이거 네 살이 바로 닿는 거잖아."

그게, 뭐? 재훈의 아무렇지 않은 얼굴에 진주는 귀까지 빨개졌다. 물론 세탁기에 넣어서 돌려서 빨았겠지만, 남자 속옷을 함부로 입기엔 좀…….

"아래는 안 젖었으니까 내, 내 옷 입을게. 티셔츠만 빌리자."

"응. 그럼, 줘."

재훈이 그녀에게 손바닥을 내밀었다.

"뭐를?"

"내 드로즈."

진주는 가운과 그의 흰 티셔츠 사이에 얌전히 껴 있는 검은색 드로즈를 엄지와 검지로 집어 그의 손바닥 위에 올려놨다.

"씻고 올게."

"응."

진주는 빠른 걸음으로 욕실로 들어갔다. 문을 닫은 후 그녀는 후우, 후우 심호흡을 했다. 뭐 때문에 나 이렇게 긴장한 거지? 왜 재랑 있으면 갑자기 긴장이 되는 거지? 김재훈이 날 덮칠까 봐 불안함에 심장이 뛰는 건지, 아니면 또 다른 무언가가 있는 건지 가늠할 수가 없었다.

* * *

진주는 씻고 나와 다이닝룸 의자에 앉았다. 그사이 냉장 식품들은 먹기 좋은 온도로 데워져 접시에 놓여 있었다.

"태주 만났어?"

"응."

"태주가 뭐래?"

그녀는 침을 꼴깍 삼켰다. 우리 팀, 넷 다 똑같이 친하다고 생각했는데 태주에게 네 감정이 어떠냐고 편히 물어볼 수가 없었다.

"너도 알잖아."

"그거 말고. 걔 속마음은 어떠냐고. 하연이한테 아예 관심 없는 거야? 조금의 틈도 없어?"

"⋯⋯노코멘트."

재훈은 그녀의 잔에 술을 따라 주며 입에 지퍼를 채웠다.

"궁금하면 네가 태주한테 물어봐."

"태주한테 직접적으로 묻기 좀 그래. 우리 사이에, 좀 알려주라."

"우리 사이?"

"응!"

"어떤 사인데? 아⋯⋯ 섹스⋯⋯읍!"

"아, 좀! 김재훈!"

"⋯⋯우리 사이, 이제 정의 내릴 때 되지 않았냐?"

진주가 의자에서 내려와 테이블에 기대 있던 그의 입술을 손으로 막았다. 뭐만 하면 자꾸 그거 했던 사이래. 얘는 부끄러움도 없나? 그가 입을 다물자 진주는 다시 의자로 올라가 앉았다.

"그럼, 다른 거 물어볼게."

"뭔데?"

"너도 계속 고백 못 했던 게 하연이랑 같은 이유야?"

"반은 맞아."

"……그래?"

"나도 진주 너 친구로도 못 볼까 봐 무서웠어. 그럼 이렇게 마주 앉아 맥주 마실 수도 없고, 정말 내가 힘들 때 가서 위로받을 수도 없잖아. 네가 너무 좋은데 하루아침에 모르는 사람이 되면, 죽을 거 같아서 차마 고백 못 했어."

"그럼 지금은?"

"……홍진주가 결혼 얘기하고, 다른 남자랑 결혼한다고 생각하니까 안 되겠더라. 너 볼 때마다 내 마음이 술렁거려. 친구가 안 돼. 계속 참기도 힘들고."

그는 끼고 있던 팔짱을 풀고, 진주의 어깨를 잡았다. 상체를 숙여 시선을 마주한 그가 불쌍한 표정을 지어 보였다. 눈썹 하나하나, 주름 하나까지 모두 연기한다며 천재라고 인정받았던 그였다. 안면 근육을 제멋대로 움직일 수 있는 남자. 그런 그의 마음에서 우러나온 표정에 진주는 홀딱 넘어가버렸다. 미안함이 커졌다.

"내가 눈치 없어서 미안해."

"아니야. 너나 태주나 그게 매력이지."

"근데, 나 너 남자로 안 보여. 설렘이 없다고."

"……."

"나한테 너 남자 아닌 거 같아."

어깨를 잡은 손에 힘이 들어갔다. 진주가 제 어깨에 있는 그의 손등 위에 손을 올린 순간, 그의 입술이 이마로 내려왔다. ……두근. 목에서 가슴으로 빵빵하게 부푼 풍선이 내려가는 것처럼 목이 따끔거렸다. 그러다 공중에 붕 뜬 것 같은 느낌이 들었고, 가슴이 두근거렸다. 그의 입술이 이마에서 콧등에 닿을 듯이 서서히 내려오더니 볼에 닿았다. 다시, 심장이 두근거렸다. 그녀는 그의 손을 잡았다. 밀어내야 하는데. 지금 이러면 안 되는데. 머리는 그랬지만, 몸은 굳어서 움직일 수 없었다. 그가 고개를 틀며 이번엔 입술로 내려왔다. 그녀의 전체 입술을 깊게 빨아들였다. 부드러운 감촉에 진주는 숨을 멈췄다. 두근거리던 심장 소리가 커져서 귓가에 들리는 것 같았다. 입을 맞추던 그의 콧등이 볼에 닿고, 제 입술이 그의 입술 속으로 빨려들어 가자 진주는 그의 목에 팔을 감았다.

"좋아. 그래, 해 보자, 네가 말한 연애."

정신이 몽롱해져 갔다. 그런데, 기분은 나쁘지 않았다. 친구로 지내자고 말하면서 그가 건네는 이 유혹은 거부하지 못하다니. 말과 행동이 불일치하는 순간이지만, 그녀는 재훈의 허리에 두 다리를 감았다. 그는 그녀를 안아 테이블 위에 올려 눈높이를 맞췄다.

"홍진주."

그의 입가가 타액으로 번들거렸다. 바로 이렇게 눈을 마주하니 김재훈이 얼마나 잘생겼는지, 또 얼마나 섹시한지 직접적으로 느껴졌다.

"너 나 남자로 보고 있어. 네가 무뎌서 네 마음을 못 느끼는 거야."

"아, 아니야!"

"나한테 네가 친구가 아니듯, 너도 그래. 그러니까 이제 인정해."

너도 나한테 관심이 있다고. 침대에서 같이 뒹굴던 그날도 그랬
다고. 그의 눈이 꼭 그렇게 말하는 것 같았다. 그의 잡아먹을 것
같은 눈빛을 마주하며 진주는 침을 꼴깍 삼켰다.

"나랑 만나 보자."

"……."

"내가 잘할게."

"……."

"네가 장난삼아 만났던 남자들하곤 다를 거야. 확신해."

그걸 어떻게 믿어. 유인호도 자긴 다를 거라고 그랬단 말이야.
대학생 때 잠깐 만났던 애도 결국 다른 여자한테 빠져서 날 버리
고 갔는데. 사랑이란 원래 변하는 거였다. 그래서 김재훈과는 더
더욱 하기 싫은 거였고.

"더 헷갈려 하지 마. 그럼 나랑 만나다가 버려."

"……널 어떻게 버려."

"가지고 놀다가 아니다 싶으면 버려. 그럼 돼."

"너 진짜 못됐어."

가지고 놀다가 버리라니. 내가 그러지 못할 거 알면서. 그녀는 뭔
가를 정의하는 것에 약했다. 사귄다고 정의를 내리면, 이 마음을
인정해버리면, 재훈에게 최선을 다할 거라는 사실을 그는 알 것
이다. 사람 간의 의리와 감정을 소중히 하는 자신이 누군가를 쉽
게 갖고 놀다가 버리는 건 말이 되지 않았다.

"내가 못 그럴 거 알면서."

"그러니까 나한테 와."

"……."

"기다리고 있잖아. 계속."

그가 두 손으로 테이블을 짚고 그녀의 시선을 피하지 않으며 말했다. 지금도 계속 네 대답을 기다리고 있다는 눈빛이었다. 진주는 그런 그의 목에 팔을 감았다. 그러자 그가 공중에서 흔들거리는 그녀의 다리 사이로 상체를 밀며 들어왔다. 그녀의 가녀린 종아리를 잡아 그의 허리에 감게 했다. 인상 한 번 쓰지 않고 그녀를 안아 든 그가 그녀의 얼굴 곳곳에 입을 맞췄다.

"그, 그만해. ……야아!"

그는 그녀의 이마, 볼, 귀, 목 군데군데 입을 맞췄다.

"다 벗겨놓고 이렇게 입 맞추고 싶었어."

"……야!"

"오늘 그럴 거라는 건 아니니까 걱정 마."

그는 그녀를 안은 채로 거실로 나갔다. 가는 동안에도 그의 입술은 그녀의 얼굴에 키스 세례를 퍼부었다.

"드디어 연애하네. 너랑."

"그렇게 좋아?"

"어. 죽을 것 같다."

재훈의 말에 진주는 픽 웃었다. 고작 사귀는 거 하나에 이렇게 좋아하다니. 세상을 다 가진 듯, 그는 그녀와 눈이 마주칠 때마다 입을 맞췄다. 그런 그의 애정 표현이 싫지 않았다. 그전 연애가 어땠든, 그녀는 재훈을 받아들인 순간 이전 연애는 생각나지 않았다.

"진짜 좋아서 죽을 거 같다."

김재훈은 다를 거야. 그걸 전제로 두고 그를 허락한 거니까. 친구가 되지 못하더라도, 우리 연애가 끝이 나서 너와 내가 모르는 사람이 될지라도, 지금의 달콤함을 모른 척하고 싶지 않았다.

# 6. 연애의 시작

소파에서 그의 입맞춤 세례를 한참 받고, 진주는 다시 다이닝룸에 앉았다. 이번에는 감자칩을 안주 삼아 맥주를 마실 수 있었다. 재훈은 갑자기 씻고 나오겠다며 욕실로 들어갔다. 혼자서 맥주를 벌컥벌컥 마시는데, 문득 하연이 잘 있는지, 친구 생각이 났다. 진주는 핸드폰을 꺼내서 하연에게 전화를 걸었다.

-친구라도 될 걸 그랬어, 모두 다 잊고서-

거미의 '친구라도 될 걸 그랬어' 컬러링이 흘러나왔다. 진주는 하연다운 생각이라며 피식 웃었다. 박태주가 전화해서 이 컬러링을 듣길 바라는 마음이었나 보다.

　-여보세요.

　"하연아. 아직 안 잤어?"

　-응. 넌 술 마셨어?

　"쪼오금. 할머니네 가니까 기분은 좀 어때? 하늘은 맑아? 별도
보여?"

　-응. 별도 많이 보이고, 태주 생각만 나네. 울다가 먹다가, 자다
가 울다가 계속 그래.

　그 많은 감정을 느낀다고 말하면서도 하연의 말투는 덤덤했다.
어쩌면 하연은 태주에게 부담 주기 싫어서 고백도 덤덤하게 했는
지도 모른다. 얼마나 마음이 깊은지, 언제부터 태주를 마음에 담
았는지 솔직히 말하지 못했을 거다.

　-너 나한테 할 말 있지?

　"아니. ……사실, 있어. 계속 타이밍을 놓쳐서 말을 못 했는데."

　-뭐? 김재훈 마음 받아줬다는 거?

　"……재훈이가 말했어?"

　-걔가 말했겠어? 내가 너 전에 잤냐고 물어봤잖아.

　어제 잘 잤냐고 물어본 거였다며! 진주는 화들짝 놀라서 가슴이
쿵쾅거렸다. 그럼, 하연은 그때부터 다 알고 있었던 거야?

　-긴가민가했는데 김재훈 맞지?

　"……으응."

　-사귀는 거야?

　"그렇게 됐어. 아직 내 마음은 잘 모르겠는데, 일단은."

　-우리 중에 너희라도 잘돼서 다행이야. 축하한다고 전해줘. 부

럽다고도.

"우리 팀 해체된 거 하연이 너 때문 아니라, 나 때문이라고. 미안해하지 마. 거기서 푹 쉬다 오고. 서울 오면 언니가 소 곱창, 닭발, 치킨, 다 쏜다!"

―너, 약속했다.

진주는 '당근빠따'라고 대답했다. 욕실 문이 열리는 소리에 진주는 핸드폰을 귀에 붙인 채 의자를 빙그르르 돌렸다. 막 씻고 나온 재훈이 수건으로 머리를 털며 다가오고 있었다. 실크로 된 네이비 색 가운을 걸친 그는 평소보다 퇴폐적인 느낌이 들었다. 진주는 입을 턱 벌렸다.

"누구야? 하연이?"

"어······."

"홍진주, 너 침 흘렸다."

"쓰읍. 아닌데?"

진주는 손등으로 침을 닦았다. 끈으로 묶여 있어서 아래는 확인할 수 없지만, 구릿빛 상반신은 눈에 바로 들어왔다. 가슴에서 배로 떨어지는 근육 하나하나가 예술품 같았다. 쇄골에 고인 물방울이 단단하고 넓은 가슴에 떨어지고, 더 아래로 흘러내렸다. 운동으로 다져진 그는 배꼽 아래로 일자로 근육의 선이 있고, 옆의 장골이 사선으로 떨어져 보는 사람으로 하여금 아찔한 기분이 들게 했다.

"······너 진짜 몸 좋다. 와, 나 실물 처음 봐."

―진주야. 나랑 아직 통화 안 끝났거든?

"앗, ······하연아 미안해."

진주는 재훈을 흘깃 보며 울상을 지었다. 하연을 위로하려고, 그녀가 걱정돼서 전화한 건데 시선 강탈하는 김재훈 때문에 잠깐 하연을 잊고 말았다.

-됐어. 마시던 술 잘 마시고. 서울 가면 보자.

"아니, 내가 내려갈게. 다음 주 월요일 날 월차 쓸 수 있으면 쓰려고. 금요일 밤에 내려가서 월요일에 올래!"

-아냐. 혼자 있고 싶어. 오지 마.

"감래! 너 어떻게 혼자 둬."

진주가 계속 우기자, 하연은 알겠다고 답했다. 혼자 있고 싶은 하연의 마음은 알겠지만, 그럴 때 정말 혼자 두면 더 힘들 것이다. 전화를 끊은 다음, 진주는 제 앞 의자에 앉아 탄산수를 마시는 재훈을 보았다. 그가 시원하게 들이켤 때마다 목울대가 꿀렁거렸다. 그러자 그 아래 잔근육도 미세하게 떨렸다.

"왜 그렇게 무섭게 봐, 홍장군처럼."

"아니. 근데 너 진짜 몸 좋다."

"만지게 해줄까?"

그래도 될까. 진주는 순간적으로 튀어나오려는 말을 겨우 삼켰다. 병원에서 주로 보는 남자 사람은 부장님과 과장님, 그리고 몇몇 직원들뿐이었다. 그들은 모두 일에 찌들어 몸매가 '비'였다. 대문자 B거나, 소문자 b거나. 또는 너무 말라서 소문자 l이었다. 재훈처럼 이런 몸매는 TV에서나 볼 수 있는 건데, 정신이 말짱할 때 이렇게 가까이에서 다시 보니 정말 감탄이 절로 나왔다. 재훈이 가운을 여며 목 바로 아래까지 가리자 진주의 입에서 아쉬운 탄성이 터졌다.

"아, 왜 가려~"

"네 눈이 지금 홍장군이라니까. 무서워."

"……내 눈이 어떻다고 그래."

진주는 가방에서 렌즈 케이스를 꺼내 그 안에 있는 거울을 보았다. 볼은 술기운인지, 김재훈 몸을 봤기 때문인지 붉게 상기되어 있었고, 렌즈를 오래 끼고 있어서 눈가 주변도 빨갰다. 장군감 맞네, 맞아.

"렌즈 뺄래?"

"응. 식염수 있어?"

"식염수도 있고, 네 안경도 있어. 잠시만."

재훈이 그녀를 지나쳐 다이닝룸을 나갔다. 그녀는 그가 나가는 모습을 눈으로 좇았다. 앞모습도 우월한데 뒷모습도 안구 정화가 되었다. 그는 기럭지가 길어 비율 자체가 좋았다. 걸어갈 때마다 실크가 그의 다리를 감싸주었다가 슬며시 살을 보여주는 모습에 자꾸 그쪽으로 눈이 집중되었다. 꼭 남자들이 여자 가수들이 섹시한 춤을 출 때 보는 눈빛처럼, 그녀 또한 풀린 눈으로 재훈을 보았다. 살아 움직이며 팔딱거리는 저 김재훈을 덮친 건, 역시 자신이었다는 확신이 들었다.

그가 방으로 들어갔다가 다시 모습을 보였을 땐, 손에 안경과 식염수가 들려 있었다. 그러나 안타깝게도 그의 몸을 착 감아주며 라인을 보여주었던 실크는 후드 집업과 반바지로 대체되어 있었다. 진주는 무심코 입맛을 다시고 말았다.

"잠깐 딴 데 보고 있어."

"왜?"

"······렌즈 뺄 때 추하단 말이야."

"알겠어."

재훈이 안줏거리를 더 가지러 일어나서 선반을 여는 동안, 진주는 엄지와 검지로 눈두덩이와 눈 밑 살을 잡아 위아래로 최대한 벌리고 렌즈를 뺐다. 근데 왜 다른 데 보라고 했지? 전에는 태주랑 재훈 앞에서 렌즈도 빼고 끼고 잘만 했는데. 그녀는 렌즈를 빼낸 후 재훈의 집에 있던 그녀의 안경을 꼈다.

"그러고 보니 재훈이 넌 잔도 없네?"

"응. 탄산수 마실게."

"······아하."

음식 조절 하나는 기가 막히게 하는 녀석이었지. 특히 소 곱창 앞에서도 물만 마시는 걸 보며 진주는 김재훈이 정말 독한 놈이라고 생각했다. 식욕뿐만 아니라 수면욕도 조절하는 놈이었다.

"영화 촬영 끝나면 너 좋아하는 술 다 같이 마실 수 있어. 조금만 참아줘."

"응."

"아- 핸디캡이 너무 크네. 홍장군 술 좋아하는데. 그래도 옆에서 장단 맞추는 건 잘해."

"누가 보면 내가 술꾼인 줄 알겠다."

"술꾼 맞지."

재훈의 말에 진주는 근래 일주일 동안 술을 몇 번 마셨는지 손을 접어 보았다. 다섯 손가락이 접힐 때쯤, 진주는 그의 말에 동의했다.

"근데 나 말고 진짜 단 한 명도 눈에 안 들어왔어? 네 주변에 예쁜 여자들 엄청 많잖아. 몸매 좋은 여자도 많고. 너한테 대시한 여자가 한둘이 아니었을 텐데, 내가 눈에 들어와?"

"응. 너만 눈에 들어와. 그리고 네가 제일 예뻐."

"정말?"

답은 정해져 있지만, 또 듣고 싶은 말들이 있다. 제게 빠진 재훈의 입에서 나올 말은 예상이 갔지만, 실제로 들으니까 입술 끝이 실룩거리더니 광대가 승천했다.

"응."

"네가 예능에 잘 출연하진 않지만, 전에 해외여행 프로그램 할 때 도로가에서 여자 가수 위험하다고 잡아줬잖아. 러브 라인 막 몰고 가던데, 그것도 그럼 전혀 감정이 없던 거였어?"

"응. 없었어."

단호박 같은 자식. 그런데 그 단호함에 진주는 자꾸 기분이 상승되었다. 재훈은 탄산수를 마시고, 진주는 맥주를 꿀꺽꿀꺽 마셨다.

"나, 네가 좋아지려고 해. 김재훈. 진짜로."

자신이 좋아 죽겠다는 사람 앞에서 마음이 가지 않는다는 건 어려운 일이다. 특히, 김재훈처럼 허우대가 멀쩡한 놈 앞에선 더더욱. 진주는 헤벌쭉 웃으며 과자를 들고 오독오독 씹었다.

그녀의 고백을 들은 후, 재훈은 한동안 말이 없었다. 그저 턱을 괴고 맛있게 과자를 먹는 진주를 응시했다. 과자를 입에 넣고 손에 묻은 소금기를 털고, 또 새로운 과자를 집어 먹고 손을 털고. 입가 주변에 묻은 과자 가루를 털고 털털하게 바지에 문지른다. 제 앞에서 내숭 떨지 않고 편안한 모습으로 있는 진주가 사랑스러웠다. 꾸미지 않고도 예쁘고, 매력적인 사람. 아닌 건 아니고, 좋은 건 좋은 거고. 그때의 감정에 솔직할 줄 아는 여자. 감정에 무뎌서 남이 저를 좋아하는지 눈치도 못 채지만, 그 무딘 성격이 회사에서는 상사와 부하 직원과 잘 지낼 수 있는 요인이었다.

"참, 너 얼굴은? 머리카락 좀 위로 올려 봐, 이마 좀 보자. 다 나았어?"

"응?"

진주가 의자에 발을 올리고 일어나 데이블로 몸을 기울였다. 순식간에 가까워진 그녀의 얼굴에 재훈은 콜록 기침을 했다.

"얼른."

그는 그녀의 말대로 앞머리를 위로 올렸다. 그녀는 심각한 표정으로 이마 주변과 얼굴을 꼼꼼히 살폈다.

"나, 괜찮아."

"……잠시만."

"흉터가 작아서 잘 안 보여. 좀 지나면 없어질 거 같아. 걱정 안 해도……."

재훈은 제 흉터가 점처럼 작아진 걸 확인한 진주가 이번엔 다른 의미로 자신을 보고 있다는 걸 깨닫고 하려던 말을 멈췄다. 그녀는 그의 눈, 코, 입을 적나라하게 관찰하고 있었다. 아까 전에 제 몸을 훑었을 때처럼.

"너 진짜 이목구비가 예술이다. 다 떼어놓고 봐도 예술품이고, 모아놔도 최상급이네. ……너 이렇게 잘생긴 거 왜 나한테 말 안 했어?"

"……내가 나 잘생겼다고 얘기하라고?"

"어! 자세히 좀 보라고 하지."

재훈은 헛웃음이 나왔다. 잘생긴 거 왜 말 안 했냐고 묻는 홍진주가 귀여워서 미칠 것만 같았다. 그녀는 배시시 웃으며 도로 의자로 내려갔다.

"사귄다고 하니까 아주 거침이 없네."

"응. 근데 홍장군 좀 그렇잖아, 다른 애칭 없어?"

"뭘 원해?"

홍장군이 입에 붙어서 좋은데. 어감은 장군이지만, 그에겐 주머니 속에 쏙 넣고 싶은 홍장군 같은 느낌이었다.

"왜, 좀 예쁜 거 있잖아. 홍이공주, 내 사랑, 뭐 그런 거……."

진주의 볼이 붉어졌다. 본인이 말하고도 부끄러운지 손을 가만두지 못해 꼼지락거리는 게 심해졌다.

"홍이공주?"

"……안 되겠지?"

"네가 원한다면."

재훈은 핸드폰을 꺼내 진주가 보는 앞에서 그녀의 번호를 입력했다. 번호를 끝까지 입력하기도 전에 '홍장군' 연락처가 떴고, 그는 편집 버튼을 눌렀다.

[홍공주]

"자, 어때?"

"흐흐. 좋은데."

진주가 좋다니 재훈도 좋았다.

"이런 거로 너랑 얘기하고 있으니까 신기해. 유치한데, 왜 이렇게 안 유치하게 느껴지지?"

"나도 그런데."

홍공주, 홍이공주……. 남들이 대화 주제가 애칭이라고 하면, 속으로 유치하다고 비웃을 거 같은데 자신이 진주와 이러고 있으니 이건 현실이었다. 하나도 유치하지 않은 순간.

"몇 시야? 이제 집에 가야겠다."

"지금이, 늦었네. 데려다줄게."

"너 함부로 밖에 돌아다니면 안 되잖아."

"그렇다고 술 취한 애인 혼자 보내는 안하무인은 아니야. 아니면, 자고 갈래?"

"……아니!"

"안고만 잘게."

"……됐거든!"

내가 널 안고만 못 잘 수도 있어. 기분 좋은 살결, 최상급 몸매를 두고 손이 가만히 있지 않을 거야. 나는, 날 잘 알아. 속으로 차마 입 밖에 내지 못한 진실을 읊조린 진주는 집에 가겠다고 일어났다. 재훈은 2층으로 올라가 그녀가 걸칠 후드 집업을 갖다 준 후, 본인은 모자를 썼다.

"진짜 괜찮겠어? 나 택시 타고 가도 되는데."

"괜찮아. 너 택시 태워 보내는 것도 걱정 돼."

"……나야 데려다주면 고맙고 좋은데."

"가자."

재훈은 그녀의 손을 잡았다.

"안에 먹던 거 그대로 뒀어. 잠시만, 치우고……."

"괜찮아. 내가 다 할게. 조금이라도 일찍 가야 1분이라도 더 잘 거 아니야. 직장인 홍장군 씨. 내일도 전쟁터 가야 하잖아.”

“……우씨. 또 홍장군이냐.”

“내가 문자로는 해도, 차마 입으로는 공주 못 하겠다.”

“사랑이 부족한가?”

“……사랑으로도 그건 안 되거든. 얼른 나와.”

그는 그녀가 나올 수 있게 문을 잡아주었다. 진주는 그의 팔 밑으로 쏙 빠져나간 후 다시 손을 잡았다. 두 사람은 차에 타고 나서도 손을 잡고 있었다.

* * *

다음 날 아침 출근한 진주는 노래를 부르며 키보드를 만졌다. 그러자 옆에 있던 주리가 의자를 당겨 옆으로 왔다.

“대리님, 기분 좋은 일 있으세요?”

“내가? 왜?”

“아침부터 노래를 너무 크게 부르셔서요.”

“내가 노래를 불렀다고?”

“네. 육성으로, 별빛이 내린다 샤라라라라라라- 하셨잖아요.”

“……말도 안 돼.”

속으로 생각한 건데, 입으로 나왔다고? 그녀가 고개를 들고 주변을 둘러보다가 이지안 부장과 눈이 딱 마주쳤다. 표정을 보아하니 주리의 말이 맞는 모양이었다.

“남자 친구 생기셨어요?”

“네?”

"놀라시는 거 보니까 맞는 거 같은데요? 오오, 소개팅하신 거예요?"

"아, 그게…….."

주리는 그녀가 말할 틈도 주지 않고 계속 속닥거렸다.

"그래서 새로운 남자 친구가 대리님 입술 그렇게 만드신 거예요? 순대같이."

"……응?"

"거울 안 보셨어요? 부은 것두 부은 건데, 멍드셨어요."

"정말?"

진주는 손거울을 꺼내 입술을 자세히 보았다. 아침에 씻을 땐 렌즈를 뺀 상태여서 입술을 확인하지 못했다. 화장을 할 때도 거의 반 졸면서 하기 때문에 전체적인 윤곽을 보지, 입술 하나하나 세밀하게 보지 못한다.

주리의 말을 듣고 보니, 입술이 평소와 달랐다. 그래서 입술 보호제를 바를 때 아렸구나. 진주는 파우치에서 진한 색의 립스틱을 꺼내서 위에 덧발랐다. 아아— 아픔에 인상을 찡그리자 옆에서 주리가 키득거리며 웃었다. 김재훈, 진짜……. 적당히 키스하라니까.

* * *

'조금만 더, 응?'

집 앞에 데려다준 후, 그는 그녀를 차에서 내리지 못하게 잠갔다. 그러고는 상체를 기울여 그녀의 입술에 입을 맞췄다. 손은 그녀의 손을 잡아 깍지를 낀 상태로, 거의 먹다시피 그녀의 입술 전체를 빨았다. 윗입술과 아랫입술이 부르트도록 빨고, 입술을 떼기 무섭게 다시 붙였다. 고개를 틀어 그녀의 입 안쪽 살을 모두 혀로 뭉개고, 그다음은 그녀의 혀를 제 입 속으로 가져와 빨아들였다. 뿌리까지 다 빨리는 기분에, 진주는 겨우 그를 말렸다.

'집에 안 가려고?'

'응. 밤새도록 키스만 해도 너무 좋을 거 같은데.'

'너, 너무 굶주렸어. 짐승 같아.'

'너한테만 폭발하면 되지. ……다른 데 가선 안 이래.'

'그건, 다행이긴 한데.'

입술을 오물거리며 대답하자, 그 모습이 또 귀엽다며 재훈은 그녀의 볼과 이마에 입을 맞추더니 다시 입술로 내려왔다. 손에 깍지를 끼고 있던 재훈은 그 순간을 참지 못하고 손을 놓았다. 그리곤 진주의 옷 속으로 손을 넣었다. 맥주와 과자가 가득 쌓인 배를 지나 더 위로 올라갔다. 예고도 없이 찾아온 손에 진주는 화들짝 놀랐으나, 입술 감촉이 지나치게 좋고 분위기에 취해 그를 말리지 못했다. 그는 그대로 목선을 타고 내려오더니 옷깃을 들췄다. 둥근 어깨를 만지며 입을 맞추고 빨아들인 그가 점점 더 아래로 내려왔다.

'앗, ……야. 재훈아. 잠, 잠깐만……!'

진주는 그를 막았으나 그는 결국 과실을 손에 넣었다. 세상에서 가장 맛있는 걸 손에 쥔 아이처럼 그는 그녀의 몸을 게걸스럽게 빨았다. 그 야한 느낌에 진주는 발끝을 바싹 세우며 몸을 배배 꼬았다. 너무 진도가 빠르잖아! 아닌가, 오히려 한 번 잔 사이에 너무 늦은 건가?

'하아…… 진주야.'

그는 그녀의 상체에 침 발라놓듯 제 자국을 남긴 후, 다시 입술로 갔다. 여기서 일을 치를 수 없기에 그는 욕심껏 그녀의 입술을 물고 늘어졌다. 그 결과, 그녀의 입술은 순대처럼 부풀고 색은 푸르뎅뎅했다.

\* \* \*

"대리님 새 남친은 짐승인가 봐요! 이따가 러브 스토리 얘기해 주세요. 큭큭. 너무 기대돼요!"

"별, 별거 없어요. 가서 일해요. 얼른!"

진주는 주리의 바퀴 달린 의자를 밀었다. 자리로 돌아가면서도 주리는 킥킥 웃었다. 유인호랑 헤어진 지 얼마 되지도 않은 시점에 또 다른 남자를 만난다는 걸 알면, 이지안 부장은 아마 한소리 할 것이다. 재훈에게 마음이 간 게 죄는 아니지만, 너무 빨랐다. 다른 이가 보면 일부러 갈아탔다고 생각할 수도 있고 누군가에게 구설수가 될 수도 있었다.

[출근 잘했어?]

그때, 모니터 안에서 노란 아이콘이 아래에서 반짝였다. 재훈에게서 톡이 와 있었다.

[응. 지금 병원이야. 너는 잘 잤어?]

[응. 운동 갔다가 왔어. 지금 집이야.]

운동 갔다가 온 거면, 씻기 전? 씻은 다음 촉촉한 상태? 두 가지

모습을 다 떠올리며 진주가 키득키득 웃었다. 마음을 열기 시작
하니 금사빠처럼 활짝 열려버렸다. 전의 연애는 생각조차 나지 않
고, 오직 재훈과의 일만 떠올랐다. 재훈에게 톡이 오면 좋았다. 어
제는 집에 들어가기 아쉬웠고, 그와의 키스는 정말 황홀했다. 그
무엇도 생각나지 않을 만큼. 그가 작정하고 자자고 하면, 이제는
거부할 수 없을 것 같았다.

[오늘 뭐 해?]

오늘……. 하연이한테 가야 하는데. 월요일 월차 쓰는 것도 물어
봐야 하고. 근데 왜 이걸 말하기 싫지. 내일 새벽에 버스 타고 내
려갈까? 하연이한테 간다고 하면, 재훈은 보내줄 것만 같았다. 그
러면 월요일까지 얼굴도 못 보는데. 재훈의 영화 촬영이 언제부터
더라. 촬영 들어가면 재훈을 만나기도 힘들 텐데. 오만가지 생각
이 났으나 아직은 하연이 우선이었다.

[하연이 할머니네 가기로 했어.]

오늘도 만나면 좋을 텐데. 그녀는 문득 든 생각에 눈이 커졌다.
나 진짜 금사빠인가? 김재훈이 잘생겨서 좋은 건가? 밀어낼 땐
언제고. 갑자기 마음이 부침개 뒤집듯 바뀌면 재훈도 당황하지
않을까.

[가기 전에 저녁 같이할 수 있어?]

그녀의 입에 웃음이 걸렸다. 잘 다녀오라고 했으면 괜히 서운할
뻔했는데, 같이 저녁 먹자는 말에 기분이 좋아졌다.

[그럼! 어디서 먹지?]

그 식사에 객식구가 하나 더 낄 줄은 그때까진 전혀 몰랐다.

* * *

유명 셰프가 한다는 이 음식점은 연예인이 꽤 많이 이용했다. 그 이유는 안쪽에 프라이빗 룸이 있기 때문이었다. 비밀 데이트를 해야 하는 연예인들 사이에서 유명한 곳이었다. 거기엔 재훈뿐만 아니라 박태주도 함께였다. 하연과 그 일이 있은 후, 얼굴을 마주한 건 처음이었다. 괜히 하연이 맘고생 하는 게 생각나서 태주가 미웠다. 태주도 소중한 친구인데, 왜 마음이 자꾸 하연에게 기우는지 모르겠다.

"하연이한테 간다고?"

"응. 가서 월요일 저녁에 올 거야. 같이 있어주려고."

"내가 미안하다."

"……."

"홍장군?"

태주는 말없이 밥만 먹고 있는 진주를 보며 미간을 좁혔다.

"서운한데. 내가 하연이 마음 거절하긴 했지만, 그렇다고 대꾸도 안 하냐. 우리 몇 년 우정인데."

"……."

알지, 나도 아는데! 내 마음이 자꾸 네가 나쁜 놈이라고 생각이 드는데 어떡하냐. 그런 그녀의 마음을 이해했는지, 태주가 장난을 멈추고 무감한 표정을 지었다. 이젠 태주가 무슨 생각을 하는지 알 수 없었다.

"불편하면 네 애인 친구라고 생각하든가."

"태주야, 미안해. ……네가 잘못한 거 아닌데, 너도 나한테 소중한 친구인데. 서운하게 해서 미안해. 그런데 지금은 하연이가 떠올라서 그래."

"알아. 나도 지하연 잃기 싫어."

"친구로도 남기 싫다고 했다며."

"……응. 내가 조금이라도 틈을 주면, 하연이 더 오해할 거 아니야. 나도 나 좋다고 계속 관심 표현하면 나쁜 마음 먹을 수도 있어. 그래서 그랬어. 지하연이 소중하니까, 막 대하고 싶지 않은 거야."

진주는 고개를 끄덕였다. 박태주의 마음을 충분히 이해했다. 그가 둘러 표현해도 그게 무슨 뜻인지 모를 정도로 바보는 아니었다. 하연은 그를 쉽게 잊지 못할 거였고, 만날 때마다 좋다고 관심을 표현할 게 분명했다. 그건, 태주가 언제든 마음만 먹으면, 흐트러져 있는 순간이면 마음은 없어도 그 순간만 하연을 여자로 볼 수도 있었다. 한 번이 어렵지, 한 번이 두 번이 되고, 세 번이 될 거였다. 그는 하연을 그런 여자로 두고 싶지 않은 거였다.

"참, 김재훈. 영화 언제 들어가?"

"곧?"

"그럼 또 바빠지겠네?"

"아마도 그렇겠지."

"그럼 두 사람 언제 봐?"

태주가 재훈과 진주를 번갈아 보았다.

"내가 진주 보러 와야지."

"잠도 잘 시간 없는 네가? 홍장군 보러 간다고?"

"응. 전에도 그랬잖아. 너희 만날 때도 그랬잖아."

"우리 만날 때도 넌 홍장군을 만나러 오는 거였지. 난 아니었잖냐."

태주의 말에 재훈이 어깨를 으쓱하며 답을 회피했다. 그건 무한 긍정하는 거였다. 진주는 그 말에 헤벌쭉 웃었다.

"아, 적응 안 돼. ……가족 같은 너희가 왜."

태주는 오만상을 다 찌푸리며 물을 벌컥벌컥 마셨다.

"나는 너희가 모두 친구 겸 가족 같다고. 근데 가족끼리 왜 이래 정말. 눈앞에서 보니까 기분 진짜 이상하다. 밥이 안 넘어가."

"그럼 집에 가."

진주의 대꾸에 태주는 그녀가 평소의 홍장군으로 돌아왔다는 걸 알고 편하게 웃었다.

"그래야 홍진주지."

"우리 사귀는 기념으로 밥은 태주 네가 사."

"네 남친이 더 잘 벌어. 왜 내가 사? 나 이제 물주 안 해."

진주와 하연이 술을 밖에서 마실 때면, 늦은 시간에 퇴근을 하는 태주와 시간이 잘 맞았다. 그는 데려다준다는 명목으로 들러서 꼭 술값을 계산했다. 나중에 돈을 돌려주기도 좀 그렇고, 밥을 사 준다고 해도 결국 만나게 되면 밥도 그가 계산했다. 재훈이 있을 땐, 재훈이 그랬고. 진주와 하연이 그들을 만나기 전에 먼저 술값을 계산하거나, 커피를 사 들고 기다리거나, 먼저 영화표를 구매하지 않는 한 모든 결제를 그들이 나서서 했다.

"우리 재훈이 고생해서 번 건데, 어떻게 얻어먹냐!"

"……나는 고생 안 하냐?"

"너도 하겠지만. 그리고 재훈이는 같이 밥 먹어도 새 모이만큼 먹는데, 계산은 우리가 해야지."

"그래, 우리. 우리가 해야지. 안 그래?"

"맞네. 아니다, 그냥 내가 할게. 마음껏 먹어."

진주는 기분 좋게 핸드폰 지갑에서 카드를 꺼내 테이블 위에 올려 뒀다.

"장난이야. 카드 넣어."

"아니야. 진짜 내가 살게."

그녀가 밥을 산다고 하자, 태주가 정말 됐다며 극구 거부했다. 그래도 그녀는 지갑으로 카드를 넣지 않았다. 지금도 여전히 태주는 친구지만 한편으로 미운 녀석이었다. 하연이를 힘들게 한 상대. 그 미안함을 덮기 위해선 밥이라도 사 줘야 할 거 같았다.

밥을 다 먹은 후 진주와 재훈은 태주의 차에 탔다. 재훈의 차로 이동하는 것보다는 이편이 더 안전할 거였다. 태주의 차는 진주의 본가로 갔다. 그녀는 집으로 가자마자 짐을 챙겼다. 캐리어를 들고 방에서 나오자 잠옷을 입고 TV를 시청하고 있는 엄마와 딱 맞닥뜨렸다.

"우리 집 공주님은 얼굴 한번 보기가 어려워."

"엄마~"

진주가 캐리어를 두고 엄마에게 다가가 폭 안겼다. 딸의 애교에 기정숙 여사는 등을 토닥거렸다.

"우리 딸 여기는 엄마랑 아빠랑 같이 사는 집이잖아. 저녁에 늦게 오거나, 외박을 하면 톡 하나만 해주련?"

"알겠어. 엄마. 생각을 못 했어."

"어디 가?"

"하연이 할머니네!"

"그 멀리 간다고? 지금? 어머나, 어쩌니. ……잠깐만. 거기 가는데 빈손으로 가면 어쩌니. 잠시만 기다려."

정숙은 부엌으로 들어갔다. 엄마가 부산스럽게 움직일 동안 진주는 아빠에게 다가갔다.

"아빠~"

"응?"

"자취했을 때가 몸에 뱄나 봐. 늦을 땐 꼭 말하고 늦을게."

"응. 우리 딸은 믿는데, 우리 딸 외에 다른 사람은 다 못 믿어."

"으음."

"술 조심하고!"

"알겠어. 나 술 먹고 필름 끊긴 적……."

딱 한 번 있다. 김재훈과 잔 날. 술이 세서 그동안 필름이 끊기는 일은 없었는데. 신입생 환영회 때도 좀비처럼 몸을 꺾으며 움직였어도 정신줄은 붙잡고 있었다. 2년간 사귄 유인호의 배신이 그만큼 그녀에겐 충격적인 일이었나 보다. 필름이 끊길 정도면. 앞뒤 분간을 못 할 정도면…….

그러는 와중에 TV에서 재훈이 나왔다. 남성용 스킨로션 광고였다. 어두운 밤 배경에 스포트라이트를 받을 때마다 재훈의 피부에서 광채가 났다. 탄력 있는 피부는 여자보다도 더 좋아 보였다. 날렵한 턱선을 손으로 쓸자 남성적인 매력도 같이 보여주는 듯했다.

"갈수록 멋있네, 재훈인."

"헤-."

진주는 헤 입을 벌리고 소파에 팔을 대고 넋을 놓고 봤다. 고작

1분 30초 만에 지나가버린 광고지만 그동안 그녀는 아빠가 자신을 뚫어지게 보고 있다는 것도 몰랐다.

"침 떨어지겠다."

"……응?"

"예쁘고 잘생긴 거 좋아하는 건 여전해, 우리 딸."

"내가 그랬어?"

양손 가득 가져갈 것을 챙겨 나온 정숙이 진주 앞에 내려놨다.

"그래, 우리 진주 애기 때도 과자 반으로 부서지면 안 먹고, 사과도 예쁘게 잘린 것만 골라 먹었잖아. 너 남자 만날 때 일순위가 외모잖아."

"아닌데? 유인호 선배는 외모가."

"준수했잖아."

"……으음. 근데 이왕이면 좀 생기면 더 좋은 거 아닌가! 아빠도 엄마 예뻐서 좋아했다며."

진주의 말에 아빠는 반박을 못 했다.

"진주 짐이 많네. 아빠가 터미널까지 태워줄까?"

"아니. 태주 차 타고 가면 돼."

"둘이 타? 태주도 좀 생겼잖아. 아빠, 불안한데."

"걘 친구가 아니라 가족이라고. 가족. 어휴, 상상도 안 가."

진주가 질색팔색하자 부모님은 딸을 보며 안도의 웃음을 지었다. 아직은 사윗감을 보고 싶지 않은 게 그들의 본심이었다.

"우리 엄마 오늘 피부가 더 곱네, 고와. 주말에 어디 가?"

"동문회. 엄마가 또 과대였잖니~"

"그랬나."

"네 아빠는 학생회장이었고."

"……아하. 그래서 예쁜 신입생 들어오자마자 아빠가 딱 엄마 데려갔네."

"에헴."

아닌 척하며 그는 정숙이 싸 준 김치와 과일이 담긴 통을 들고 먼저 현관으로 갔다.

"아빠, 같이 가! 엄마 나 다녀올게. 월요일 월차 써서 저녁에 와요~"

"응. 조심하고. 가면 전화해. 하연이 할머님께 엄마도 인사하게."

"응. 응!"

진주는 먼저 나가는 아빠를 따라 나갔다. 태주보다는 재훈이 신경 쓰였다. 그 전까지는 친구였는데, 애인이 되니까 아빠가 눈치챌까 봐 걱정이었다.


"저기, 홍장군 아버지 아니냐?"

"어디?"

태주의 손이 가리킨 곳에는 진주와 진주의 아버지가 함께였다. 여기는 아파트 단지라 재훈은 차 안에서 나갈 수가 없었다. 진주의 집 주변에 사람이 꽤 많았다.

"내가 받아올게. 여기 있어."

"……응."

어쩔 수 없는 상황에 풀이 죽은 재훈이 진주 아버지를 마중 나간 태주를 부러운 시선으로 보았다. 태주는 짐을 받아 와 트렁크에 실었다. 그러고는 세 사람은 화기애애하게 웃으며 대화를 나눴다. 그 대화가 어떻게 흘러가는지 궁금했고, 그 대화에 끼고 싶었다. 진주가 조수석 가까이 와서 창문을 톡톡 두드렸다.

재훈은 선글라스를 끼고 모자를 푹 눌러쓴 채로 창문을 내렸다.

"재훈아, 안 내려?"

"아, 주변에 사람이 좀 많아서."

"그렇네. 미안! 아빠. 나 다녀올게. 인사는 됐어, 됐어. 여기 사람 많잖아~ 괜찮아! 내가 안부 전할게."

진주가 대신해서 그의 상황을 설명하는데 미안했다. 한편으로 나서지 못하는 것에 답답하면서도 초라하게 느껴졌다.

'김재훈 아니야?'

'맞나? 옆모습이 맞는데?'

그새 봤는지 수군거리는 소리가 들렸다. 그러더니 점점 재훈이 탄 차 주변으로 몇몇이 모였다. 재훈은 어쩔 수 없이 창문을 올렸다. 이후, 태주와 진주가 차에 올라탔다.

"어휴- 그사이에 너 알아본 사람들이 몰리더라. 김재훈 아니냐고 막 그러는데, 내가 다 심장이 쫄깃해졌어."

"그러게. 다 가려도 연예인은 연예인인가 봐."

"아버님께 인사 못 해서 어떡하지?"

"괜찮아, 괜찮아. 우리 아빠 다 이해하셔. 너 톱스타인 거 잘 아시는데, 뭘."

친구로 있을 땐 괜찮을지 몰라도, 남자로서는 점수 다 깎는 거니까 그렇지.

"그럼 터미널로 갈까?"

"응. 거기까지 태워주면 고맙지. 재훈인?"

"……같이 갈까?"

"어디를? 하연이네?"

"응."

진주를 혼자 보내고 싶지 않았다. 오늘 내려갔다가 내일 택시 타고 오거나, 아니면 차를 끌고 내려가면 되니까, 괜찮을 거다.

"그래 너네 다 해 먹어라. 재훈이가 홍장군 너랑 한시도 떨어지기 싫은가 봐. 내가 살다 보니 이런 것도 보고, 참. 하하하."

태주의 웃음소리가 차 안을 울렸다.

"하연이한테 물어봐야 하는데."

"데려다주고 바로 올라올게."

"어어……?"

진주가 입을 앞으로 쭉 내밀고 콧잔등을 찌푸렸다. 그러자 그녀의 안경이 위로 쓱 올라갔다가 내려왔다.

"그럼 내가 너무 미안하지. 이번엔 나 혼자 다녀올게."

진주의 대답에 재훈이 뒤를 돌아 그녀의 손을 잡았다.

"부탁해. 데려다주고 싶어."

"……아니, 삼십 분 거리도 아니고."

"같이 있고 싶어. 잠깐이라도."

방금 네 아버지께 인사 못 해서 신경 쓰여. ……앞으로 내가 나서지 못하는 상황이 종종 있을까 봐, 그래서 그 순간마다 미안할 생각을 하니 이대로 진주 혼자 보내고 싶지 않았다.


결국 태주는 회사 앞에서 내리고, 재훈이 태주의 차를 운전했다. 진주는 조수석으로 넘어가 운전하는 재훈의 표정을 살폈다.

"무슨 생각해?"

"응?"

"고민하는 표정인데? 아까 우리 집에서 나올 때부터 표정이 안좋아."

"내가 그랬어? 아닌데."

재훈은 진주를 보며 다정하게 웃었다. 분명 고민되는 일이 있는 것 같은데 재훈이 감추는 듯해서 진주도 더는 물어보지 못했다. 재훈이 괜찮다는데, 뭐. 그녀는 대신 콘솔 박스에 올려진 그의 손을 지그시 잡았다. 갑작스러운 스킨십에 재훈의 몸이 움찔거렸다.

"아니, 운전하는데 졸지 말라고."

"고마워."

"내가 더 고맙지."

하연이네까지 편하게 가게 됐는데. 엄마가 이것저것 많이 챙겨줘서 버스로 가면, 역에서 내려서 시골길을 어떻게 가나 고민이었는데 재훈 덕분에 정말 편해졌다.

"태주 차인데 운전 잘하네. 그러고 보면 넌 기계는 뭐든 잘 다루는 거 같아."

"응. 좋아하니까."

"너 핸드폰도 잘 고치잖아. 깨진 액정도 갈고. 중학생 때 교무실에 있는 TV도 고치지 않았어?"

"응. 그랬지."

"네가 연예인이 되지 않았다면…… 대기업 가서 엔지니어가 됐을 거 같아."

새로운 기술을 개발하고, 사람들과 회의하고, 김재훈 뒤로 직원이 따라다니며 회의를 주도하는 모습을 상상하니 가슴이 설렜다.

"나는 운전도 잘 못하고 핸드폰도 자주 고장 나서 자꾸 바꾸잖아. 이상하게 기계랑은 거리가 멀어."

"홍장군 손만 닿으면 기계가 생명력을 다하긴 하지."

"……그래도 이제 네가 내 옆에 있으니까 핸드폰 안 바꿔도 되겠다."

"날 개인 기사님으로 쓰는 거야?"

"오, 기사 좋은데! 나만의 기사님. 애칭 좋다. 개인 기사도 좋고."

진주는 까르르 웃으며 핸드폰을 꺼냈다. 두 손으로 타이핑을 치려고 손을 놓으려는데, 반대로 재훈이 진주의 손을 잡아 왔다. 그녀는 슬며시 미소 지은 뒤 여유로운 한 손으로 재훈의 번호를 찾아서 저장된 이름을 바꿨다.

"중간에 휴게소 들르면 내가 커피 사서 올게."

"배고파?"

"아니— 너 운전하는 동안 먹고 마실 거 사려고."

"……음."

커피가 좀 당기는 눈치인데, 아무리 밤이라도 사람들이 휴게소에 있을 거였다.

"저기, 2킬로만 가면 휴게소네. 소떡소떡이랑 감자랑 커피 사 올게."

"내가 해야 하는데."

재훈은 그녀가 직접 사 오는 게 불편했던 모양이었다.

"둘 중에 할 수 있는 사람이 하면 되지. 네가 해야 하는 거 아니고, 내가 해도 되는 거야. 근데 그럼 너 화장실 가고 싶을 때 어떡해?"

"보통은 덕재 형이랑 같이 가지. 사람 많은 휴게소는 피하고."

"아하—!"

"공개 연애는 위험하니까."

그게 위험한가? 진주는 고개를 갸웃거렸다. 어차피 자신은 일반인이기 때문에 공개 연애를 해도 얼굴이 포털 사이트에 돌아다니진 않을 거고, 신상도 모모 씨라고 나이만 나오지 않나. 그렇지만 그가 위험하다니 그렇다고 쳤다.

휴게소에 도착하자 진주는 핸드폰만 들고 밖으로 나갔다. 그리고 휴게소에서 감자와 소떡소떡을 샀다. 그 두 개만으로도 손이 부족했다. 아직 커피도 못 샀는데……. 그녀는 감자와 소떡소떡을 먼저 차로 가져갔다. 조수석 창문을 두드리자 재훈이 잠금을 풀었고, 그는 문을 열어 음식부터 넘겼다.

"더 사려고?"

"응. 재훈아 여기도 네가 씹어 먹었나 봐. ……휴게소 안쪽에 네 사진 엄청 많아."

일단 유명 커피 브랜드의 머그 컵을 들고 홍보하는 포스터가 제일 눈에 띄고, 관광 홍보 대사라며 입간판이 세워져 있었다. 사람들은 지나가면서 그의 실물이 아님에도 종이 남자라도 좋다며 입간판 옆에서 사진을 찍고 갔다.

"저기 너랑 똑 닮은 종이 남자 있는데, 사람들이 그거 안고 뽀뽀하고 난리 났어."

"나 닮은 남자가 있다고?"

"입간판. 이거, 이거 몰라?"

진주는 조수석을 연 채로 뒤로 돈 다음, 반만 재훈 쪽으로 몸을 돌린 후 손 하나를 내밀었다. 그 유명한 설현의 레전드 포즈를 취하며 입간판에 대해 설명하자, 재훈이 피식 웃었다.

"아- 입간판이라서 종이 남자라고."

"내가 설명이 역시 찰떡이지? 커피 마저 사 올게."

"미안해서 어떡하지. 계산이라도 내 카드로."

탕. 진주는 말을 다 듣기도 전에 문을 닫았다. 운전해주는 게 제일 힘든데, 계산도 당연히 자신이 해야 하는 게 맞다. 그녀는 빠른 걸음으로 재훈이 광고하는 체인점 카페로 가서 커피 두 잔을 주문했다. 양손에 아이스 아메리카노를 들고 주차장으로 가자 그곳에 있어야 하는 재훈의 차가 없었다. 그 자리엔 입간판을 둘러싸고 있던 것처럼, 사람들이 삼삼오오 모여 있었다.

"……무슨 일 있었나?"

진주는 놀란 눈으로 사람들 틈을 헤쳤다. 그러곤 귀를 쫑긋 세웠다.

"여기 김재훈 있었는데, 봤어?"

"아니. 아까워!"

"창문 내리고 소떡소떡 먹는데 딱 김재훈인 거 있지."

저보다도 한참 어린 학생들이 '김재훈', '김재훈' 하니까 조금 그랬다. 예전에도 알아봐 주는 건 좋은데, 아주 어린 연령부터 재훈을 자기 친구인 줄 알고 맞먹는 걸 보면 조금 친구로서 별로라고 생각했다. 여전히 지금도 기분이 나빴다.

"사인받고 싶었는데. 조금만 더 빨리 가서 물어볼걸."

"야, 직접 운전해서 온 거면 개인 시간 보내는 거 같은데 그건 아니지."

"뭐 어때? 어차피 국민들의 인기를 먹고 사는 직업이잖아. 그 정도는 팬 서비스 아니야?"

"그런가?"

또 다른 무리에선 재훈이가 사인을 해주고, 같이 사진을 찍어주는 것 정도는 팬 서비스 차원에서 해야 한다고 서로 실랑이를 했다. 참, 연예인도 피곤한 직업이네.

"진짜 멀리서도 어떻게 잘생긴 게 보이지? 김재훈은 신이 내린 축복이야."

재훈의 칭찬에 어깨가 으쓱 올라갔다. 그런 사람이 나 좋다고 쫓아다닌다고 생각하니 기분까지 우쭐해졌다. 그러는 사이 핸드폰 벨이 울렸다. 그녀는 커피 두 잔을 가슴에 안고 전화를 받았다.

"여보세요."

─진주야. 잠깐 바람 쐬려고 창문 열었는데 사람들이 몰리더라고. 휴게소에서 바로 보이는 주유소 갓길로 빠지면 졸음 쉼터 있거든. 지금 거기 있어. 그쪽으로 와줘.

"잠깐만. 아, 찾았다!"

그녀는 전화를 끊고 커피 두 잔을 든 채 재훈이 말한 졸음 쉼터 방향을 향해 빠른 걸음으로 걸었다. 그는 시동도 끄고 쥐 죽은 듯이 차를 대고 그곳에 있었다. 이러니까 그가 연예인인 게 제대로 실감이 났다. 재훈과 만나려면 사람 많은 곳은 자연스레 피해야 하고, 차 안 아니면 그의 집이 제일 편한 코스일 것 같았다.

"여기 커피 마셔. 많이 기다렸지?"

"아니. ……갑자기 사람이 몰려서 얼른 피했어. 미안. 여기까지 오느라 힘들었지?"

"안 힘들었어. 걸어서 코앞인데."

걸어오면서 재훈과의 연애가 평범하진 않겠다는 생각이 들긴 했지만.

"내가 운전할 줄 알면 교대해서 하는데. 그래도 사람 몰리니까 신기하더라. 너 창문 한 번 연 거라며, 근데도 저 멀리서도 잘생긴 게 다 보인대."

진주는 사람들이 했던 말들을 재훈에게 대신 전해주었다. 네가 너무 잘생겨서 멀리서도 김재훈인 게 티가 난다고, 그래서 내가 정말 뿌듯했다고.

어깨에 힘이 들어간 진주를 보며 재훈은 차의 시동을 켰다가 도로 껐다. 태주의 차에 있는 차량용 커튼을 쳐서 혹시라도 있을 주변의 시선을 막았다. 그러곤 그는 진주가 마시는 커피를 뺏어서 콘솔 박스 앞쪽에 두고 그대로 그녀의 팔을 당겼다. 제게로 딸려온 그녀의 등을 팔에 감은 후 입을 맞췄다. 진주는 두 손을 머리 옆으로 올려 벌 서는 자세를 하며 서서히 눈을 감았다. 그녀의 눈이 감기면서 손도 재훈의 넓은 어깨에 닿았다. 그는 어디서 갑자기 불꽃이 튀었는지, 혀로 그녀의 입술 전체 윤곽을 어르고 그 안을 가르고 들어갔다. 짜릿한 감각에 진주는 손에 힘을 줘 그의 어깨를 꽉 잡았다. 그는 입천장을 훑고 나가 그녀의 아랫입술을 물었다. 잘근잘근 씹는 행위에 아파서 진주가 여린 신음을 흘렸다.

"아앗."

그러자 이번엔 혀로 부드럽게 약을 바르듯 천천히 움직였다. 감질 나는 움직임에 진주가 그의 목에 팔을 감아 제게로 당겼다. 이번엔 그녀가 먼저 오른쪽 45도로 고개를 틀어 입을 맞췄다. 그의 뾰족한 코가 볼 위쪽에 닿았다. 그가 숨을 쉴 때마다 그녀의 피부에 솜털이 돋았다. 간지러운 느낌도 잠시, 그의 입술이 저를 다 삼킬수록 그녀는 그에게 매달렸다.

"하아…… 재훈아."

"응."

"갑자기 놀랐잖아."

"……네가 나 미치게 하잖아."

"내가 언제?"

"네가 의도치 않게 남자의 자존심을 세워줬어. 그래서 당장 어떻게든 하지 않으면 미칠 것 같았어."

"……."

진주의 귓불이 빨개졌다. 당장 어떻게든 하지 않으면 미칠 것 같다니……. 그녀는 아이스 아메리카노를 다시 꺼내서 스트로를 물고 쪽쪽 빨았다.

"잘 빠네, 홍장군."

"……픕."

"키스할 때 내 입술도 좀 그렇게 빨아주라."

"야!"

"그럼 출발할까?"

재훈의 입가엔 미소가 가득했다. 입술도 좀 그렇게 빨아주라니. 키스할 때 내 혀가 나름 최선을 다한 거 같은데, 부족했나? 그들은 한참을 달려 하연의 할머니 댁에 도착했다.

* * *

"하연아!"

"진주야~"

두 여인은 만나자마자 부둥켜안았다.

"할머니는 주무셔. 내일 아침에 인사드리는 게 좋겠어."

"진짜 보고 싶었어. 너 없는 며칠이 억겁의 세월 같더라."

"홍진주, 진짜 말은 잘해~"

하연이 진주를 흘기며 말했다. 그러다가 재훈과 눈이 딱 마주 쳤다.

"재훈이도 왔어?"

"응. 나도 왔어. 난 해 뜨기 전에 가야 해."

"아침도 먹고 가. 아니다, 그냥 가라. 너 온 거 알면 할머니가 너 데리고 동네방네 다 돌아다닐 거 같아. 우리 손녀 친구라고 자랑 을 엄청 해놔서 노인정 투어해야 할지도 몰라."

"해줘?"

재훈의 말에 하연은 고개를 저으며 질색했다.

"됐어. 마음만 받을게. ……그래도 두세 시간 자고 올라가는 게 낫지 않아?"

"음."

재훈은 손목시계를 보더니 콧잔등을 찌푸렸다. 곤란한 그의 표 정을 보며 진주가 먼저 선수를 쳤다.

"재훈이 바래다주고 올게."

"응. 그래. 이거 냉장고에 넣어 놓고 있을게."

진주는 하연에게 인사하고 재훈의 팔을 잡아 차로 끌었다.

* * *

　새벽까지 하연과 수다를 떨고 늦은 잠이 든 진주는 점심때가 돼서야 눈을 떴다. 재훈이 집에 잘 도착했다고 보낸 문자를 보고 잠들었던 것 같았다. 그녀는 세수만 얼른 하고 방 밖으로 뛰어 나가하연의 할머니께 인사를 드렸다.

"할머니~"

"우리 진주, 왔어?"

"네! 네! 할머니 건강하시죠? 건강이 최고예요."

"그럼. 뭘 이렇게 많이 싸 왔어."

"많기는요! 더 가져오고 싶었는데 손이 두 개라서 이것만 가져왔어요."

"늙은이 혼자 먹기엔 너무 많아. 점심 먹자. 하연아, 상 차려라."

　하연은 깨끗하게 씻고 나오자마자 상을 차렸다. 할머니표 제육볶음과 된장찌개가 메인으로 놓였고, 그 옆에 할머니가 손수 키운 상추와 고추가 놓였다. 특히 할머니께서 직접 쌈장에 양념을해서 만든 장이 완전 밥도둑이었다. 상추에 밥과 그 양념만 넣어서 먹어도 충분할 정도로 맛있었다. 할머니는 하연과 진주가 맛있게 먹는 모습을 보며 흐뭇해 하셨다.

"할머니, 얼른 드세요!"

"너희 먹는 것만 봐도 배불러. 언제 이렇게 컸대?"

"저희 할머니께서 해주신 밥 먹고 컸죠."

"진주는 참 말도 잘해. 재훈이랑 태주도 보고 싶네. 녀석들, 이제 남자가 됐겠네."

"켁!"

도둑이 제 발 저리듯 진주는 재훈의 이름만 들어도 사레가 걸렸다. 할머니가 건넨 물을 마시면서도 다시 한 번 사레가 걸려 물을 뿜었다.

"천천히 먹어. 먹고 더 먹고."

"네, 네! 콜록! 콜록!"

"옛날에 너희 나이면 벌써 결혼해서 애도 낳았는데, 우리 딸들은 시집 안 가?"

"할머니!"

"어휴~ 저희 스물여덟밖에 안 됐어요. 아직 청춘이에요 할머니~"

"그 청춘 금방 간다. 재훈이랑 태주는 만나는 여자는 없고?"

할머니의 질문에 진주는 얼굴이 빨개지고, 하연의 낯빛은 어두워졌다. 하연은 대화의 주제를 바꾸기 위해 TV 전원을 켰다. 때마침 오늘의 이슈를 소개하는 프로그램을 하고 있었다.

[김재훈X하린, 연애설 독점 최초 보도]

뉴스의 자막으로 흘러나오는 문구에 진주와 하연의 눈이 커졌다.

[자, 오늘 저녁 8시, 연예계 중계에서 저희 단독으로 톱스타 김재훈의 연애설 이후 최초 인터뷰가 있겠습니다. 연상연하 커플인 두 사람은 오늘 새벽에 차에서 한강 데이트를 하다가 딱 X패치에 포착이 되었는데요. 선남선녀인 두 사람, 응원해주시면 좋겠습니다.]

웃으면서 TV를 시청하던 진주의 표정도 서서히 굳어갔다. 오늘 새벽에 한강에서 차 안 데이트? X패치가 찍은 사진 속 차는 태주의 차였다. 하린이 그를 보고 있고, 그는 하린을 보며 웃고 있었다.

"……하연아, 나 좀 꼬집어 봐."

"너도 날 좀 꼬집어 봐."

두 여자는 서로 허벅지를 꼬집었다.

"악!"

아픈 걸 보니 꿈은 아닌 모양인데.

"어젯밤에 나 데려다주고 집에 간 김재훈 맞지?"

"어. 근데 저 차가 왜 한강에 저 여자랑 있지? 진주야, 우선 오해하지 말고 재훈이한테 물어보자."

"어, 어…… 그럴 건데."

재훈이한테 물어볼 건데, 그녀는 혼이 나갔다. 유인호가 그 여자는 비즈니스이고, 자신을 사랑한다며 맞선 자리에서 뻔뻔하게 말했던 그 순간의 얼굴이 떠올랐다. 그리고 X패치에서 찍힌 사진 속 재훈의 얼굴을 보았다. 왜 이 순간 그놈의 모습과 겹쳐지는 걸까. 너는 유인호와 다를 텐데. 진주는 재훈에게서 온 문자가 있는지 보기 위해 핸드폰을 보았다. 그에게서 온 연락은 없었다.

"이, 이따가 재훈이한테 물어보면 되지, 뭐. 하연아, 점심 먹고 카페 가자!"

진주는 하연을 위로하기 위해 온 것을 다시금 상기하고 골치 아픈 생각은 저 멀리 미뤘다. 하연과 놀다가 재훈에게 연락 오면 아무렇지 않게 물어보면 되는 것이다. 김재훈은 유인호와 다르니까.

* * *

　재훈은 새벽까지 운전을 한 탓에 오전에 헬스장 가서 한참 뛰고 나서 늦은 오후까지 잠을 잤다. 그런 그를 깨운 건, 도어 록이 해세되는 소리였다.

"김재훈!"

"······어, 형?"

　득달같이 그의 침실로 온 덕재가 심각한 표정을 짓고 있었다. 재훈은 눈을 비비며 침대에 앉았다. 협탁에 놓인 물을 마시며 고개를 휘휘 젓는 걸로 잠을 쫓았다.

"무슨 일 있어? 셋째는 괜찮아?"

"지금, 그게 문제야? 너 새벽에 하린이 만났어?"

"하린 누나? 응. 할 말 있대서."

"······너, 이것 좀 봐!"

　덕재가 포털 사이트에 뜬 재훈과 하린의 연애 기사를 그의 눈앞에 들이밀었다. 절묘하게 찍힌 사진에 그는 잠이 다 달아났다.

"이게 뭐야?"

"뭐긴 뭐야. 네 스캔들이지."

"······아니라고 보도해."

"잠시만."

　덕재가 그의 형인 대표에게 전화를 하는 사이, 재훈의 핸드폰이 울렸다. 하린에게서 온 전화였다. 재훈은 미간을 좁히며 전화를 받았다.

"어, 누나."

-기사 봤어?

"응. 이거 뭐야? 아니라고 보도해야 할 거 같은데."

-……재훈아.

하린의 목소리가 심상치 않았다. 불길한 예감이 들어 그의 얼굴은 점점 차갑게 변했다.

-나 좀 살려주라. 우리 스캔들 맞다고 하자. 응?

"뭐?"

-제발, 부탁이야. ……너 아니면 나 연예계 생활 끝이야. 이대로 무너질 거야. 제발.

이게 무슨 소리야. 도와달라는 그녀를 단호하게 거절해야 하는데, 그는 그럴 수가 없었다. 무명일 때 촬영장에서 세트장이 무너지는 사고가 있었는데, 모델 업계에선 유명했어도 연기자로서는 무명인 그를 챙기는 이는 없었다. 죽을 뻔한 상황에서 하린이 사람이 빈다는 걸 PD에게 말해 경찰이 그를 무너진 세트장에서 꺼낼 수 있었다. 그 이후에도 하린은 종종 그를 동생처럼 살뜰히 챙겼다.

-이번엔 네가 날 좀 구해줘. 한 달만, 딱 한 달만 부탁할게.

"무슨 일인지 물어봐도 돼?"

-만난 남자가 유부남이었어. ……흐흑.

그 뒤는 더 듣지 않아도 알 것 같았다. 세상은 하린을 청순가련한 여자로 포장했다. 그래서 하린은 그녀의 입에서 상스러운 단어 하나만 튀어나와도 남들보다 배로 욕을 먹었다. 국민 여동생에서 청순가련 여배우로. 이미지 메이킹을 위해 들어오는 배역도, 광고도 모두 청량한류의 것들만 했다. 그런 그녀에게 '유부남과의 연애'는 큰 오점이 될 터였다.

-나 무서워. 재훈아. ……나 이거 터지면 다시는 회복 못 할 거 같아. 네가 나 좀 살려줘.

재훈은 전화를 끊은 후 덕재를 보았다. 대표님과 통화를 마쳤는지 그의 표정도 오묘하게 변해 있었다.

"하린 씨 소속사에서 형한테 부탁했나 봐. 이유는 모르겠고, 사람 하나 살리는 셈치고 눈 감아달라는데."

"……나도 전화 받았어."

"이유가 뭔데? 이유나 좀 알자."

"……"

재훈은 침묵했다. 하린이 이렇게 숨기려고 하는 데는 이유가 있을 것이다. 그는 아무리 친한 사이여도 남의 사생활을 함부로 말하는 건 전 세계에 다 퍼지라고 소문내는 것과 같다고 생각했다. 너한테만 말할게. 이거 비밀이야. 이런 말들은 비밀은 없다는 걸 전제로 했다. 비밀을 들은 사람이 또 누군가에게 비밀을 만들게 된다. 그러다 보면 어느새 다시 처음 말한 사람에게 돌아오곤 했다. 연예계 일은 특히 그랬다.

"인터뷰할게."

"네 이미지에 나쁠 건 없지, 하린 씨면."

"한 달만. 그리고 성격 차이로 헤어질게."

진주한테 뭐라고 하지, 이걸 어떻게 설명해야 그녀가 이해할 수 있을까. 재훈은 진주의 마음을 조금 열자마자 터진 스캔들에 머리가 아파 왔다. 다른 사람이었다면 절대 아니라고 보도를 하겠는데, 하필 하린의 일이었다. 세트장에서 죽어 갈 때 자신을 살린

일, 그리고 제 비밀을 하린은 끝까지 지켜주었다. 잠적한 유명 남자 배우인 김택수가 그의 아버지인 점, 그걸 그녀는 알면서도 어디에 발설하지 않았다.

그는 테라스로 나가 의자에 앉았다. 탁 트인 시야를 봐도 막힌 가슴이 뻥 뚫리지 않았다. 그는 진주의 번호를 눌렀다가 종료 버튼을 눌렀다가 다시 번호를 눌렀다. 그러다 결국 통화 버튼을 눌렀다. 신호음이 세 번 정도 가자, 진주가 전화를 받았다.

-여보세요.

"진주야, 나야."

-응.

"기사, 봤어?"

-당연히 봤지. 사실 아니지?

"응, 사실 아니야. 그런데……."

사실처럼 둔갑해야 할 것 같아. 재훈은 차마 뒤의 말을 더 하지 못해서 잠시 숨을 골랐다. 폐부에 찬 공기가 답답하게 짓누르는 것 같았다.

"한 달만 사귀는 척을 해야 할 것 같아."

-뭐?

"사정이 생겼어. 진주야, 미안해."

너밖에 없다고, 네가 날 미치게 한다고 다 말해버린 순간에 이런 일이 터지면 어쩌라는 건지. 그는 지금이라도 아니라고 해명 기사를 내고 싶었으나, 생명의 은인 부탁을 차마 거절할 수가 없었다.

-음, 나 솔직히 이해 안 돼.

"서울 오면 내가 자세히 설명할게. 근데, 그런 사이 절대 아니야."

-네가 아니라고 하면 믿을 수밖에 없는데 되게 찝찝하다. 나랑 사귀자마자 스캔들 터지는데 해명도 못 한다니……. 내가 이해할 수 있게 설명하지 않으면, 정말 화낼 거야. 서울 가서 연락할게.

진주의 목소리가 차가웠다. 옆에서 하연의 목소리가 들리는 걸 보니, 진주가 얼른 전화를 끊으려고 하는 것 같았다. 재훈은 진주와 통화를 마친 후 깊게 숨을 들이마셨다가 뱉었다. 진정이 되지 않았다. 지금 당장 진주에게 가서 해명하고 싶은데, 인터뷰를 위해 숍을 가야 했다. 그리고 하린 누나와 말을 맞춰야 할 거고. 그는 손으로 얼굴을 쓸어내렸다.

\* \* \*

진주는 TV 화면을 노려보듯 보았다. 인터뷰 최초 전격 공개라는 연예계 소식 프로그램에서 재훈과 하린이 나왔다. 천사같이 예쁜 여배우와 천상천하 유아독존 외모인 김재훈은 같이 서 있기만 해도 잘 어울렸다. 선남선녀라는 수식어가 딱 맞는 한 쌍이었다. 그래서 진주는 더 불쾌해졌다.

-연애, 맞습니다. 2개월 정도 되었네요.

하린이 부끄러운 듯 볼을 붉히며 대답했다. 그 옆에 선 재훈의 표정에선 저를 볼 때와 다르게 사랑이 느껴지지 않았다. 사랑하는 상대를 보는 눈빛이 어떤지 그녀 자신이 제일 잘 알고 있었다. 그들은 고등학교 선후배 사이이며, 먼저 배우가 된 하린이 그를 도와주며 누나 동생으로 지내게 되었다고 하였다. 그렇게 지낸 지 10년이 넘었고, 여름에 지인들끼리 만난 술자리에서 조심스럽게 감정을 갖고 만나게 되었다고 하였다. 다 거짓말인데, 속이 쓰린 건 어쩔 수 없었다.

* * *

시청률 1위를 했던 '재혼의 정석' 드라마 팀은 포상 휴가를 떠났다. 그 휴가에는 하린도 함께였다. 그들이 같이 커피를 마실 때마다 기자들은 놓치지 않고 사진을 찍어 댔다. 진주는 알고 싶지 않은 재훈과 하린의 행적을 실시간으로 봐야만 했다. 다들 할 일도 없는지 두 사람의 공항 패션부터 점심은 뭘 먹는지, 공항에서 어떤 커피숍을 이용하는지까지 기자가 쉬지 않고 기사를 올렸다.

"으아아! 대리님도 그 기사 보셨군요. 두 사람 진짜 안 어울리지 않아요?"

"네."

"후니가 정말 아깝죠. 우리 오빠가 왜……. 오빠아, 얼굴이 청순하다고 성격까지 청순하진 않다고요! 그 점쟁이 말이 딱 맞았어요. 달이 바뀌면 충격 받을 일이 있을 거라더니, 이거였나 봐요. 식음을 전폐해서 이번에 포상 휴가 가셨을 때 아이스커피 차는 안 보내기로 했습니다!"

진주는 주리가 오히려 화를 내주니 웃음이 나왔다. 속이 다 뻥 뚫리는 기분이었다. 재훈의 첫사랑이 하린이라고 오해했을 때부터 얽히더니, 결국 스캔들까지 났다.

찜찜하지만 재훈이 절대 아니라고 하니까 믿을 수밖에 없었다. 절대 싫다고, 그럼 나랑 헤어지자고 떼를 쓸 상황은 아닌 듯했다.

그도 곤란해 보였고, 회사로부터 은밀한 부탁을 받은 거 같았다.

"대리님, 전화 울려요."

"응? 잠시만."

그녀는 재훈에게서 전화가 오자 심호흡을 하고 탕비실로 갔다.

"여보세요."

-일하고 있었어? 잠깐 통화 가능해?

"응, 가능해. 아주 잠깐만."

-내일 약속 있어?

"아니, 없어."

그건 왜 묻지? 괜히 심장이 두근거렸다. 설마 서울로 다시 오나? 우리 오늘 만날 수 있는 건가?

-밤 비행기 예약했는데, 내일 올래?

"내가 사이판으로? 너 있는 데로?"

-응. 비즈니스석으로 예약해 뒀어. 밤에 타고 오면 되는데, 이렇게라도 좀 보자, 진주야. 보고 싶다.

이미 예약을 했다니. 그래서 여권 사진 좀 찍어서 보내달라고 한 거였구나. 데이트를 하러 사이판을 간다고? 그것도 주말에? 잠깐 몇 시간 보고 월요일 출근을 위해 돌아와야 할 거였다. 그럼에도 진주는 재훈의 제안을 거절할 수 없었다. 저를 보고 싶어 하는 재훈이 그녀도 보고 싶은 상태였기 때문에.

"갈게."

-아니면 오늘 밤으로 예약할까?

"오늘? 옷 챙기지도 못했는데."

-와서 사. 내가 사 줄게.

재훈은 뭐든 쉬운 모양이었다. 비행기 값을 지불하는 것도, 그녀가 가면 옷부터 속옷 생필품을 다 사면 된다는 것 역시 말이다. 마치 다른 세계 사람 같았다. 버는 수입이 다르니, 지불하는 개념도 다른 걸까.

—난 오늘까지만 포상 휴가 같이하고, 따로 빠져나가게.

"하린 언니는?"

—이미 리조트에서 쉬고 있어. 따로 하린 누나도 일행 있어서 너랑 같이 다닐 일은 없을 거야.

"나는 정말 몸만 가면 돼?"

—응. 그거 하나면 돼.

몸만 가면 된다니. 마음은 불편하지만 진주는 가겠다고 하였다. 이미 그가 결제까지 해 뒀으니, 지금 취소하면 반액도 제대로 돌려받지 못할 게 뻔했다.

—이따 보자. 진주야.

"응."

—얼른 와. 공항에서 기다릴게.

# 7. 마음을 나누고, 몸을 기대고

진주는 퇴근하자마자 인천 공항으로 갔다. 트렁크도 없이 몸만 간 그녀는 바로 출국 수속을 밟았다. 연휴가 아님에도 공항은 사람들로 붐볐다. 그녀는 재훈이 보낸 비행기 표를 회사에서 출력해 가져왔다. 그걸 꺼내서 직원에게 보여주자 비행기 티켓을 주었다.

[재훈아, 나 공항이야. 당일에 이렇게 해외를 갈 수 있다니, 이 상해~]

[빨리 와. 보고 싶어.]

[그래. 내가 남자 친구 잘 둬서 호강하네. 서울에서 뭐 사 갈까?]

[아니. 여기 다 있어. 옷 사이즈 33야? 44야?]

[……노코멘트.]

[알아서 살게.]

네가 말한 그 사이즈에 없다고! 작게 나온 55는 맞지 않고, 66은 크단 말이야. 아주 옷을 잘 골라야 하는데. 여기는 이제 여름이 다 지나 가을이지만 사이판은 아주 더운 여름일 터였다.

진주는 대기줄에 앉아 있다가 시간이 되자 제일 먼저 입장했다. 이코노미석과 비즈니스석은 입구가 달라서 그녀는 기다리지 않고 바로 들어갈 수 있었다. 좌석에 앉은 그녀는 눈을 휘둥그레 떴다. 영화도 볼 수 있을 정도로 큰 TV와 안락한 좌석이 그녀를 반겼다. 옆에 있는 버튼을 누르니까 의자가 제멋대로 모양을 달리했다. 90도였다가 조금 누운 자세가 되었다가, 정말 편하게 누운 자세까지. 이래서 비즈니스석을 타는구나.

비행기가 출발하자 그녀는 잠시 눈을 붙였다. 그런데 금방 기내식이 나왔다. 수학여행과 가족끼리 여행을 간 것 외에는 비행기를 탈 일이 없었다. 그땐, 비빔밥을 먹었던 것 같은데 지금은 스타터 메뉴가 나오고 뒤이어 스테이크가 나왔다. 그녀는 화이트 와인을 주문하여 같이 마시며 스테이크를 음미했다. 혼자 가는 길이 외롭지 않았다. 열심히 먹으면서 그녀는 무료로 최신 영화도 보았다. 영화의 중반쯤 보았을 때, 기내의 불이 꺼졌다. 배도 부르고 주변도 어두우니 잠이 솔솔 왔다.

\* \* \*

재훈은 덕재와 함께 렌터카를 타고 공항으로 왔다. 오는 길에 그는 하린이 아닌, 진주와 연애를 하고 있다는 것을 덕재에게 공개했다. 최고급 호텔은 아니지만, 시내에서 조금 떨어진 곳에 그는 개인이 운영하는 호텔 전체를 빌렸다. 호텔이라고 쓰여 있지만 펜션이라고 해도 무방한 곳이었다. 사이판은 한국인이 자주 오는 여행지라 유명 호텔은 진주와 드나들기에 위험했다. 그래서 그는 시내에서 떨어진 외곽을 선택했다.

"오늘 아주 쇼핑 즐겁게 하더니만, 임자가 진주 씨였네."

"응."

"저거 다 진주 씨 거지?"

"응. 퇴근하고 바로 오고 있거든."

"……지극정성이다. 너 진주 씨 속옷도 샀어?"

"그건 못 샀어. 가방하고 옷하고 신고 다닐 샌들 몇 개."

"그러기엔 너무 고가 아니냐."

덕재의 눈이 향한 곳엔 시내에 있는 면세점에서 구매한, 명품 박스가 줄지어 있었다. 슬리퍼, 샌들은 프라다과 구찌, 캐리어는 리모왕. ……몇 가지 옷 역시 안 봐도 훤했다. 사이판에 있는 일반 매장이 아닌, 명품점에서 잔뜩 쇼핑을 한 것이다. 여기서부터 저기까지 달라고 해도 재훈의 재력엔 문제가 없겠지만, 상대는 부담스럽게 느낄 것 같았다. 그런데 그것도 모르고 재훈은 무척 즐거워하는 눈치였다. 그저, 그녀가 이곳에 오고 있다는 것만 생각하는 것 같았다.

"내가 진주 씨 마중 나가서 이쪽으로 데리고 오면 되지? 그리고 네가 날 호텔에 내려줄 거고?"

"응. 맞아."

"아휴. 육아 휴직을 더 썼어야 하는데. 네 스캔들 터지는 바람에!"

"······더 쓸래?"

"됐다. 됐어."

"귀국하고 나서 이번 영화 촬영은 신입 매니저 뽑아줘. 그 친구랑 다녀볼게. 형은 아이한테 집중하는 게 맞는 거 같아."

"······."

"그게 나도 마음 편해."

사실 이번 포상 휴가 때도 그는 회사 내 새 직원을 데리고 가려고 했었다. 그런데 하린도 같이 사이판에 촬영차 간다고 해서 기자들은 데이트라며 몰아갔고, 덕재는 신경 쓰여서 따라온 거였다. 셋째인 윤재가 나을 동안, 육아 휴직 기간에도 당연히 덕재의 월급은 그대로 나갈 거였다. 회사에서 나오는 월급도 있지만, 그가 따로 추가적으로 챙겨줘야 세 아이를 키울 정도가 될 것이다.

덕재 형이 진주를 데리러 갈 동안, 그는 주차를 해 놓고 떨리는 마음으로 그녀를 기다렸다. 도대체 언제 오는 건지. 먼 길 오느라 피곤했겠지만 이렇게라도 볼 수 있어서 행복했다. 해외 스케줄이나 지방 스케줄이 많아서 매번 서울에 있지 않은 그를 위해 진주가 매번 제 시간에 맞춰줘야 연애가 가능했다. 그게 너무 미안해서 그는 아낌없이 비행기와 기사를 제공해줄 생각이었다. 그게 재훈이 그녀를 더 자주 보는 방법이었다. 그녀를 기다리는 시간이 억겁처럼 길더니 멀리서 덕재와 함께 이쪽으로 오는 게 보였다. 그는 차에서 내리고 싶었으나 그러지 못했다. 진주는 조수석에 타고, 덕재는 뒷좌석에 탔다.

"재훈아~!"

"응. 왔어? 안 피곤했어?"

"어. 편하더라, 비즈니스석."

"다행이네."

그는 한시라도 빨리 진주와 둘이 있고 싶어서 차를 출발했다. 재훈은 덕재를 드라마 팀이 묵고 있는 호텔에 데려다주고, 쌩하니 차를 출발했다.

"너 길 알고 가는 거야?"

"응. 진주 너 오기 전에 미리 몇 번 운전 연습했지. 걱정 마."

"······아우, 더워. 여기 진짜 덥구나."

진주가 손으로 부채질을 하는 걸 보며 그는 에어컨의 바람 세기를 최대한으로 올렸다.

"우리 어디 가?"

"호텔로. 음, 좋은 곳은 아니야."

"거긴 한국인 없어? 우리 가도 돼?"

진주가 걱정스러운 표정으로 물었다. 재훈은 진주의 머리를 쓰다듬으며 손을 꽉 잡았다.

"응. 없어. 너랑 나만 있을 거야."

"······누구 아는 사람 집이야?"

"아니. 호텔이라니까. 사이판에 태풍 와서 외곽 지역 호텔 중에 예약이 한두 개밖에 없는 곳 있어서 거기 다 빌렸어. 미리 예약하신 분들은 더 좋은 호텔로 옮겨드리고."

"뭐?"

한없이 입을 벌린 진주의 눈이 더없이 커졌다.

"왜?"

"아니, ……너 나랑 잠깐 얼굴 보려고 비즈니스석에 호텔을 빌린 거야?"

재훈은 태연하게 고개를 끄덕였다. 사람들 빤히 다 있는 곳에서 너를 만날 순 없잖아. 호텔에 손잡고 들어가면 더더욱 이상할 테고.

"……믿기지가 않아. 친구로 있을 땐 잘 못 느꼈는데 네가, 이렇게 아무렇지 않게 하루에 기상천외한 금액을 쓸 수 있다니."

"너한테 쓰는 거잖아."

"아니, 그래도!"

"그럼 어떡해. 이렇게 안 하면 또 언제 볼지, 언제 시간이 맞을지 모르는데. 나는 네가 매일 보고 싶어, 진주야."

그는 핸들을 돌려 갓길에 세웠다.

* * *

시내를 빠져나간 지 십여 분이 지났을 즈음부터는 주변이 온통 어두웠다. 서울처럼 건물들이 높지 않아서 오히려 무서웠다. 쓰러진 건물, 아무도 없는 깜깜한 어둠, 고르지 못한 도로까지. 이곳에선 재훈에게 모든 걸 의지해야만 할 것 같았다.

"앞으로도 네가 내게 올 수 있다면, 난 이렇게라도 너 만나고 싶어."

"으응. 서울에 있으면 내가 너희 집으로 가면 되잖아."

"서울에 없을 때가 많으니까 그렇지. 그럼 그 순간순간 너를 못 보잖아."

"……그건."

"내가 갈 수 없으니까, 네가 와주면 안 돼?"

간질한 재훈의 눈빛을 보니, 그를 거절하지 못할 거란 확신이 들었다. 진주가 대답을 않자 재훈은 그녀를 재촉했다.

"돈 지랄 하는 거 아니야. 내가 널 봐야 힘이 나고 행복한데, 네가 내 일상에서 제일 중요한 사람이니까 그래서 쓰는 거야. 네가 나 좀 봐주라."

"알겠어. 알았으니까 얼른 가자. 여기 좀비 나올 거 같아."

진주가 창문 너머로 보이는 풍경을 가리키며 말하자, 재훈은 다시 시동을 걸었다. 차는 빠르게 달려 그가 예약한 호텔 앞에 도착했다. 서울 시내에 있는 호텔은 위로 높고, 옆으로도 길었는데 여기는 4층 정도면 끝인 것 같았다. 옆으로도 그리 길지 않았다. 다만, 수영장과 바다를 끼고 있다는 게 큰 메리트였다.

"들어가자."

"체크인은?"

"미리 해 뒀어."

재훈이 들어오자 호텔 직원이 그에게 인사를 했다. 재훈은 트렁크 안에서 캐리어 하나와 진주의 옷과 신발이 들어 있는 종이 백을 들었다. 호텔 직원이 얼른 다가와 대신 들어주었다. 룸 안까지 들어주자, 재훈은 직원에게 팁을 건넸다.

"속옷은 못 샀어. 옷하고, 신발만. 수영복은 호텔 1층에서 팔더라고. 거기서 사면 돼."

"이, 이게 다 내 거야?"

재훈이 위아래로 고개를 끄덕였다. 진주는 캐리어와 그 옆의 박스 안에서 내용물을 꺼냈다. 원피스 2벌과 샌들과 운동화가 각 한 켤레씩 있었다. 그 제품 하나하나가 그녀의 월급으로는 살 수 없는 명품이었다. 그녀는 그가 저를 보고 싶어 하는 마음은 알겠지만 이건 너무 부담스러웠다. 비즈니스석도 미안했는데, 호텔 하나를 빌렸다는 것에 기가 막혔고, 이 선물들을 보니 부담감에 앞으로 연애를 어떻게 해야 하나 생각이 들었다.

"김재훈."

"왜?"

"나는 너한테 이런 거 하나도 못 사 줘. 네 생일날도, 그냥 이런 저런 날에도. 나는 연애할 때 내 월급을 넘어서는 선물을 사 주는 건 아니라고 생각해. 그렇다고 몇 개월을 모아서 사 주는 것도 그다지 좋아하지 않아. 차라리 적당한 가격대나 너랑 나랑 돈을 모아서 여행을 가고, 우리만 할 수 있는 추억을 만들면 좋겠어. 나는 해줄 수 없는데, 네가 이렇게 매번 만날 때마다 돈을 쓰면…… 나는 부담스러워."

"……."

"재훈이 네가 내가 좋아서 밥값 내는 건 괜찮아. 그런데, 지금 이런 것들은 너무……."

"나는 이게 왜 네게 부담이 되는지 모르겠어. 회사 끝나자마자 하나 보겠다고 비행기 타고 건너서 온 너한테 내가 이 정도도 못해줘?"

거의 일주일 만에 본 건데. 하연의 집에 재훈이 데려다준 날, 스캔들이 터진 이후 일주일 만에 본 거였는데. 그런데, 보자마자 얼굴을 붉히고 있으니 진주는 속이 상했다. 그는 자신이 좋아서 보고 싶은 마음에 했다는데 그걸 곧이곧대로 받으며 웃어줄 수 없어서 미안하기도 했다. 진주가 울상을 지으며 눈가가 빨개지자 재훈이 그녀의 손목을 당겨 품으로 안았다.

"미안해. 내가 생각이 짧았어."

"네가 뭐가, 미안해."

"그냥, 다. ……너 마음 아프게 하려는 거 아니었어. 내 생각만 했어."

그의 사과에 진주는 제 마음이 작게 느껴졌다. 재훈의 입장에서 보면 그는 여기까지 김재훈 하나만 보고 와준 자신에게 잘해주려고 한 걸 거다. 그에게 이런 명품과 호텔 전세 정도는 광고 촬영 하나만 하면 충분히 값을 지불할 정도로 아무것도 아닌 걸지도 모른다. 그 박탈감에 잠시 주눅이 들었을 뿐이었다.

"스캔들도 미안하고, 여기까지 오게 한 것도 미안하고. 너한테 잘 보이고 싶었어. 이렇게라도 얼굴 봐야지, 만나지도 못하면 멀어질 거 같아서……."

"그냥 내가 너한테 이만큼 못 해주니까 박탈감이 들었나 봐. 미안해."

재훈은 그녀의 어깨를 잡고 슬며시 품에서 떼어냈다. 상체를 숙여 눈을 마주하자 진주의 눈가가 그렁거렸다. 정말 순간적으로 화내서 미안했던 모양이다.

"왜 울고 그래."

"눈에서 콧물 나온 거야. 운 거 아니거든?"

"울어도 예쁘네."

그는 오른손으로 그녀의 왼쪽 볼을 서서히 감쌌다. 그의 검지와 약지 사이에 그녀의 작은 귀가 만져졌다. 그는 엄지로 부드럽게 볼을 쓸며 눈가로 가져가 눈가에 있는 눈물 자국을 지워주었다.

"준비도 못 하고 와서 어쩌나 했는데, 고마워."

"고맙긴."

"내가 언제든 너한테 갈 수 있게 아예 여행용 가방을 싸 둘게."

"좋아. 대신 네 비행기 표는 내가 낼게. 그거는 하게 해줘."

"……고오맙게 받겠어. 비행기 표를 막 결제할 정도로 내가 연봉이 높진 않으니까. 이건 한 수 굽힐게."

"고맙다. 홍장군."

그게 고마울 일인가? 그는 그녀의 대답이 만족스러운지 손바닥 전체를 움직여 그녀의 볼을 쥐었다가 펴며 만지작거렸다.

"부드럽고, 좋아. 살 거 같아."

"내가 좋은 거야, 내 살이 좋은 거야?"

"그거 진심으로 묻는 거 아니지? 당연히 홍장군이지."

"그래?"

진주는 까치발을 들어 그의 목을 안고 폴짝 뛰어 볼에 입을 맞췄다. 밝은 룸에서 보니 재훈의 잘생긴 얼굴이 더 잘생겨 보였다. 유독 이목구비가 또렷하게 보이는 것 같았다. 티셔츠 위에 얇은 여름용 남방을 묶고, 면바지를 입은 그는 스타일도 멋졌다. 시선을 떼지 못하며 그녀는 그를 위아래로 훑었다.

"일단 옷부터 갈아입고 나와. 1층 bar에서 맥주 마시자."

"bar가 열었어?"

"그럼."

"우리밖에 없는데도?"

"당연하지. 근데 평소보다 일찍 닫으실 거야."

"그럼 나 빨리 갈아입을게. 블랙 원피스랑 카라 원피스, 어떤 거 입을까?"

"왼쪽."

재훈은 블랙 원피스를 골랐다. 카라 원피스는 내일 드라이브할 때 운동화랑 같이 코디하면 예쁠 거고, 지금은 블랙 원피스에 그가 골라 둔 샌들을 신으면 bar와 잘 어울렸다. 블랙 원피스의 길이는 엉덩이 아래, 허벅지의 반 정도였다. 어깨가 드러나는 원피스는 가슴선과 어깨끈 부분에는 프릴로 장식되어 있었고, 치맛단에도 마찬가지였다. 러블리하면서도 몸매 좋은 그녀를 부각시킬 수 있는 옷이었다.

재훈은 그녀에게 드레스 코드를 맞추기 위해 흰 셔츠에 블랙 슬랙스를 입었다. 그리고 흰 셔츠의 소매를 접어 걷어붙였다.

"재훈아~"

"어. ……역시 너한테 엄청 잘 어울려."

그녀의 머리 길이가 쇄골에 닿을 듯한 위치여서 그런지, 오프숄더 옷이 더욱 잘 어울렸다.

"재훈이 너도 갈아입었네."

"드레스 코드 맞춰야지."

"……너무 멋있는 거 아니야?"

진주는 재훈에게 팔짱을 끼었다. 그러자 재훈이 트렁크에서 작은 박스 하나를 꺼냈다. 열린 박스 안에 귀걸이가 반짝이고 있었다. 얼른 해 보라는 듯 재훈이 눈짓하였고, 그녀는 귀걸이를 그가 보는 앞에서 했다.

"잘 어울려."

"정말? 그러네. 잘 골랐다. 머리카락 속에서도 빛이 나네."

진주는 귓불에 걸린 귀걸이를 만지작거리며 미소를 지었다. 회사 다닐 땐 귀걸이 고를 시간도 없어서 생략하곤 했는데, 이렇게 해 보니까 평소보다 예뻐 보였다.

"렌즈 빼고 안경 끼고 갈래? 눈 아프지?"

"⋯⋯눈 안 아파. bar 가는데 안경은 아니지! 그것도 이렇게 차려입고 안경 끼면, 완전 홍장군 된다고."

진주는 절대 안 된다며 고개를 젓더니 후다닥 렌즈를 끼었다. 그는 그녀의 허리를 감고 안은 채로 호텔 방을 나갔다.

1층 로비로 가자 bar는 새벽 한 시까지라고 이미 닫았다고 안내를 해 왔다. 두 사람은 어쩔 수 없이 방으로 올라왔다. 룸서비스도 안 되는 시간대였다. 아쉬운 마음에 재훈이 방 안에 있는 와인과 맥주를 꺼냈다. 햄, 육포, 땅콩, 과일 등 기본 안주는 있었다.

"bar 안 가도 되겠는데? 여기가 미니 bar네."

"응. 다 있긴 한데."

그녀는 방 안에 있는 미니 bar에 앉고, 재훈은 주변의 불을 어둡게 하고 조명만 켰다. 이러니까 꼭 분위기가 정말 bar 같았다. 그가 예약한 이 방은 아마도 스위트룸인 게 확실했다.

재훈은 와인 잔 두 개에 와인을 따랐다. 붉은 빛깔의 와인이 서서히 투명한 잔에 차올랐다. 그가 그녀에게 잔을 내밀었다.

"여기까지 와줘서 고마워."

"초대해줘서 고마워."

두 사람은 키득 웃으며 잔을 부딪쳤다. 잔을 맞대자 경쾌한 음이 났다. 진주는 의자에서 내려와 그의 다리 사이로 들어가 그를 안았다.

"러브샷!"

"……밝히긴."

그러면서 그도 부드럽게 그녀의 등을 감싸 안은 후 와인을 마셨다.

"이렇게 마시니까 더 맛있다."

진주가 자리로 돌아가려 하자 재훈이 못 가도록 꽉 안았다.

"안 놔줄 건데?"

"네 흰 셔츠가 붉어지는 걸 보고 싶다면, 얼마든지!"

진주의 당찬 대답에 재훈은 그녀를 놓아주었다. 진주라면 정말 와인 잔을 기울일지도 모르는 일이었다. 와인을 몇 잔 마시면서 감자칩 과자를 오독오독 씹어 먹었다. 소주, 맥주, 양주까지 다 잘 먹는 그녀였지만 유독 와인이 몸에 안 받았다. 그 때문에 취하진 않았지만 양 볼은 취한 사람처럼 붉었다.

"스캔들 기사 때문에 많이 속상했지?"

진주는 위아래로 고개를 끄덕였다. 그러자 그가 그녀의 손을 가져와 그의 손바닥 위에 올려놓고 그 위로 다시 그의 손을 덮으며 꽉 잡아주었다. 그의 다정한 위로에 진주는 그의 시선을 피했다. 서운한 것뿐만 아니라 아직도 네가 이해가 되지 않는다, 네가 지금이라도 스캔들은 거짓이라고 해줬으면 좋겠다, 등등 하고 싶은 말은 있었으나 잠시 숨을 골랐다.

"내가 모델 쪽에 있다가 배우로 전향했을 때 되게 힘들어했던 거 기억해?"

"응. 배역 따내기 힘들다고 했었지. 맨날 오디션 보러 다니고. 언제는 키가 너무 커서 앵글 잡기 어렵다고 했고, 또 어디선 발연기라고 까이고. ……우리 재훈이 엑스트라도 많이 했지."

"기억하네."

"그럼, 네 금역사인데."

"흑역사 아니고?"

"남들은 흑역사라고 하는데, 우리 팀끼리는 금역사라고 부르기로 했어. 그때 너 힘든 거 다 봐 와서 아니까 흑역사라고 못하겠더라."

"하여튼, 그때 세트장이 비가 오고 태풍이 불어서 무너진 적이 있었다. 내가 엑스트라라 다들 나 두고 갔거든. 그때 하린 누나가 나 안 보인다고 해서 경찰이 겨우 나 찾았어. 깔려 있었거든."

"……그런 일이?"

그것까진 몰랐다. 우리 재훈이 진짜 고생 많이 했구나. 누군가는 금방 승승장구했다고 생각하는데, 그에게도 힘든 시절이 있긴 했다. 그 시간이 매우 짧았을 뿐이지. 그는 미국 뉴욕을 중심으로 세계 패션 위크를 평정하였다. 그래서 모델계에서는 탑이었지만, 배우 쪽으로 와서는 다시 무명부터 시작했다. 그 시기가 그의 연예계 생활에서 가장 힘들었지만 그만큼 연기를 제대로 공부하고 배울 수 있는 시간이었다.

"나 살려준 게 하린 누나야. 연기 학원도 알려주고, 배역 따기 힘들 때 PD님께 나 추천해준 것도 누나고. 그런데, 이번에 한 달

만 도와달라고 하더라. 제발 부탁이라고 하더라. 그래서 거절하
지 못했어.”

“…….”

“진주 네가 이해하지 못할 거 알고, 서운해할 거 아는데. 여기서
하린 누나 부탁 모른 척하면 위험해 보였거든. 올라가는 건 어렵
지만, 추락은 하루아침에도 이뤄지잖아. 분명 곤두박질칠 거야.”

“그래서 회사에서도 너한테 스캔들 맞다고 하라고 한 거고?”

진주의 질문에 재훈이 고개를 끄덕였다. 하린의 소속사에서 원
스타 대표에게 간곡하게 청했다고 하였다.

“그래도 거짓말을 하는 건, 국민들을 기만하는 건데!”

“우리 이미지는 우리가 만들어 가는 것도 있지만, 상대가 우리한
테 보고 싶은 게 결국 이미지가 되는 거야. 그걸 지켜주는 것도 우
리가 할 일이야. 나한테서는 없는 그걸 보고 싶은 거고, 저 배우는
무조건 이래야 하는데 다르게 가면 부모 욕까지 들어야 하거든.”

재훈이 갑자기 코딱지를 파서 베란다로 튕긴다거나, 여름에 습
기가 차서 가렵다면서 바지 안으로 손을 집어넣는다거나……. 그
런 행동을 하면 이미지가 확 깎일 것이다.

저번에 아이돌이 겨드랑이 털 한 번 안 밀어서 한창 짤로 돌아
다니며 사람들에게 웃음거리를 준 적이 있었다. 섹시 이미지를 쌓
아 온 그녀는 순식간에 겨털녀가 되었고, 지금은 아예 그룹 내에
서 개그를 담당하는 것으로 이미지가 바뀌었다. 그의 말대로 추
락은 쉬웠다.

“한 달 뒤엔 어쩌려고?”

“성격 차이.”

"……하긴, 연예인들은 헤어질 때 다 성격 차이더라."

"응. 그게 제일 편하니까."

재훈은 그녀의 빈 잔에 와인을 더 따랐다. 과자만 먹지 말고 바나나도 먹으라며 그는 손수 껍질을 까서 접시에 알맞게 잘라 놓아주었다.

그가 바나나를 포크로 찍어 그녀에게 주었다. 진주는 포크를 받으려다가 재훈의 손과 닿았다. 정전기가 인 것처럼 찌릿거렸다. 그러자 두 사람은 동시에 손을 떼며 피식 웃었다.

"겨울도 아닌데 정전기가 나고 난리야~ 근데 여기 덥다, 재훈아."

진주는 손으로 부채질을 하며 눈알을 요리조리 굴렸다. 재훈의 뜨거운 시선을 맞받아칠 수가 없었다. 그는 정신 사나운 그녀의 손등 위에 손을 덮었다. 그건 저를 봐달라는 신호였다. 진주는 동공을 오른쪽에서 왼쪽으로 굴려 재훈을 직시했다.

"으음."

그가 턱을 괴고 그녀를 빤히 보고 있었다. 괜히 손을 어디다 둬야 할지, 재훈의 얼굴 중 어디를 봐야 할지 몰라 진주가 목을 긁적였다. 오프숄더가 신경 쓰여 프릴을 만지자 재훈이 그녀 쪽으로 더 다가왔다. 조명이 그의 얼굴을 비췄다. 그의 어깨는 당장 안기고 싶을 정도로 넓었다. 유독 빛을 받아 그게 도드라졌다.

재훈은 그녀의 의자를 그의 앞으로 당겼다. 마주 보는 상태로 그는 그녀의 얼굴을 두 손으로 감싸고 고개를 옆으로 기울인 채로 다가갔다. 초옥. 그의 입술이 부드럽게 닿았다. 전류가 흘렀다. 그와 평소에 하던 키스와는 달랐다. 천천히 다가온 그가 그녀의 입술을 열고 아랫입술을 물었다. 입술을 문 그가 느릿하게 혀로 살점을 훑었다. 숨 막힐 듯한 감각에 숨이 막혀 질식할 것 같았다. 그녀는 그의 셔츠 단추를 손으로 풀어 내려갔다. 탄탄한 가슴 근육을 손으로 만지며 그와 조금 더 닿으려고 하였다. 그는 그녀의 손을 느끼며 이번엔 윗입술을 빨았다. 제 입 속으로 당겨 혀로 간질이고 누르며 윤곽을 따라 그렸다. 두 사람의 혀가 만난 순간, 가운데서 부드럽게 감겼다. 둘이 아닌 하나였던 것처럼 딱 붙은 혀는 떨어질 줄 모르고 서로 더 깊이 닿기 위해 움직였다. 키스만으로도 온몸이 후끈하게 달아오를 수 있다니. 그녀의 몸은 평소보다 훨씬 뜨거웠다. 그건 재훈도 마찬가지였다. 손바닥 사이로 그의 심장 뛰는 속도가 그대로 전해졌다.

"……으읍."

초옥, 쪽. 깊게 쪼옥 빨아들인 그가 이번엔 그녀의 위아래 입술을 다 입 속으로 빨아들였다. 바쁘게 오가는 혀가 그녀의 입술 전체를 뭉개며 문댔다. 진주는 그의 맨살을 만지다가 셔츠 깃을 잡고 버텼다. 앉아 있는데도 의자 아래로 쏟아질 것처럼 몸이 흐느적거렸다. 남자 친구는 몇몇 있었지만 이렇게 몽롱하게 제 혼을 쏙 빼놓는 남자는 없었다. 상대가 어떻게 키스하는지, 그의 손이 어디에 있는지 다 느껴져서 불쾌함이 먼저였다.

그런데 재훈은 달랐다. 그의 입술이 더욱 제 입술에 닿는 범위가 넓어질수록 정신이 혼미해졌다. 그의 손이 오프숄더의 어깨를 잡아 만지고 끈을 더 아래로 내리는데도 전혀 몰랐다. 그의 시선 아래, 가슴 선이 아까보다 더 아슬아슬하게 보이고 있었다. 그는 그녀의 볼을 감쌌다. 진주의 두 다리가 의자에 앉은 그의 다리 사이에 놓였다. 그녀의 무릎이 그의 허벅지 언저리에 닿았다. 그녀는 그가 잔뜩 흥분했다는 사실을 모를 수가 없었다. 그는 타액으로 번들거리는 그녀의 입술을 부드럽게 문질렀다. 그 엄지는 턱으로 내려왔다. 간지러움에 진주가 몸을 움찔거렸다.

"……으읏."

턱선을 느릿하게 쓸자 귀 안쪽이 간지러웠다. 배 안이 요동치는 느낌에 진주가 두 무릎을 겹쳤다.

"재, 재훈아……!"

그는 그녀의 목선을 따라 손을 내린 후 쇄골을 지났다. 둥근 어깨를 감싸다가 등 뒤로 손을 넣어 맨살결을 만졌다. 진주는 그의 가슴에 이마를 대고 색색거리며 숨을 쉬었다.

"하아……."

그저 제 살을 만지는 것뿐인데 온몸이 달아오르며 발끝이 곱았다. 그의 블랙 슬랙스를 잡은 손끝엔 힘이 들어갔다.

"부드러워. 미칠 것 같아."

"……으읏."

그는 그대로 그녀의 어깨에 입술을 대고 촉촉 입을 맞췄다. 간지러워서, 아니 야해서 미칠 것 같았다. 이대로 재훈에게 빨리 안기고만 싶었다. 그는 그녀의 어깨에 이를 박고 잘근잘근 물며 쇄골로 입술을 옮겼다. 그보다 조금 더 아래까지 내려온 그가 다시 그녀의 두 볼을 감싼 후 입을 맞췄다.

"……하읍!"

그는 그녀를 만지지 않기 위해 얼굴을 잡은 손에 자꾸 힘이 들어갔다. 아까처럼 느릿한 입술의 움직임이 아니라 자신을 새기듯 정확하고 거칠었다. 그녀의 입 안을 오갔다가 나와 게걸스럽게 전체를 빨고 비비며 문댔다.

"하아. 재훈아. 하아. 숨, 숨 좀."

"진주야. ……하아."

그의 입에서도 참지 못한 신음이 터졌다. 그는 진주가 다 풀지 못한 셔츠 단추를 스스로 풀어 내려갔다. 그러자 숨겨져 있던 복근이 서서히 드러났다. 진주는 침을 꼴깍 삼켰다. 두 가슴 근육 사이에 일자로 팬 것 같은 근육 선, ㄱ 아래 자리한 복근에도 잔근육이 모양을 뽐냈다. 게다가 보통 수영장에 가서 보는, 안으로 푹 들어간 배꼽이 아니었다. 그는 배꼽조차도 하나의 작품처럼 야했다.

"진주야. ……침대로 갈까?"

"응."

그는 그녀를 번쩍 안아서 침실로 갔다. 가는 곳마다 불을 끄고 조명으로 밝혔다. 서로의 얼굴과 몸만 잘 보이도록 적당한 분위기를 만들었다. 재훈은 침대에 누워 진주를 한 팔로 안았다. 그러자 그녀가 그의 위로 쓰러지며 손바닥을 가슴 근육에 댔다.

서서히 눈을 감는 진주를 보며 그는 그대로 그녀의 블랙 원피스 뒤의 지퍼를 내렸다. 찌이이익. 저가 사 준 옷인데, 이렇게 벗기게 될 줄이야. 옷을 살 땐 벗은 모습이 어떨지 상상하진 못했다. 그저 이걸 입을 홍진주만 떠올렸지.

"진주야, ……하아. 해도 돼?"

진주는 위아래로 고개를 끄덕였다. 그는 그녀의 오프숄더를 잡고 서서히 아래로 벗겨냈다. 재훈은 그녀를 안은 채로 침대에 앉아 셔츠를 벗어 바닥으로 버렸다. 벨트의 버클을 풀었다. 그리고 그대로 그녀를 뒤로 쓰러뜨려 눕혔다. 이번엔 그가 그녀의 위로 올라갔다. 가슴을 가리고 있는 진주의 속옷 위로 그의 손이 닿았다.

"얼른 빨고 싶어서 미치겠어."

"……읏."

"감촉도 좋아, 네 살결 너무 부드러워."

재훈은 아낌없는 찬사를 보내며 쇄골에 코를 박고 숨을 쉬었다. 입술이 서서히 아래로 내려왔다.

"……아."

진주는 재훈의 목에 팔을 둘렀다. 그의 입술이 주는 감촉에 몸이 간헐적으로 떨렸다. 진주는 무릎을 세운 후 발끝으로 침대를 긁었다. 그러면서 그녀도 그의 몸을 만졌다. 재훈은 그녀의 가슴을 지나 아래로 내려왔다. 그가 살결 위로 숨을 쉴 때마다 그녀의 몸은 살아 움직이는 것처럼 팔딱거렸다. 진주의 허리를 손으로 쓸자 진주가 몸을 옆으로 틀었다. 그는 그대로 손목을 잡아 다시 제대로 눕혔다. 그러곤 여유로운 손 하나를 그녀의 다리 사이로 가져갔다.

"재, 재훈아!"

"……벌려줘. 응?"

그는 천 위로 손을 가져다 댔다. 천 위인데도 왜 몸이 제멋대로인지. 그녀는 흐물거리며 무릎을 꼭 붙였다. 그러자 그가 그녀의 발목을 잡아 두 다리를 접도록 만들었다. 그녀의 탄력 있는 허벅지를 손으로 살살 쓸며 그도 숨을 토했다.

"이렇게 섹시한 널 두고 어떻게 참았을까."

"……앗."

그녀를 만지는 손길이 더욱 대담해졌다. 영역을 넓히듯 그녀의 몸을 만지며 그는 그녀를 연주했다. 그녀도 간지러움을 타는지 몰랐던 부위까지 그의 손과 입술이 머물렀다. 그의 애무만으로도 그녀의 몸에 땀이 배었을 때쯤, 그가 그녀의 위로 올라왔다.

"아플지도 몰라."

"……응."

"그때는 술김이었고, 지금은 제정신이니까."

"응. 괜찮아."

진주는 눈을 지그시 감았다. 재훈이 제가 처음이었듯, 그녀도 끝까지 간 건 재훈이 처음이었다. 분명 그때 자고 일어났을 때 온몸이 아팠다. 행위를 했을 땐 더 아팠을 거다. 다만, 술김이라서 감각이 무뎠다. 그는 그녀의 손가락에 깍지를 끼었다.

"아…… 아파."

진주가 미간을 좁히며 눈가를 찡그렸다. 재훈은 그녀의 눈가 주변에 입을 맞추며 콧대를 훑고 내려와 입술을 빨았다. 단내가 날 정도로 신음을 흘린 입술은 아무리 키스를 해도 계속 달았다. 그는 허리에 힘을 주었다.

"……읍!"

그녀의 고통이 그의 입 속으로 먹혀 들어갔다. 그는 지금 이 고통의 순간을 잠시뿐이게 해야 한다고 생각했다. 그가 할 수 있는 최대한 그녀의 몸이 풀어지도록 부드럽게 만지고 입술로 빨았다. 그가 그녀의 어깨와 주변으로 키스마크를 넓힐 때마다 진주는 눈가를 찡그리며 몸에 힘을 줬다.

"……윽, 홍진주."

"응? 왜?"

"몸에 힘을 좀 풀어. 응? 그러라고 이렇게 만져주잖아."

그의 말에도 긴장해서인지 진주의 몸은 쉽게 풀어지지 않았다. 그는 그녀의 위에서 내려와 아예 침대 아래로 내려가 무릎을 대고 앉았다. 아직 벗지 못한 그의 버클이 이불에 긁히며 사각거리는 소리가 났다. 그는 그녀의 두 다리를 잡고 아래로 당겼다. 그녀의 두 다리가 침대 아래로 떨어지도록 한 후 어깨에 걸쳤다. 그리고는 발등에 입을 맞추고 복숭아뼈를 지나 종아리로 입술이 올라갔다. 진주는 이불을 끌어왔다. 그녀의 몸이 가려지자, 그가 이불 속으로 서서히 들어왔다. 두 종아리 사이에 낀 그의 얼굴이 무릎으로, 허벅지까지 올라왔다. 진주는 침대 이불을 꾹 잡고 버텼다.

"아아—"

입 안에선 신음이 쉴 새 없이 나왔고, 몸은 계속해서 떨렸다. 발목을 잡아 더는 몸을 틀지 못하도록 한 후 그는 그녀의 몸을 부드럽게 풀어주었다.

"더는 못 참아. 하아, 진주야."

"……읔."

"거칠 거 같아. ……미안."

그는 그녀의 허벅지를 쥐고 비틀었다. 그러면서 다시 몸을 겹쳐왔다. 그의 경고를 듣고 준비를 했음에도 불구하고 그녀는 그를 따라가기 어려웠다. 온몸이 부서져서 재가 될 것만 같았다. 얼마나 참았던 건지, 재훈은 화염이었다. 너무 뜨거웠다.

"사랑해, 홍진주. ……하아."

그는 그녀의 귓가에 사랑한다는 말을 아끼지 않았다. 땀이 잔뜩 밴 진주의 머리카락을 귀 뒤로 넘겨주고 귓불에 입을 맞췄다. 두 사람의 몸엔 땀이 가득했다. 빵빵하게 튼 에어컨도 그들의 몸을 식혀주지 못했다. 재훈은 진주의 감각을 정상까지 몇 번이고 끌어올렸다. 그녀의 감각이 무뎌질 때쯤엔 입술로 아래위를 다 자극하여 다시 저를 찾도록 만들었다.

* * *

으음. 눈을 깜빡이며 눈을 떴을 땐 빛이 언뜻 들어오는 새벽이었다. 조명도 끄지 못한 채 두 사람 모두 깊은 꿀잠을 잔 모양이었다. 진주는 한쪽 다리를 재훈의 다리 위에 걸치고, 팔도 그의 가슴 위에 두었다. 그를 안은 채로 가슴 위에 귀를 대자 심장 고동 소리가 들렸다. 그 편안함에 눈을 감았다. 얼굴은 에어컨 바람으로 인해 시원하고, 이불 안은 무척 따뜻했다. 그 이중적인 온도에 기분이 좋아서 웃음이 나왔다. 재훈과의 행위가 이렇게 좋을 줄 몰랐다.

저와 한 게 처음이라더니, 김재훈 순 뺑쟁이. 그럼 어젯밤이 두 번째라는 건데, 그는 온갖 행위를 다 섭렵한 사람처럼 거침이 없었다. 연습 없이도 그게 잘할 수 있는 장르였던가. 그녀는 몸을 움직여 그에게 더 딱 붙으려다가 허리가 아파 인상을 찡그렸다.

"으음…… 일어났어?"

그녀가 꼼지락대서 재훈도 잠에서 깬 모양이었다. 설핏 눈을 뜬 그가 그녀의 허리를 잡아 제 위로 올렸다. 두 상체가 맞붙은 채로 얼굴을 들자, 재훈이 그녀의 이마에 초옥 입을 맞췄다.

"사랑해, 진주야."

"……나, 나도."

너를 좋아해. 사랑은 모르겠어. 어젯밤 행위가 좋았고 지금 이렇게 살을 맞대는 것도 좋고, 네 품이 참 좋았다. 네가 보고 싶어서 비행기까지 타고 여길 왔어. 정신이 드니까 네 품이었어. 이 정도면 나는 너를 사랑하는 걸까. 진주가 혼자 생각하는 동안 그의 손이 그녀의 허리를 쓸었다. 손이 가슴에 닿았다. 진주가 몸을 움찔거리자 그가 그대로 그녀에게 몸을 비볐다.

"……으음. 진주야."

"웃. 김, 김재훈."

그는 정말 지칠 줄 모르는 짐승이었다. 재훈은 잠에서 덜 깬 채로 그녀의 몸을 만졌다. 그러더니 제 위에 있는 그녀를 들었다가 다시 몸을 겹치게 만들었다. 그 이후엔 잠에서 완전히 깬 그가 그녀를 몰아갔다.

* * *

푹 잠을 자고 오후에 일어난 진주는 배가 너무 고팠다. 재훈이 진주에게 먼저 씻으라고 말한 후, 룸서비스를 시켰다. 진주가 깨끗하게 씻고 가운을 걸치고 나오자, 재훈도 다른 욕실에서 씻고 나와 옷을 입은 상태였다.

"씻고 나니 더 예쁘네."

"거기서 스톱."

진주는 재훈이 다가오려고 하자 거기서 멈추라고 하며 손바닥을 내밀었다.

"어허! 한 발자국도 오지 마."

"왜?"

"이 짐승! 아침에도 또 하면 어떡해."

"더 할 수도 있는데?"

"······안 돼. 나 정말 배고파."

진주는 거실을 지나 다이닝룸으로 갔다. 미니 bar엔 어제 먹은 술잔이 그대로 놓여 있었다. 그녀가 앉아서 꾸벅꾸벅 졸 때쯤, 룸서비스가 왔다. 재훈은 스테이크를 먹기 좋게 잘라 진주의 앞에 놓았다.

"넌 안 먹어?"

"먹어."

이번엔 그도 음식을 거부하지 않았다. 샐러드와 스테이크, 연어 요리까지 그들은 순식간에 접시를 비웠다.

"살 것 같아. 맛있어. 너무너무 맛있어."

"배고플 때 먹어서 더 맛있을 거야."

"응. 재훈아, 연어도 먹어 봐."

그녀는 연어 회를 젓가락으로 집어 재훈의 입으로 가져갔다. 그러자 재훈이 입을 벌려 받아먹었다.

"참, 우리 회사에 네 오래된 팬 있다?"

"누구?"

"팬 카페 활동도 하고, 밥차도 보내고 그랬대. 모델일 때부터 좋아했대. 주리 씨라고 알아?"

"아- 알 거 같아."

"넌 팬 얼굴도 기억해?"

"초창기부터 지금까지 좋아해주신 분들은 알지. 주리 씨는 임원이라 더 잘 알지."

"와우. 주리 씨 알면 진짜 좋아하겠다."

"우리 연애하는 거 알아?"

"……앗, 아니. 네가 내 지인인 것도 몰라."

괜히 알면 난감한 상황이 올까 봐 아무한테도 말하지 않았다. 연애도 마찬가지일 거다.

"말하려고?"

"아니. 안 해. 걱정 마."

"나랑 연애하는 거 공개되면 네가 귀찮아질 거야."

"알아."

"당분간은 우리끼리 조용하게 연애하자."

재훈의 말에 진주는 고개를 끄덕였다. 그러나 순간적으로 다른 생각이 들었다. 하린 언니와는 스캔들이 나도 괜찮고, 나랑은 조용하게 연애해야 하고? 이번에도 이해가 잘 가지 않았다.

"왜 표정이 뾰로통해?"

"나랑 연애하는 걸 자꾸 네가 숨기려는 거 같아서. 네가 연예인이라서 그런 게 맞지만, 어째 자꾸 그러니까 섭섭하네. 이상하게. 근데 너는 굳이 숨길 필요는 없지 않아? 내가 같은 연예인도 아니고, 재벌집도 아니고. 스캔들 났다가 조용해질 거 같은데."

"내가 공개하면 너한테 괜히 관심 쏠릴까 봐 그렇지."

"그런가?"

그녀의 질문에 재훈은 고개를 위아래로 끄덕거렸다. 연예인끼리 연애를 해도 둘 중 한 사람은 욕을 먹는 경우가 태반이었다. 그런데 상대가 일반인이면 그 상대가 누군지를 찾기 위해 네티즌은 혈안이 될 거고, 결국 진주의 신상이 탈탈 털려 공개될 것이다.

결과는 보지 않아도 뻔했다. 재훈보다는 진주가 이런저런 사람을 상대할 일이 많아지는 거였다. 저완 달리 진주는 그녀를 매 시각 따라다니고 관심을 두는 다수의 시선을 받아본 적이 없을 것이다. 그게 얼마나 피곤한 일인지, 때로는 숨이 얼마나 막히는지 알지 못할 것이다. 그는 진주가 그런 감정을 모르길 바랐다.

"재훈아, 우리 밥 먹고 뭐 할까?"

"수영장 갈까? 인피니티풀 있는 거 같더라."

"오. 나 사진만 봤지, 인피니티풀 처음이야. 국내 호텔에도 꽤 있는 거 같던데, 일스타갬성 사진 거기서 다 나오잖아."

아, 그런데 재훈과 같이 사진을 찍으면 갬성이 아니라, 몰아주기가 되는 거 아닌가. 저는 병풍으로서 재훈을 철저히 몰아주는……

"재훈아, 선글라스 있어?"

"응."

"빌려줘."

"왜? 아……. 밖에 눈부시겠다."

눈만 가리면, 나도 갬성 사진 찍을 수 있다 이거야.

"다음번엔 한국인 없는 해외로 가자. 그럼 호텔 전체 다 안 빌려도 되고, 시내 나가도 되잖아."

"그렇지. 다음엔 그러자."

사이판은 공항에도, 시내에도 한국인 여행객이 너무 많았다. 와이파이를 연결해서 찾아보니 한인 식당들도 꽤 많았고. 그런 걸 보면 재훈이 여기서 저랑 손잡고 돌아다니면, 이렇게 호텔 전체를 빌리지 않았다면 순식간에 기삿감이 되었을지도 모른다.

두 사람은 호텔 L층으로 내려왔다. 묵는 인원은 두 사람인데, 직원들은 모두 출근한 모양이었다. 아침부터 로비를 쓸고 닦고 있는 직원을 보며 왠지 미안하기도 하고, 여기에 정말 우리 둘밖에 없나 궁금증도 생겼다.

"잠깐만. 어- 덕재 형."

재훈은 통화 버튼을 눌러 전화를 받았다. 진주는 재훈의 허리를 안은 채로 그의 목소리를 듣고 있었다. 그는 핸드폰을 귀에서 떼더니 고개를 내려 진주를 보았다.

"왜?"

"덕재 형이 여기 와도 되냐는데. 수영복 들고 온대. 하린 누나도."

"그래!"

두 사람이 묘한 기류가 있는지 눈앞에서 보면 더 괜찮겠지. 그리고 재훈이 자신의 남자라는 걸 보여주는 것도 나쁘지 않을 것 같았다. 또한 한편으로 학창 시절에 봤던 하린 언니가 실제로 어떻게 변했는지 궁금하기도 했다. 지금은 선배보다는 TV에 나오는 여배우, 예쁜 사람이라 멀게 느껴졌다.

"뭐? 거의 다 왔다고? ……오지 말라고 했어도 올 기세였네."

재훈의 말이 끝나지도 않았는데 로비 앞쪽에 리무진이 섰고, 자동으로 차 문이 열렸다. 재훈은 진주의 손을 잡고 리무진이 서 있는 방향으로 갔다.

"와……!"

진주는 덕재가 내리면서 드러난 뒤쪽 인영의 후광에 입을 벌렸다. 하린은 저 멀리서도 화려하게 빛나고 있었다. 별들의 세상은 어쩜 저렇게 다를까. 주변에 있는 사람을 모두 그저 한낱 오징어로 만들어버리는 능력. 밤하늘에 별이 반짝여서 오직 그것만 보이듯, 하린도 재훈처럼 압도적인 힘이 있었다.

"형. 여기."

재훈이 오른손을 들어 인사했고, 덕재와 하린, 그리고 그녀의 매니저는 이쪽으로 왔다.

"안녕하세요, 오빠~"

"진주 씨, 오랜만."

경찰서에서 뺏을 땐 친구였고, 지금은 재훈의 애인으로서 있는 거였다. 재훈과 손을 잡고 있는 모양새가 이상했는지 덕재의 시선이 그곳에 닿아 있었다. 진주는 재훈의 손을 빼려 했지만, 그는 오히려 힘을 주었다.

"그럼, 내 래쉬 가드는 형이 챙겼고, 진주 것만 사면 되네."

"아냐. 내가 챙겨왔어. 사지 마. 진주 씨, 제가 학교 선배니까 말 편하게 해도 되죠?"

"네. 선……배님."

"아하하하. 선배님이래, 선배. ……진주 씨 그냥 언니라고 해."

하린의 성격은 화통했다. 원래라면 재훈의 애인인 자신한테 미안해해야 하는 거 아닌가. 그런데 너무 아무렇지 않게 대해서 오히려 진주는 당황한 티를 냈다.

"진주 거는 새로 사는 게 나을 거 같은데."

"김재훈 네가 몰라서 그래. 이런 데서 사면 꽃무늬 화려한 어르신들 입는 수영복만 있다고."

래쉬 가드도 파는 거 같던데. 그런데 하린이 입는 수영복이 제게 맞을까? 하린은 진주에게 팔짱을 끼며 당겼다. 거의 끌려가듯 그녀는 수영장 안의 탈의실로 들어갔다.


"하린 누나는 왜 데려왔어?"

"심심하대. 그리고 너랑 사진 두세 개 정도는 SNS에 올려야 하지 않겠냐고 하는데, 그것도 그렇더라고."

"조용히 사귀다가 헤어질 건데. SNS는 무슨."

"네가 말해라. 난 하린 씨 못 말려."

재훈과 덕재, 그리고 하린의 매니저는 남자 탈의실로 들어갔다. 재훈이 반팔 티셔츠를 위로 벗자, 남은 두 사람은 넋을 놓고 보았다. 그들도 연예인을 많이 보지만 재훈처럼 자기 관리 철저한 톱스타를 볼 때는 또 달랐다. 잘생긴 사람들 사이에서도 더욱 튀는 인물이 있는데 그게 김재훈이었다. 잘생긴 걸 알고 보지만, 다시 봐도 시선을 뺏고 마는 마성의 배우.

그러나 매니저들은 어차피 일반인과 다른 재훈 옆에서 박탈감을 느낄 필요는 없다고 생각하며 웃통을 벗었다.

"형. 운동 좀 해야겠다. PT 받고 있어?"

"애 볼 시간도 없는데, PT는 무슨. 이게 다 우리 딸들 베고 자라고 일부러 만든 배야."

"……아, 저는 조카 전용 소파를 위해 만든 몸입니다."

"덕재 형 배는 베개고, 근수 씨 몸은 인간 소파예요?"

"하하. 그렇게 되나요."

세 사람은 래쉬 가드를 입고 탈의실을 나왔다. 그들이 처음 간 곳은 인피니티풀이었다. 수영장도 따로 있지만, 진주가 인피니티 풀을 먼저 보고 싶다고 하였다. 잠시 시간이 지나자 하린이 먼저 탈의실에서 나오는 게 보였다. 마른 체형인 그녀는 키가 작음에도 비율이 좋아서 딱 연예인 같은 느낌이었다. 얇은 팔다리를 부각시키고, 잘록한 허리를 강조하는 수영복을 입고 있었다.

재훈은 고개를 기울여 진주를 기다렸다. 하린의 뒤에서 쭈뼛거리며 진주가 걸어 나오고 있었다. 선글라스를 낀 그녀는 검은색 원피스 수영복을 입고 있었다. 목에 묶는 끈이 풀리면 어쩌나 싶을 정도로 아슬아슬한 느낌도 분위기에 한몫했다. 문제는 가슴 쪽과 등이 파여서 몸매를 여실히 보여주는 디자인이었다는 것이다.

"우리 진주, 너무 잘 어울리는 거 있지? 이거 내가 입으면 가슴이 빈약해서 진짜 없어 보이는데, 딱 진주 거네."

"……아, 누나. 제발. 빈약하다 그런 말은 저랑 있을 때만 해주세요. 네?"

"뭐 어때."

근수는 기획사 대표로부터 어딜 가든 하린의 입을 조심시키라는 명을 받았다. 워낙 털털하고 솔직한 성격답게 그녀는 하고 싶은 말이 있으면 시원하게 했다. 그래서 그녀의 이미지를 위해 가급적이면 예능은 피했고, 주로 CF로만 얼굴을 비췄다. 인터뷰도 웬만해서는 하지 않았다. 잡지 촬영 후 이미 대본이 있는 인터뷰 외에는. 근수는 하린의 일호 팬으로서 이번 일에 대해선 참 마음이 아팠다.

"얼른 이쪽으로 와 봐."

하린은 제 뒤에 서 있는 진주를 앞으로 보냈다. 재훈에게 밀어주자, 진주가 그의 가슴으로 이마를 찧었다.

"아, 부끄러워. 이런 건 연예인이나 입는 수영복인데. 너무 과하지 않아?"

진주가 그를 올려다보며 속삭였다. 눈가를 찌푸리며 말하는 그녀가 귀여워 재훈의 입가에 미소가 번졌다. 그는 그녀의 코를 검지와 중지 사이에 껴서 비틀었다.

"잘 어울려."

"정말?"

재훈이 상체를 숙여 진주의 귓가로 갔다. 작은 목소리로 그가 뒤의 말을 잇자, 진주의 볼이 빨개졌다.

'그래서 나만 보고 싶어.'

그러더니 재훈은 래쉬 가드 상의 지퍼를 내려서 벗었다. 그런 그가 진주의 어깨에 겉옷으로 걸치라고 걸었다.

"어후, 김재훈 뭐야~ 여기 우리밖에 없는데."

"맥주? 와인? 물?"

인피니티풀 주변엔 그들이 마실 수 있는 것들과 과일, 과자가 놓여 있었다. 이곳은 투숙객 중에서도 스위트 이상만 사용할 수 있는 곳이었다. 그래서 외부에 있는 수영장과 다르게 먹을 것부터 편의용품까지 모두 구비되어 있었다.

진주는 탁 트인 시야에 미소를 띠었다. 어젯밤 재훈과 잠시 다퉜던 일도, 이번 주 내내 서태연 과장의 빈자리를 채워야 했던 것도, 이지안 부장에게 깨지고 숨 돌릴 틈 없이 일했던 한 주가 머리

먼 일처럼 느껴졌다. 맑은 하늘은 구름마저도 제각각 모양을 달리하며 예뻤고, 인피니티풀 너머로 보이는 바닷가는 에메랄드빛으로 아름다웠다. 그녀는 수영장 계단을 한 칸 내려와 발을 담갔다.

"앗- 차가워."

그러자 재훈이 그녀에게 다가와 손을 내밀었다. 진주는 재훈의 손을 잡았다. 날씨가 이렇게 더움에도 물의 온도는 차가웠다. 그래도 몇 분 동안 발을 담그고 있자 온도에 적응이 되었다. 그녀는 한 발 더 계단 아래로 내려갔다. 이번엔 거의 무릎까지 담가졌다. 재훈은 진주 외엔 다른 이는 모두 병풍이었다. 진주 곁에 선 그가 그녀가 넘어지지 않도록 허리를 잡아주었다.

"으으. 차가워. 나 진짜 다음 달엔 라섹 수술 꼭 해야겠어."

"눈 수술하게?"

"응. 예약했는데 자꾸 회사가 바빠서 미루게 되더라구. 그래서 못 했는데 다음 달엔 꼭 할 거야! 렌즈 꼈다 빼는 것도 귀찮고, 안경 낀 것보단 지금이 나으니까."

"둘 다 잘 어울리는데."

"아니야. 객관적으로 안경 벗은 게 낫지."

계속 라식이든 라섹이든 해야지, 해야지 하면서 막상 수술 날이 오면 꼭 병원에서 일이 터져 못 하게 됐다. 라식의 경우엔 당일에 하고 다음 날 출근할 수 있다지만, 그녀는 연차, 월차를 써서 며칠은 쉴 생각이었다. 수술하고 나서 며칠 관리를 제대로 못 하면 인공 눈물을 평생 달고 살아야 한다는 후기를 보았기 때문이다. 진주는 다시 한 번 다짐하며 뒤로 걸어서 계단을 더 내려갔다. 끝까지 내려가자 깊이는 그녀의 가슴 부근에 왔다. 가벼운 발걸음으로 그녀는 인피니티풀의 끝까지 걸어갔다. 아래로 물이 쏟아져 내리고 있었다. 멀리서 봤을 땐 정말 뚝 떨어지는 절벽 같은 느낌이었는데, 가까이 가니 아래쪽에 물이 빠지는 곳이 있었다. 하긴, 이 많은 물이 다 밖으로 흐르면 물난리가 날 거 같긴 하다.

"이래서 다들 휴가를 가는구나."

"좋아?"

"어. 진짜 좋아. 그러고 보니 우리 팀 다 같이 휴가도 못 갔네. 아쉬워라. ……다 같이 못 가겠지?"

"음. 그런 날이 올 거야."

"그러려나. 우리가 돋보기 낄 나이쯤 되면?"

"……그 전일 거 같은데."

그녀는 의미심장한 재훈의 말을 흘려들었다. 워낙 태주가 완강해서 각자 다 결혼을 하고 아이까지 낳은 후, 또는 정말 돋보기를 낄 나이가 되었을 때쯤 효도 관광을 떠날 수도 있었다. 그때까지 우리가 연락을 하고 지낼 수 있을까. 나이를 점점 먹을수록 이 사람과 평생 인연이 이어질 거란 확신이 점차 줄어들었다. 새로운 사람이 주변에 생기는 반면, 연락이 끊기고 멀어지는 사람도 많아졌다. 서로 소홀하게 해도 곁에 남아서 언제 봐도 좋을 친구는 정말 몇 없었다.

김재훈은…… 소중한 친구였는데. 우리의 끝이 결혼이 아니라면, 그러면 효도 관광도 못 가겠지. 그런 생각을 하니 기분이 센티해졌다. 재훈에게 마음을 열고 연애를 시작하고 나니, 친구로 봤을 땐 몰랐던 것들이 눈에 보였다. 예컨대 수영장에 들어갈 때도 제 손을 잡아주고, 넘어지지 않게 뒤에서 받쳐주고 제 곁을 떠나지 않고 맴도는 것. 주변에서 말을 걸어도 결국 그의 시선 끝엔 자신이 있었다. 음료를 챙겨도 항상 진주에게 먼저 주었고, 과자나 과일도 마찬가지였다. 그런 것들이 눈에 보이기 시작하니 재훈에 대한 마음이 더욱 커졌다.

* * *

"우리 게임하자."

"무슨 게임이요?"

"근수야. 내가 준비한 거 꺼내."

하린이 의미심장한 표정을 지으며 가방에서 물총 다섯 개를 꺼냈다. 학창 시절에나 봤던 화려한 형광색을 띤 물총이 햇빛에 반짝였다. 하린에게 받은 물총을 손에 쥐니 학생 때로 돌아간 것 같았다. 이차 성징 이전 남녀의 구분이 오직 하체로만 판가름할 수 있었던 그때로.

하린이 먼저 재훈에게 물총을 쐈다.

"아. 뭐야."

물총에는 일반 물이 아닌, 물감이 섞여 있었다. 재훈의 상체에서 노란 빛깔의 물이 흘러내리고 있었다. 그는 본인의 물총을 장전한 후 하린에게 겨눴다. 그러자 하린은 근수와 덕재를 앞세워 그 뒤로 숨었다.

"뭐야, 삼 대 이야?"

"응. 커플은 한 팀, 우리 셋이 한 팀."

"불리하잖아."

"적군으로 전진!"

하린의 진두지휘 하에 근수와 덕재는 앞으로 나아가며 물총을 쏘았다. 세 사람의 물총 방향이 어째 재훈에게로만 쏠린 것 같았다. 그는 진주를 안은 채로 등을 돌려 물감을 다 맞았다. 진주는 그에게 안겨, 그의 어깨로 고개를 내밀고 보이는 대로 물총을 쐈다.

"재훈아. 안 되겠다."

"왜?"

"너 내가 괜히 홍장군이 아닌 거 알지? 내가 바로 홍스나이퍼야. 비켜 봐."

"전부 다 상대하기엔 숫자가 너무 많아."

"장군은 한 명만 조진다."

진주는 재훈의 등 뒤에서 나와 적군의 헤드를 향해 미친 듯이 물총을 쐈다. 그녀는 동기들 사이에서도 스나이퍼로 통할 정도로 명중률이 높았다. 군대를 다녀온 선배님들보다도 잘 쏴서, 사격장에선 그녀가 더 장군감이었다. 진주가 쏘는 물총을 맞은 하린의 이마엔 빨간 물이 배었다.

"으앗. 항복, 항복! 진주 씨, 나 항복."

근수가 하린의 앞을 막았지만 소용없었다. 진주는 두 사람이 그녀의 물총을 피하려고 떨어져서 벌어진 틈으로 쏴서 또다시 하린의 이마를 명중시켰다. 덕재는 지금 이 상황에서 누구에게 붙어야 하는지 판단한 모양이었다. 슬금슬금 재훈 쪽으로 오더니 총알을 들고 근수를 공격하기 시작했다. 재훈 또한 진주를 도와 근수를 공격했다. 근수는 두 남자의 물총을 받으며 물가 옆으로 벗어났고, 결국 하린은 물속으로 쏙 들어가 잠수를 했다.

"우리가 이겼다. 꺄!"

진주가 오른손을 내밀자 재훈이 웃으며 하이파이브를 했다. 그는 아이처럼 신나서 좋아하는 그녀를 안아 머리에 입을 맞춘 후 놓아주었다.

"끄아아아악!"

무기를 버리고 그들이 있는 곳까지 헤엄쳐온 하린이 그대로 진주의 발을 잡고 물속으로 잡아당겼다. 덕분에 진주는 물총을 손에서 놓쳤다.

"살려……."

꼬르륵, 물 안으로 들어간 그녀는 숨을 멈췄다. 이대로 숨을 쉬면 눈물 콧물 다 쏙 빼는 거였다.

"하아, 하아."

재훈이 진주를 두 손으로 안아 올렸다. 그의 품에 안긴 그녀는 두 팔로 재훈의 목을 감았다. 그는 하린에게 제대로 복수하겠다는 심정으로 물 밖으로 나온 하린을 한 팔로 안아 물 안으로 던졌다. 풍덩. 물 안에 빠졌다가 나온 하린의 얼굴엔 웃음기가 가득했다.

"하하하. 엇, ……진주 씨, 가슴."

"가슴? 아악!"

그녀는 물 안에서 거칠게 발버둥을 치다가 목에 묶어 둔 매듭이 풀려서 가슴선이 반 이상 노출된 상태였다.

"다들 눈 감아."

재훈의 말에 덕재와 근수는 눈을 감았다.

"나 못 봤어."

"네, 형. 저도요."

진주는 재훈에게 꼭 매달린 채 손으로 수영복을 끌어올렸다. 그는 수영장 밖에 그녀를 내려놓고 물에서 나와 끈을 잡고 목에 다시 묶어주었다.

"내 거 래쉬 가드 입으라니까."

"그거 입고 들어가면 불편할 거 같아서 그랬지. 이게 매듭이 풀릴 줄은 몰랐어."

"나만 볼 거야."

"안 그래도 이거 본 남자 너밖에 없거든."

"그래?"

의미심장한 재훈의 얼굴에 진주는 입맞춤으로 대신했다. 그런데 생각해 보니 끝까지 간 건 김재훈뿐이지만, 가슴을 처음 본 사람은 그가 아니었다.

"다 내 거야."

그는 그녀의 옆에 앉아 어깨에 팔을 올렸다. 진주는 재훈의 어깨에 머리를 톡 기대고 발로 물장구를 쳤다.

"김재훈이 저렇게 다정했어? 혼자여서 서럽다."

"누나한텐 제가 있잖아요."

근수가 다가와 비치 타월을 건넸다. 타월을 두르자 그녀의 작은 몸이 쏙 들어갔다. 하린이 베드에 눕자 근수가 시원한 칵테일을 가져왔다. 하린이 뭔가를 지시하지 않아도 될 정도로 근수는 그녀의 니즈를 잘 파악해서 충족시켰다. 그 모습이 신기하게 보였다.

"원래 매니저들은 배우 눈만 봐도 다 알아?"

"글쎄."

"당연하죠, 진주 씨~"

재훈과 덕재의 답변이 달랐다.

"얘가 쑥스러워서 그럽니다. 전 재훈이 숨소리만 들어도 다 알아요."

"지금 내 숨소리는 왜 모를까, 우리 형이?"

재훈의 말에 덕재는 어깨를 으쓱했다. 재훈은 덕재를 한 번 지그시 본 후, 근수와 하린을 차례대로 보며 눈썹을 위로 올렸다가 내렸다. 그러더니 진주를 더 품으로 당겨 안았다. 그건 이제 그만 나머지 두 사람을 데리고 가라는 뜻이었다.

"아~ 여기 너무 좋다. 하린 씨가 부르네. 잠시만~"

덕재는 기지개를 켜며 하린이 있는 곳으로 갔다. 거기서 칵테일과 맥주로 술을 마시며 과일을 먹었다.

"그냥 방으로 가자. 샤워하고 쉬다가 저녁에 BBQ 먹으면 될 거 같아."

"여기 BBQ도 돼?"

"응. 예약해 뒀어."

"BBQ? 우리도 갈게!"

덕재가 맥주잔을 들고 와 두 사람 사이에 얼굴을 들이밀었다.

"근데 재훈아, 여기 다 빌린 거면 남은 객실 많겠네?"

"왜."

"내 배우가 여기 있는데 그럼 나도……."

"형은 원래 있던 호텔로 가야지."

재훈의 단호한 거절에 덕재는 구시렁거렸다. 이제 하룻밤만 더 자면, 내일 진주는 서울로 다시 돌아가야 했다. 둘만 있기에도 아까운 시간에 다 같이 노는 건 사절이었다.

"재훈아. 그냥 다 같이 저녁 먹어도 될 거 같은데?"

"안……!"

금세 다가온 덕재가 재훈의 입을 막았다.

"고마워요, 진주 양. 하린 씨, 재훈이가 저녁 먹고 가래요. BBQ 먹는대요. 근수야, 씻고 먹자."

"와우! 맛있겠다."

하린과 근수가 휘파람을 불었다. 세 사람은 여기서 죽치기 위해 작정하고 온 것 같았다.

\* \* \*

진주는 씻고 나와 에어컨 바람을 맞으며 재훈을 기다렸다. 안에선 물소리가 들렸다. 암막 커튼을 열어 밖을 보자 여전히 하늘이 맑았다. 바다는 에메랄드빛이고, 1층에 있는 수영장 물은 햇빛에 반짝거렸다. 그런데 그곳에 사람 한 명 없으니 조금 무섭기도 했다. 바다 쪽엔 바나나 보트가 주인을 찾지 못해 동동 떠다녔고, 주황색 T셔츠를 입은 직원들은 바닷가 주변을 돌아다니며 시설을 점검하고 음악의 볼륨을 높였다.

그녀가 침대에 걸터앉자 바로 앞에 거울이 보였다. 그 속에 비친 그녀의 얼굴은 생기가 돌고 있었다. 연애가 이렇게 달콤한 거였던가. 재훈의 스캔들 상대인 하린은 여전히 불편한 사람이지만, 김재훈 하나만 생각하면 그 모든 건 용서되었다. 저랑 둘만 있겠다고 하는 것도 좋고, 이 몸이 다 지 거라고 해주는 것도 좋았다. 실제로는 내 거지만. 내일 서울 가기 싫다. 더 있고 싶다.

달칵. 욕실 문이 열리는 소리에 진주가 뒤로 돌았다. 재훈이 서서히 침실로 걸어오는 소리가 들렸다. 저 멀리서 조금씩 그의 형태가 보이더니, 얼굴이 보인 순간 진주의 입가엔 미소가 번졌다. 나 네가 진짜 좋은가 봐. 금사빠가 맞나 봐. 그는 침대맡에 앉아 있는 그녀에게 다가갔다. 그녀의 뒤에 앉은 그가 뒤에서 백 허그를 했다.

"둘만 있으니까 좋다."

"응. 나도."

진주는 거울 속에 비친 그의 눈을 보며 말했다. 실제로 마주 볼 때랑 다르게 거울로 보니까 부끄러운 느낌이 들었다.

"으읏. ……재훈아."

그는 그녀의 귀밑에 입을 맞추고 귓불을 이로 물었다. 귀 주변에 있는 머리카락을 반대편으로 넘긴 후 그는 내친김에 목선에도 입을 맞췄다.

"왜 이래~"

"……조금만."

그 조금만에 넘어가면 안 되는데. 그의 손이 카라 원피스의 단추를 풀고 위에서 안으로 들어왔다. 재훈은 한 팔로 그녀의 허리를 안고, 다른 손으로는 가슴을 만졌다.

"으읏."

그의 손만 닿으면 왜 몸이 반응하는 걸까. 그녀의 눈썹 위에 내천 자가 그려졌다. 동시에 온몸에서 힘이 풀려버렸다. 그러자 모앉던 다리가 벌어졌다.

"벌써 느껴?"

"으응. 네가 만지고 있잖아. ……이상해."

"우리 진주, 안 되겠네."

그는 그녀의 다리를 활짝 벌리고선 손을 안쪽으로 넣었다. 호텔에 비치된 바디로션을 바른 그녀의 몸은 아직 촉촉한 상태였다. 적당히 바디로션이 몸에 배어 부드러우면서도 탄력이 넘쳤다.

진주는 눈을 감고 목을 뒤로 젖혔다. 그녀의 볼은 순식간에 열기가 덮쳐 붉어져 있었다. 그의 사랑을 잔뜩 받은 진주의 얼굴은 평소보다 화색이 돌았다.

"으응."

그는 그녀의 천 위를 손으로 지분거렸다. 진주의 몸을 뒤에서 받쳐주며, 그는 입술을 목에서부터 턱으로 가져갔다. 턱선을 따라 입을 맞춘 그의 입술이 그녀의 입술에 닿았다. 그는 그녀의 입술 전체를 빨아들이며 천 위를 노니는 손길을 더 노골적으로 하여, 그녀의 쾌감을 극대화했다.

진주는 침대에서 일어나 몸을 돌려 그에게 안겼다. 두 다리로 그의 허리를 감고, 양팔을 그의 목에 감으며 키스를 되돌렸다. 두 사람의 입술은 침대에 눕는 동안 떨어질 줄을 몰랐다. 재훈은 그녀의 다리 사이에서 거추장스러운 천 하나를 치우고 제 가운의 끈을 풀었다.

"나 정말 미쳤나 보다."

"왜?"

"널 보기만 하면 이러고 싶어."

"……나도."

"하아, 너무 예뻐. 진주야, 으음."

그는 그의 가운 사이로 손을 넣어 맨살을 어루만지는 손길에 진주의 위로 무너졌다. 그녀의 귓가에 거친 숨을 뿌리며 그는 가운데로 자리를 잡았다. 배 안이 요동치는 느낌이었다. 타오를 듯한 열기는 에어컨 바람도 식혀주지 못했다. 재훈은 그녀의 살결에 쉬지 않고 키스를 했다. 그럴 때마다 그의 척추 주변 등 근육이 생동감 있게 움직였다.

"으웃. 재훈아."

그녀는 그의 사랑을 받으며 슬며시 눈을 떴다. 눈을 감고 제게 취해 있는 재훈의 얼굴은 묘했다. 그녀가 알던 김재훈과는 차원이 달랐다. 심지어 브라운관에서도 본 적 없던 표정이었다. 그 아름다움에 취해 그녀는 손을 뻗어 재훈의 볼로 가져갔다. 그러자 재훈이 번쩍 눈을 뜨며 그녀의 두 발목을 잡았다.

"김재훈!"

놀란 그녀가 그를 말리려 했으나, 그는 이미 행동을 개시한 후였다. 양다리가 그의 손에 잡혀 재훈이 원하는 대로 다리의 모양새가 바뀌었다. 그는 그녀를 안은 채로 킹사이즈 침대를 점령하며 절정으로 몰아갔다. 침대맡에 있던 콘돔 포일을 입으로 찢은 후, 그는 다시 그녀의 위로 올라왔다.

"사랑해, 홍진주."

"으응. ……나도, 아!"

진주의 눈이 커졌다가 슬며시 감겼다. 그의 목을 꽉 안은 후 턱을 위로 들며 야한 순간을 견뎌냈다. 재훈은 그녀의 턱을 입으로 빨며 하얀 다리를 손으로 매만졌다. 그가 그녀의 위로 쓰러져 거칠게 숨을 몰아쉬었다.

"너무 좋아서 돌아버릴 거 같아."

한 번 터지기 시작한 성욕은 시도 때도 없이 그를 덮쳐왔다. 이렇게 야하고 사랑스러운 홍진주를 앞에 두고 이때까지 어떻게 참았는지 정말 신기할 지경이었다. 이렇게 살만 닿아도 터져버릴 것 같은데. 친구로 옆에 두고 꾹꾹 참았던 마음이 터져 폭발해버린 거 같았다.

"진주야, 홍진주."

그는 제 여자의 이름을 귓가에 속삭였다. 내 여자가 맞는지, 친구가 아닌 연인이 된 홍진주가 맞는지 확인하고 싶어 했다. 진주는 그런 그를 꽉 안으며 안심시켰다.

"응, 나 여기 있어. ……으읏."

"하, 예쁘다. 사랑스러워."

아낌없는 찬사를 보내면서도 그는 그녀를 안는 행위를 멈추지 않았다. 진주의 입에서 타액이 흘러 입가 주변을 적시자, 그는 그마저도 아깝다는 듯 다 입으로 마셨다. 그녀의 모든 것이 달았다. 사랑스러워서 미칠 것만 같았다. 매일 그녀의 몸을 탐해도 부족했다. 그는 울리는 전화벨 소리도 무시하며 그녀에게 집중했다.

"전, 전화가……."

"됐어. 덕재 형일 거야. ……읏."

재훈도 저를 덮친 쾌락에 몸을 떨었다. 머리부터 발끝까지 전율이 흘렀다. 그녀 양옆을 지탱한 팔과 목선에는 핏대가 섰고, 몸엔 땀이 배어 나오다 못해 흘러내렸다. 그는 그녀의 위로 쓰러지며 그녀의 머리를 두 팔로 안았다. 제 목 언저리에서 색색 숨을 쉬는 진주가 사랑스러워서 이마와 머리에 입맞춤을 쉬지 않고 하였다.

"우리 다시 씻어야겠다."

"응. 잠시만, 전화 좀."

그는 그녀를 두고 일어나 가운을 제대로 챙겨 입었다. 다이닝룸으로 가서 핸드폰을 들고 침실로 오며 덕재에게 전화를 걸었다.

"어, 형. 벌써 다 준비했다고? 우리도 곧 내려가. 뭐 했냐고? 뭘 하긴, 그냥 영화 봤지. 응. 30분 내로 가."

연인끼리 있는데 뭘 했냐고 물을 건 뭐람. 근데 저와 한 행위에 대해 거침없이 영화를 봤다고 말하며 당황이라곤 찾아볼 수 없는 재훈이 신기했다. 만약 통화하는 이가 저였으면 분명 어버버거렸을 거다. 그 상황에서 '영화'가 떠오르지 않았을 것 같았다.

## 8. 걱정, 그리고 서운함

수영장 인근에 위치한 bar에선 흥겨운 음악이 흘러 나왔다. 꼭 클럽에 와 있는 것 같았다. 재훈과 진주가 내려오자, 나머지 셋은 이미 고기를 뜯고 있었다.

"와썹~"

"응. 어디서 씻었어?"

"여기 남는 방 하나 받았지."

덕재가 키 세 개를 흔들어 보여주었다. 어차피 재훈이 다 예약한 공실이라 그가 올라간 사이에 세 사람 각각 방을 배정받았다.

"이럴 때 아니면 내가 또 언제 호텔 전세 낸 거 사용해 보겠냐."

"우리 동생이니까 이 정도 하지~ 다른 남자면, 집으로 불렀겠지? 진주 씨도 어서 와 앉아요."

"네!"

재훈이 진주가 앉을 곳의 의자를 빼주었다. 두 사람은 하린과 덕재를 마주 보는 쪽에 앉았고, 정중앙엔 근수가 앉아서 쉬지 않고 음식과 술을 날랐다. 막내란 원래 움직이기 가장 좋은 방향에 앉는 법이었다.

"진주 씨는 맥주? 칵테일? 어떤 거?"

"저는 맥주로 주세요."

"근수야. 진주 씨는 맥주, 나는 피나콜라다로 부탁해."

"네, 누나."

근수가 술을 주문하러 bar 테이블로 갔다. 하린과 재훈이 이번에 들어가는 영화에 대해서 정보를 주고받는 동안 진주는 핸드폰을 꺼냈다. 바깥에서도 와이파이가 잘 터져서 그녀는 톡을 확인하고 모두 답장을 보냈다.

버릇처럼 포털 사이트에 접속한 그녀는 제일 상단에 뜬 [우리 행복해요, 하린 품은 재훈] 기사를 클릭했다. 사이판 리조트를 홍보하는 기사인데, 인피니티풀에서 놀고 있는 재훈과 하린의 사진이 떡하니 떠 있었다. 출처는 하린의 SNS였다. 꼭 그곳에 둘만 간 것처럼 보였다.

두 사람은 스캔들이 난 상태였지. 한 달간은 유지해야 하고. 사진을 보며 기분이 상한 진주의 미간이 좁혀졌다. 하린과 대화를 하면서도 진주를 주시하고 있던 재훈은 그녀의 어깨에 팔을 올렸다.

"왜? 무슨 일이야?"

고개를 내밀어 그녀가 보고 있는 사진을 그도 같이 보았다. 재훈의 표정도 마냥 밝지만은 않았다.

"누나, SNS에 사진 올렸어?"

"응."

"벌써 기사 떴어."

"정말? 벌써? 어디 봐봐."

진주는 하린에게 핸드폰을 내밀었다. 뭐랄까, 가슴이 답답한 것이 고구마 백 개를 물 없이 먹은 기분이었다.

"잘 나왔네. 아주 완벽해."

"저기, 언니."

"응? 진주 씨, 왜?"

"저도 성격이 솔직한 편이라 하고 싶은 말은 할게요. 안 그러면 괜히 저 혼자 오해하고 속상해하고 그거 다 재훈이한테 풀 거 같아서요."

"그럼, 편히 말해~"

"……저는 우리 재훈이가 언니랑 가짜 스캔들로 연기하는 거 사실 마음에 안 들어요. 그래서 그런 사진은 안 올리셨으면 좋겠어요. 재훈이가 죽을 뻔했는데 언니가 구해줘서, 그래서 이렇게 저도 재훈이랑 연애할 수 있다는 점은 감사드리지만, 자꾸 신경이 쓰여요. 안 그러려고 해도, 아닌 거 알면서도 속상해요."

진주의 목소리가 파르르 떨렸다. 제 남자 친구인데, 왜 남들에게 다른 여자의 남자라고 알려야 한단 말인가. 그들 세상에서 무엇을 덮기 위해 이렇게까지 하는 건지.

"재훈이 이용하는 거 같아서 좀 그렇다고요."

"저, 저기 진주 씨."

덕재가 하린의 눈치를 보며 진주의 이름을 불렀다. 그러나 재훈은 진주를 말리진 않고, 지그시 손을 잡아주었다. 더 말하지 말라고, 나머진 그가 하겠다는 뜻이었다.

"사진은 좀 그렇다. 그냥 조용히 있다가 결별설 내자."

"미안해, 진주 씨. 그 생각을 못 했어. ……그냥 나는, 어차피 재훈이랑 나 사귀는 거 아닌 거 진주 씨도 아니까 괜찮을 줄 알았어."

"저도 괜찮을 줄 알았는데 막 남들이 두 사람 선남선녀라고 하니까……. 이게 자격지심인가 봐요."

"어머- 아니야. 아니야. 두 사람이 같이 있어도 선남선녀인걸."

하린은 미안한 표정을 지으며 진주에게 사과했다. 진주도 막상 사과를 받고 보니 너무 욱했나 싶어 재훈을 보았다. 그는 그런 그녀를 예쁘고 자랑스럽다는 듯 보고 있었다.

"재훈인 언제부터 진주 씨 좋아한 거야?"

"학창 시절부터."

"정말?"

이번엔 덕재도 놀라서 재훈을 보았다. 술을 가져온 근수도 재훈의 순정에 놀라서 눈이 커졌다.

"응. 근데 진주는 정말 눈치 못 채더라."

"하하. 티가 하나도 안 났어. 태주도 몰랐잖아."

"……너랑 태주가 보통 사람보다 연애 쪽으론 영 꽝이야."

그런가? 아닌데! 연애 쪽으로 백 점이니까 김재훈 널 만났지. 그러나 여기선 듣는 이가 많기 때문에 속엣말은 속으로만 삼켰다.

"여기 진주 씨 핸드폰~ 계속 내가 들고 있었네."

진주는 하린에게서 핸드폰을 건네받았다. 그녀는 액정에 떡하니 보이는 기사가 그래도 신경 쓰여서 뒤로 가기를 눌렀다. 그러자 포털 사이트 메인 화면이 다시 떴다.

액정을 끄려던 진주의 눈에 밟힌 기사 하나가 있었다. 포털 사이트 순위에 [하린 유부남], [김재훈 하린 결별], [양다리 하린], [김재훈] 등 실검이 계속 1위를 번갈아 가며 다투고 있었다. 이게 뭐지? 진주는 재훈의 옆구리를 찔러 액정을 보여주었다. 그때, 근수의 핸드폰이 책상 위에서 지진이 난 것처럼 진동이 울렸다.

"잠시만요- 회사에서 전화가, 저 전화 받고 올게요."

하린은 근수가 가져다 놓은 칵테일을 마시며 발끝을 까딱였다. 음악에 맞춰 목을 흔드는 모습이 예사롭지 않았다. 브라운관에서 봤던 하린의 이미지와는 전혀 달라 보였다. 잘 놀고, 호탕하고, 남자와도 스스럼없이 어울릴 줄 아는 여자였다. 재훈은 말없이 기사 하나를 눌렀다.

[하린, 재벌 2세 유부남과 1년째 부적절한 관계 '충격과 공포' 얼마 전 배우 김재훈(28)과 연애설을 인정한 하린의 실제 연인이 공개되었다. 한 매체는 '하린이 1년째 유부남 J씨와 부적절한 관계를 맺어 가족에게 충격을 주었다'고 밝혔다. J씨는 유통업계에서 유명한 인물로 하린과는 CF를 통해 만났다고 전해진다.]

이게 어떻게 된 일인가. 이것 때문에 재훈을 이용했던 건가. 진주는 이 사실을 알고 충격받을 하린보다 이로 인해 하린을 감싸

줬다고 지탄받을 재훈이 더 걱정되었다.

'걱정하지 마.'

재훈의 입 모양이 그렇게 말하고 있었다.

"누나."

"응? 왜?"

"기사가 났는데…….'

"형- 잠시만요~!"

재훈이 핸드폰을 하린에게 주는 것과 동시에 근수가 저 멀리서 달려와 그 핸드폰을 가져갔다.

"회사에서 누나 한 달만 더 놀다가 오래요."

"정말? 웬일이야? 휴가 한 번 안 주더니. 김재훈 효과가 큰가 봐?"

"그, 그러게요."

근수가 재훈을 보며 고개를 저었다. 그건 말하지 말라는 뜻이었다. 일을 어떻게 처리하려고 그러는 건지. 이럴수록 빨리 알려서 서로 각 회사에서 해결책을 찾아야 하는 거 아닌가.


bar에선 라이브 쇼가 이어졌다. 전통 악기와 함께 노래를 부르는 사람으로 인해 분위기는 한층 업됐다. 진주는 웃고 떠들면서도 중간중간 하린의 눈치를 살폈다. 재훈은 심기가 불편한지 먼저 자리에서 일어났다.

"덕재 형이랑 얘기 좀 하고 올게. 진주야, 여기 있을 수 있지?"

진주는 고개를 위아래로 끄덕이며 재훈을 안심시켰다. 그는 진주의 어깨를 잡고 따스하게 눌러주더니 덕재와 함께 이곳을 나갔다.

낮에 볼 땐 반짝였던 수영장이 밤이 되니 조명이 있어도 어두웠다. 분명 들어가면 깊어 봐야 그녀의 키보다 낮을 텐데도 더 깊어 보였다. 저 멀리 보이는 바다는 에메랄드빛은 온데간데없고 까만 어둠이었다.

"진주 씨, 나 뭐 하나만 물어봐도 돼?"

"네. 물어보세요."

"진주 씨는 재훈이 마음 정말 몰랐어?"

"······네."

"상대가 옆에서 열심히 티 내는 데도 모를 수가 있구나. 신기하네."

그녀는 고개를 갸웃하다가 맥주에 손을 댔다. 그러더니 하린은 제 왼손으로 배를 한 번 쓸고는 맥주를 내려놓고 미네랄워터를 마셨다.

"그래도 좋겠다. 두 사람은 연애도 할 수 있어서. ······부러워."

분명 저 기사를 보기 전까지만 해도 하린이 참 미웠는데, 사실을 알고 나니 안타까웠다. 요새 제 주변에 이루어지지 않는 사랑을 하는 이가 왜 그렇게 많은 건지. 하린을 보니, 제 친구 하연은 마음을 잘 다독이고 있을지 궁금해졌다. 재훈과 이렇게 둘만 행복하면 안 될 것 같았다.

"나도 얼마 전까지만 해도 둘처럼 엄청 행복했거든. 알려면 알수도 있는 상황이었는데 일부러 무시했어. 그 사람에 대해 내가 제대로 조사하고 나면, 정말 엄청난 진실이 있을까 봐 무서웠거든. 그 사람이 전화 받을 때 왜 밖으로 나가는지, 왜 주말엔 자꾸 연락두절이 되는지, 의심할 상황이 많았는데. 눈앞의 행복만 봤어."

"……."

"최악의 상황이어도 양다리 정도로 생각했는데. ……하아."

"누나! 여기서 그만요."

근수가 하린을 말렸다. 더는 말하지 말라는 듯 고개를 저었다.

"괜찮아, 근수야. 재훈이 여자 친구잖아. 재훈이가 그렇게 오래 좋아한 사람이면, 그냥 믿음이 가."

"그렇긴 하지만……."

근수의 눈이 진주를 보며 흔들렸다. 그들은 재훈이 자신을 오랫동안 짝사랑했다는 이유만으로 자신을 신뢰하고 있었다. 그 김재훈이 선택한 여자라면, 좋은 사람일 거란 전제를 하고 있는 것이다. 김재훈은 그들에게 도대체 얼마나 좋은 사람이었길래.

"입 무겁고, 묵묵히 열심히 자기 할 일 하고, 주변의 유혹에도 굴복하지 않지. 똑똑하고, 소신 있고. ……야망도 있어, 김재훈. 그래서 여기까지 온 거야. 내가 본 배우 중에서 김재훈만 한 배우가 없어. 연예인 중에 연예인이야, 쟤는."

"그렇군요."

"근데 내가 몹쓸 짓을 했지. 정말 두 사람한테 미안해. ……휴."

"근데, 언니는 성격도 털털하시고 센캐인데 청순한 역할만 하고, 그런 이미지로 만들어 가면 너무 힘들지 않아요? 걸을 때도, 누구 만날 때도, 밥 먹을 때도, 모든 순간순간이 다 이미지 손상받지 않게 해야 하잖아요. 김재훈 보면, 그냥 제멋대로 하는 거 같은데. 그런 대로 또 좋아하는 사람들이 많잖아요."

그는 딱히 이미지를 만들기 위해 노력한 거 같지 않았다. 모델 일을 열심히 했고, 그다음엔 배역을 잘 받기 위해 연기 연습을 열심히 했다. 악역 역할도 했고, 언제는 재훈의 실제 나이보다 20살 정도 많은 아저씨 역할을 하기도 했다.

"진주 씨가 정말 모르나 보네. 재훈이 이미지는 럭셔리잖아. 재훈이 잘 봐봐. 배역 때문에 흐트러질 때 빼고는 올곧잖아. 그게 다 이미지를 위해 노력하는 거야. 옷 코디하는 것도, 머리 스타일도, 심지어 음식마저도. 그게 다 남들이 봤을 땐 부러움의 대상인 거고, 그걸 재훈에게서 보고 싶은 거거든."

하린의 말에 진주는 고개를 갸웃했다. 제 옆의 재훈은 그냥 김재훈인데. 예전부터 그는 귀티가 타고났다. 그래서 딱히 럭셔리 이미지를 구축한다고 생각하지 못했다. 그러고 보면 재훈은 대체적으로 옷을 잘 코디해서 입었고, 그날의 옷에 맞게 신발을 신고 가방을 들었다. 머리 스타일도 계절과 옷에 따라 변하였다. 꾸민 것 같지 않지만, 하린의 말대로 자세히 그를 관찰하면 신경 썼다는 걸 알 수 있을 것이다.

"중요한 건 내가 두 사람이 엄청 부럽다는 거지~ 근수야, 너도 부럽지?"

"네, 누나. 저는 항상 재훈 형이 부럽죠."

"너무 부러워하지 마~ 우리랑 다른 사람이야."

하린도 연예인인데, '청순'이라는 단어가 나오면 첫 번째로 이름이 불릴 정도로 인지도가 있는데 그녀가 재훈을 다른 사람이라고 칭했다.

"근데 매니저랑 무슨 얘길 하길래 이렇게 오래 비워? 분위기 좋

~다."

"......."

근수와 진주는 하린에게 대꾸하지 않았다. 이 문제는 저가 나설 수 있는 입장이 아니었다. 회사의 입장, 각자 배우들의 입장, 중간에서 일을 같이 해결해야 하는 매니저의 생각들이 모두 보여 협의점을 찾아가는 과정이 될 것이다. 그 속에서 이방인인 자신이 할 수 있는 건, 재훈의 이미지가 손상되지 않게 간절히 바라는 것뿐이었다.

재훈은 술 마시며 춤을 추고 있던 덕재를 끌고 bar에서 조금 떨어진 곳으로 왔다. 육아 휴직 전 마지막 휴가라고 생각했는지 덕재는 실컷 놀 생각이었던 것 같다. 제대로 휴직기에 들어가면, 아내부터 친구들과 여행 보내주고 친정에도 가고 자유를 주겠다고 하였다. 고로, 그는 집 안에 묶여서 아이들의 등하원을 책임져야 하는 처지였다.

"왜?"

"지금 술 마실 때가 아니야."

"뭔데, ······사고 쳤어? 나 무섭다, 요새. 너 진주 씨랑 갑자기 스파크 일고 우리 경찰서 갔지, 너 병원에 가서 상처 수술받았지, 차로 박았지, 스캔들 났지."

"말은 바로 하자. 차로 박아서 경찰서 갔고 상처 난 건 하나의 사건이고, 스캔들 난 건 내 의사와 상관없지. 진주랑도 관련 없어."

"그래, 너네들 똥 굵다!"

덕재는 죽어도 제 여자 친구는 잘못 없다고 두둔하는 재훈을 보며 실소가 터져 나왔다. 이래서 부모님들이 자식 키워봐야 소용

없다는 말을 하는 건가 싶었다. 여자 친구 생기더니 저가 알던 김재훈이 맞나 싶을 정도로 변해버린 것 같았다.

"일단 기사부터 봐."

재훈은 핸드폰을 열어 덕재에게 인터넷 기사를 보여주었다. 덕재는 눈이 침침한지 손등으로 눈을 비비더니 핸드폰을 조금 멀리 떨어뜨려서 눈가를 가늘게 좁혔다.

"……이, 이거 뭐냐?"

"다 읽었어?"

"그러니까 하린 씨가 유부남하고 동거? 임신?"

"기사는 사실을 토대로 부풀리는 거잖아. 다 믿진 말고, 누나가 말한 건 아니니까. 형도 알고 있어야 할 거 같아서. 핸드폰 어디 있어? 창석 형 전화 이미 왔지 싶은데."

"어- 잠시만."

덕재는 뒷주머니에서 핸드폰을 꺼냈다. 무음으로 되어 있어서 몰랐는데, 형이자 회사 대표인 조창석에게서 무려 열 통이나 부재중 전화가 찍혀 있었다. 때마침 전화가 울렸다. 덕재는 얼른 전화를 받았다.

"네, 대표님. 네, 네. ……네? 발을 빼자고요? 아니, 형! 그럼 하린 씨 X되는 거잖아. 아니, 아무리 그래도! 잠시만. 1분만 기다려."

덕재는 전화를 끊고 이로 입술을 물며 침을 발랐다. 초조해서 어쩔 줄 모르겠다는 모습이었다.

"왜?"

"형이 우린 발 빼자네."

그 말은, 이 일과 상관없이 재훈도 하린에게 홀려서 당한 거로 가자는 거다. 사건이 사실로 판명 난 이상 성격 차이가 아닌, 안전 이별을 택하는 거였다.

"네 이미지에 타격 오기 전에 빠지자는 건데, ……우리가 먼저 손을 쓰면 하린 씨가 기사 반박해도 사람들은 거의 맞다고 생각할 거야. 지금까지 쌓아 온 이미지는 당연히 끝장나는 거고."

인기 스타였다가 한순간에 산산조각 난 이들을 보았다. 한창 잘나갈 땐 목 빳빳이 들고 선후배도 뭐도 없던 친구들이 산산조각 난 이후엔 술집으로 밀려났다. 그렇게 번 돈으로 성형을 하고, 명품으로 휘감아 치장을 했다. 그래서 더더욱 돈 많은 남자를 물기 위해 노력하다가 결국 마약까지 가는 거였다. 또는 처음부터 충격을 이기지 못해 마약에 손을 대거나, 자살을 택한 이도 있었다. 쥐도 새도 모르게 죽어버려서 대중에게 영영 잊히는 것. 하린에게는 그런 일이 일어나지 않아야 할 텐데.

재훈은 이미지의 추락이 국민에게 안기는 배신감을 누구보다 잘 알고 있었다. 그의 아버지인 김택수는 당시 가장 인기가 많은 배우였다. 시나리오가 끊이지 않고 들어갔으며 그가 출연하는 드라마는 모두 시청률이 최고였다. 그 시대 때 보증 수표라고 불릴 정도로 말이다. 그런데, 올곧을 것 같던 김택수의 이미지는 한 여인을 만나고 바닥으로 곤두박질쳤다. 미성년자와의 연애. 당시 열아홉이었던 어머니는 대학 입학과 동시에 애를 뱄다. 결국 그 아이는 빛을 보지 못했다.

문제는 거기서 끝이 아니었다. 그때는 오히려 지금보다 팬들이 더 독했던 시절이었다. 어머니는 아버지의 팬들로 인해 첫째를 그렇게 보낸 이후에 저를 낳고 나서도 지나가다가 돌을 맞았다. 어쩔 때는 집으로 혈서가 오기도 했고, 퀵으로 죽은 쥐가 오기도 했었다. 점점 정신을 잃어가던 중, 결국 아버지 곁에 있던 어머니는 봉변을 당했다. 사생팬에 의해 어머니가 한쪽 눈의 시력을 잃은 것이다.

아버지는 가족을 보호하기 위해 철저히 자신을 숨겼다. 알고 지내던 사람과 모두 연을 끊고 돌연 잠적을 해버렸다. 대한민국은 그가 북한에 잡혀갔다는 둥 이런저런 말들로 들끓어 올랐으나 아버지는 그저 집에서 나가지 않고 있었던 것뿐이었다. 생사 확인조차 되지 않다가 결국 잊혔다. 당시 아버지는 폐인이라 해도 과언이 아니었다. 국민들의 사랑에 보답하지 못해 지탄받았고 결국엔 파멸로 갔다.

\* \* \*

하린은 근수가 고기를 직원에게 추가 주문하는 사이, 핸드폰을 켰다. 영어를 잘 못 하는 근수는 메뉴판을 보며 버벅거렸다. SNS 중독인 하린은 하루에도 몇 번씩 본인의 계정을 확인하곤 했다. 셀카도 자주 올리고. 버릇이었다. 회사에서도 사진만 올리는 건 괜찮다며 허락을 하였다. 그녀도 자기 이미지를 알고 있어서 벗고 찍는다거나 술에 취한 모습을 올린다거나, 노출이 심한 사진은 알아서 필터링해서 올리지 않았다.

"……아아악!"

하린은 본인의 핸드폰을 집어 던지며 의자에서 내려와 무릎을 꿇으며 주저앉았다. 그녀가 소리를 꽥 지르자 근수가 메뉴를 주문하다 말고 하린에게 왔고, 재훈과 덕재도 이쪽으로 오고 있었다.

"괜찮아요?"

진주도 놀라서 하린에게 다가갔다. 주저앉은 그녀는 바닥에 떨어진 핸드폰으로 손을 가져갔다. 그녀의 손이 덜덜 떨렸다.

[유부남과 놀아나? 집안을 풍비박산 낸 년. 죽어라!]

진주가 잠깐 본 글은 순식간에 밀려 올라갔다. 그녀의 계정엔 저주란 저주는 다 퍼부어져 있었다. 이미 그녀의 사진을 합성하고, 또는 눈알을 파내서 여기저기 퍼뜨리고 있었다.

"아아, ……아아!"

사람이 너무 놀라면 말이 나오지 않는다고 하는데, 지금 하린이 딱 그 상태였다. 화면을 보면서 멍해진 그녀는 '아아-'라고만 했다. 혼이 나가 있었다.

"정신 차려! 이하린!"

"……누나!"

"하린 씨!"

"선배님!"

모두가 하린을 불렀으나 그녀는 정신이 제대로 돌아오지 않았다.

"아아- 아……!"

머리를 마구 헝클이며 정신을 못 차리던 하린이 말을 멈추고 표정을 지운 채 벌떡 일어났다. 그러더니 뒤로 슬금슬금 뒷걸음질 쳤다.

"이하린!"

실성한 듯 웃던 그녀는 핸드폰을 보며 계속해서 뒤로 도망갔다.

"누나, 괜찮아요. 이거 내가 집을게요. 우리 같이, 해결해요."

근수가 하린을 안정시키며 하린의 핸드폰을 뺏기 위해 손을 뻗었다. 그러나 근수의 말이 들리지 않는 듯했다. 그녀는 동공이 풀린 채 계속해서 뒤로 갔다.

……풍덩! 햇볕에 반짝이던 수영장은 조명이 꺼지자 칠흑처럼 변했다. 수영장 물은 금세 하린을 삼켰다. 2M 남짓 되는 곳엔 'Warning'이라고 경고 표시가 되어 있었다. 구명조끼를 꼭 착용하라고.

"누나!"

근수가 수영장 턱을 잡고 놀라서 눈을 크게 떴다. 진주도 너무 놀라서 휘청거리며 뒤로 넘어질 뻔했다. 재훈이 그런 진주를 받아서 엉덩방아를 찧지 않게 잡아주고는 눈 깜짝할 사이에 수영장으로 다이빙해서 들어갔다.

"김재훈!"

덕재 또한 갑자기 물에 들어간 재훈을 보고 놀라다가 주변을 살폈다. 호텔 투숙객들을 위해 마련해 둔 튜브와 구명조끼를 수영장 물에 던져 넣은 후 그도 그 안으로 들어갔다. 덕재가 튜브를 던지자, 재훈이 물속에서 하린을 꺼내 튜브 위에 올렸다. 그들은 튜브를 잡은 채로 물 밖으로 나왔다.

"이하린! 제정신이야?"

"……푸흡!"

하린은 잔뜩 먹은 물을 뱉어냈다. 코끝이 매운 그녀가 뚝뚝 눈물을 흘리더니 다 보는 앞에서 펑펑 울었다. 그들은 하린이 진정되기를 기다려주었다.

"일부러 빠진 건 아니었어. ……흐흑."

울먹이던 그녀가 일부러 그런 건 아니었다는 말에 다들 안도했다. 혹시라도 나쁜 마음을 먹었을까 봐 진주도 무서워하던 참이었다. 휴양지에 와서 이게 다 무슨 일일까.

"기사는……."

하린은 말을 잇지 못하고 다시 눈물을 흘렸다. 해결할 수 없다는 걸 직감한 거였다.

"일단 진정했으니까 나랑 얘기 좀 해."

재훈의 말에 하린은 고개를 끄덕였다.

"그냥 여기서 말해. 다들 아는 눈친데."

"……기사의 시작이, J씨의 부인과 딸의 제보래. 그래서 이거 아니라고 해명할수록 일이 꼬일 거야. 상대측에선 증거물도 있다는데, 그게 뭔지는 아직 기사에 언급된 건 없어. 모르고 저지른 일이니까 팩트만 전달해. 거짓말을 하면 결국 더 꼬이고, 일은 커지고, 다시는 수습하지 못할지도 몰라."

"……싫어! 못 해."

하린은 눈앞이 캄캄했다. 청순가련하고 순수함의 대명사인 그녀인데 유부남과의 연애를 인정하라니. 그건 죽으라는 것과도 같았다.

"한 번의 실수는 이해할 거야."

"안 돼. 그렇게 못 해."

"……우리는 우리대로 대표님께서 대응하실 거 같아. 나도 더는 못 막아줘."

재훈의 말에 하린의 눈이 커졌다. 그 말은 이제 이 일은 재훈의 뜻과 달리 회사 측에서 움직이겠다는 것과 같았다. 이렇게 사건이 터진 이상 원스타가 자신의 소속사와 친하다고 해도 무조건적으로 편을 들어주진 않을 거였다.

"……아아!"

"누나!"

하린이 눈을 감으며 바닥으로 주저앉았다. 근수는 그녀에게 다가가 머리를 받쳤다. 다행히 바닥에 곤두박질치진 않았다. 365일 다이어트로 뼈만 앙상하게 남은 그녀인지라 긴장감이 극에 달하자 급기야 정신을 놓았다. 덕재는 직원을 부르러 갔고, 근수는 하린을 업었다. 진주도 그들의 뒤를 따르는데 뒤에서 재훈이 그녀의 손을 잡았다.

"우린, 여기 있자."

"응? 안 가 봐도 돼?"

"……지금 가면, 더 일이 이상해져."

유부남과의 열애설이 났는데, 병원에 재훈이 와 있으면……. 안줏거리가 되기 십상일 거였다. 재훈은 멀어지는 세 사람을 보며 찜찜한 기분을 버리지 못했다. 그는 진주와 함께 로비를 떠나지 못하고 그곳을 맴돌았다.

"재훈아, 괜찮아?"

"어. ……어. 진주야, 많이 놀랐지?"

"조금."

"이리 와. 안아줄게."

그는 로비에 놓인 킹사이즈만 한 동그란 소파에 앉은 후 팔을 벌렸다. 진주는 놀란 가슴을 진정시키며 그의 허벅지에 앉은 후 두 팔로 그의 머리를 감쌌다.

"괜찮겠지?"

"응. 그럴 거야."

"이게 다 무슨 일이야. 갑자기."

"여기까지 너 불러 놓고 일이 터져버려서 어떡하지. 진주야, 미안해."

재훈은 그럼에도 안고 있는 그녀의 허리를 놓지 못했다.

"너도 힘들었겠다. 이미지 관리하랴, 연예계에서 살아남으랴, 또 연기 연습도 하고. 해외 팬들을 위해 어학 공부도 하고. 네가 더 대단해 보여. 다들 연예인은 유리 멘탈이라 약도 많이 먹고, 우울증도 심한데. ……너는 너무 올곧아."

"네가 옆에 있어서 그래."

"치, 내가 도와준 게 뭐가 있다고?"

진주의 말에 재훈은 그녀를 꼭 안았다. 그러곤 그녀의 가슴께에 머리를 대고 숨을 깊게 들이마셨다가 쉬었다.

"이렇게 안아주는 것만 해도 좋아. 종종 힘들 때 너 만나러 가서 힘 얻고 그랬어."

"언제?"

"너 취업하기 전에."

학원 앞으로 와서 아이스크림을 사 주고, 그의 집으로 불러서 피자랑 치킨도 시켜줬던 그때. 나중에 취업하면 다 갚으라고 하더니 단 1원도 받지 않았다. 유독 그때 자주 찾아오긴 했는데, 그가 힘들었을 때인 건 전혀 몰랐다. 그때의 자신은 취업을 준비하는 취준생이 세상에서 제일 불쌍하고, 괴롭고, 힘들다고 생각했을 때였으니까. 남들의 불행은 알아보지 못했다.

"너는 어떻게 되는 거야?"

"인터뷰까지 해서 오보라고 하긴 어렵겠고, 헤어졌다고 하겠지. 창석이 형 성격에 인터뷰고 뭐고 다 거절하고 당분간 나 집에서 못 나가게 할 거 같은데?"

"뭐?"

"그러니까 당분간 네가 우리 집으로 와야 해."

"언제는 안 갔나."

예전에도 외부로 못 나오는 그를 위해 항상 집으로 갔었다.

[진주! 재훈이랑 같이 있어? 재훈이 괜찮은 거야?]

[진주랑 재훈이랑 같이 있다고? 나 지금 기사 봤다.]

오랜만에 우리 팀 톡방이 활성화되었다. 하연과 태주가 동시에 톡을 보내온 것이다. 재훈에게 일이 생기자마자 걱정해주는 걸 보면 우리 팀의 우애는 여전한 모양이었다.

[나랑 같이 있어. 재훈이 지금 멘탈 나가 있어.]

[그럼 홍장군이 충전시켜줘. 전기 충격기잖아, 네가.]

그녀의 답장에 태주에게서도 바로 톡이 왔다. 그 밑으로 하연이 태주에게 말을 걸었다.

[전기 충전기 아니고?]

[……홍장군은 충격기지, 충전기는 아니지.]

진주는 피식 웃으며 재훈에게 톡을 보여주었다. 그가 진주의 핸드폰을 한 손으로 들더니 친구들에게 톡을 보냈다.

[나 재훈인데, 괜찮고, 진주는 충격기도 충전기도 아닌 사랑의

배터리야.]

　[토 나와. ㅌㅌ]

　[농담하는 거 보니 괜찮네. 난 일하러 간다.]

　하연은 토 나온다고 하고, 태주는 도로 일하러 간다고 하였다. 진주도 재훈의 농담에 피식 웃었다.

　"내가 배터리야? 그럼 우리 재훈이 충전 좀 해줄까?"

　그녀가 두 팔로 그의 머리를 안고 제 품에 꼭 안았다. 이렇게라도 힘이 된다면, 힘을 주고 싶었다.

　[병원 도착. 링거 맞고 쉬는 중. 충격으로 쓰러진 거고, 일어나면 먼저 귀국 예정. 나는 다시 호텔로 갈게.]

　덕재에게서 톡이 왔다. 재훈은 안도하면서도 한편으로 귀국길에 기자들이 쏠려서 다시 쓰러지는 건 아닐까 걱정도 됐다. 제발 바보 같은 선택은 하지 않기를 바랐다.

* * *

　하린이 먼저 귀국을 하고, 진주는 재훈과 같은 비행기를 탔다. 덕재, 재훈, 진주는 모두 비즈니스석이었다. 덕재와 재훈이 양 옆자리에 앉았고, 진주는 가운데 혼자 앉는 자리에 앉았다. 스튜어디스와 주변에 비즈니스석에 앉은 사람들이 있어서, 진주는 재훈에게 말을 걸지 못했다. 인천 공항에 내려서도 그녀는 그에게 아는 척을 할 수 없었다.

　모자와 마스크, 선글라스를 낀 그는 진주를 먼저 보낸 후 30분 정도 더 있다가 밖으로 나왔다. 거기엔 그의 인터뷰를 기다리는 많은 취재진이 진을 치고 있었다. 죄를 지은 것도 아닌데 재훈이 고개를 푹 숙이고 있었다. 그 모습에 진주는 마음이 아파 왔다. 네가 잘못한 것도 없는데. 남 도와주려다가 그런 건데.

더 속상한 건, 몰린 사람들 틈을 뚫고 재훈에게 갈 수도 없고, 그에게 인사조차 할 수 없다는 점이었다. 재훈 또한 그녀에게 카메라가 쏠릴까 봐 실수하지 않으려고 아예 진주 쪽을 보지도 않고 있었다. 많은 취재진을 가운데 두고 재훈이 있는 곳과 자신이 밟는 땅이 국내와 해외처럼 멀게 느껴졌다. 처음으로 재훈과의 저의 세상이 철저히 다르다고 피부 깊숙이 인식되는 순간이었다.

* * *

사이판에서 돌아온 후, 진주는 거의 이 주 동안 재훈을 볼 수 없었다. 그사이 재훈은 기존에 있던 아파트와 빌리지를 모두 처분하고 새로운 곳으로 거처를 옮겼다. 잠실에 있는 L타워로 옮겼다는데 아직 가 보진 못했다. 탑에 틀어박혀서 나오지 않고 있으니, 그룹톡에서 태주가 그를 보고 남자 라푼젤이라고 놀렸다. 머리라도 길면 내려달라고, 그거 타고 올라가겠다며.

재훈은 원스타의 보호 하에 철저히 통제되고 칩거에 들어갔다. 기자들은 재훈에 대해 머리카락 한 올도 찾을 수 없었고, 워낙 L호텔 경비가 삼엄해서 위로 올라가지도 못했다. 다행히 바뀐 핸드폰 번호는 우리 팀에겐 공유해주었다. 재훈이 번호를 바꾸고 제일 먼저 연락한 사람이 진주였고, 그다음은 우리 팀 톡방을 새로 만드는 거였다. 전처럼 태주와 하연이 서로 투닥거리진 않았으나 서로 잘 살고 있는지 안부 인사는 하는 정도가 되었다.

"대리님, 점심 먹으러 가요!"

"응. 어디로 갈까요? 오늘은 우리 둘만 가면 되죠?"

이 부장과 서 과장은 오늘 교수님들과 점심 약속이 있다고 하였다.

나머지 직원들은 도시락을 싸서 먹는 분위기라 두 사람만 밖으로 나왔다.

"대리님, 오늘 죽 먹어도 돼요?"

"죽? 어디 몸 안 좋아요?"

"……네. 후니 오빠 걱정돼서 요새 계속 잠을 못 잤더니 배탈이 제대로 났어요."

"아. 재훈이 소식 알아요?"

"아뇨. 오빠가 걱정하지 말라고 물의 일으켜서 죄송하다고 팬 카페에 글 남겨주셨는데, 그 이후로는 잘 몰라요. 보고 싶어요, 후니 오빠. 엉엉. 들어가기로 한 영화도 배역 다른 배우한테 넘어갔고, 당분간 쉰대요."

역시 재훈과 직통으로 연락하는 자신보다 재훈의 일적인 면에선 주리가 더 소식이 빨랐다. 결국 영화 촬영도 취소되었구나. 재훈의 말이 조용히 몇 달간 얼굴을 안 비치면, 큰 사건이 아니고서야 조용히 묻힌다고 하였다. 하린의 불륜 연애 사실은 계속 회자되겠지만 재훈의 경우엔 달랐다.

"그 불여시! 유부남 꼬신 주제에 감히 재훈 오빠를 넘봐? 우리 후니가 찬 걸 거예요. 그죠?"

"……모르겠어요."

사귀지도 않았던 사이니까.

"후니 오빠는 왜 첫 연애를 그런 여자랑. ……내가 다 속상하네요. 그 불여시가 우리 오빠 덮쳐서 붙어먹었을 거 생각하니 열이 뻗쳐요!"

"아무 일도 없었을걸요? 확신해요."

"대리님 말씀 들으니까 없던 힘이 솟네요. 흑흑. 그래도 죽 먹어요."

진주는 죽집으로 데려가 오늘은 주리의 밥을 사 주었다. 재훈에 대한 기사는 세 가지로 나뉘었다. 첫 번째, 전 남친과(불륜) 헤어진 후 힘들어하는 그녀를 위로해주다가 연인이 되었다. 두 번째, 불륜 사실을 덮기 위해 재훈이 하린을 도와준 것이다. (전부터 두 사람은 친했다.) 세 번째, 재훈은 아무것도 모른 채 회사의 요구에 의해 당한 것이다. (각각 회사 대표가 강남에서 깡패 시절 같은 무리였던 점. 재훈을 방패로 쓴 것이다.) 하린이 사이판에서 올린 SNS 때문에 첫 번째 가설을 믿는 이가 제일 많았다.

[걱정 마라, 김재훈. 여론 금방 조용해질 거야. 지금까지 행운의 여신은 모두 네 편이었잖냐. 이번에도 이하린, 김재훈 포털 사이트에서 잠잠해질 다른 한 방이 터질 거야. 태주 말대로 라푼젤은 머리나 길러서 아래로 머리카락을 내릴 준비나 하삼. 그럼 난 다시 일하러 간다.]

하연의 카톡이었다. 그걸 보고 진주는 피식 웃으며 이모티콘을 보냈다. 우리가 재훈을 보며 항상 행운의 사나이라고 부르긴 했었다. 실제로 재훈에게는 일이 생겨도 금방 해결되었고, 대체적으로 평탄한 삶을 살아왔으니까 말이다.

[하연, 이따가 저녁 먹자. 콜?]

[콜. 네가 우리 회사 앞으로 와.]

태주는 여전히 말이 없었다. 같이 가자고 해볼까 싶다가도 두 사람에게 그게 좋은 건진 모르겠다. 시간이 약일 테니까.

"대리님, 죽 너무 맛있어요."

"그 많은 걸 다 먹었어요?"

죽 그릇이 보통 공기밥 그릇에 두 배 정도는 될 텐데. 배 아픈 사람 맞나. 진주가 먹던 죽 그릇의 죽이 반이 남은 시점에 주리의 그릇은 싹싹 비어 있었다.

"후니 오빠 지키려면 다 먹어야죠!"

"그래요."

진주는 열과 성을 다해 후니 오빠를 응원하고 믿어주는 주리가 고마웠다. 스캔들 나고 나서 돌아선 팬도 많다던데. 팬 카페의 절반이 탈퇴했다고 들었다. 다른 배우로 갈아타거나 그냥 여자 친구가 생긴 김재훈이 싫어서 탈퇴한 거라고 했다.

"커피는 제가 살게요!"

"주리 씨, 배 아프다면서요. 커피는 됐어요."

진주는 주리를 말렸으나 그녀는 배탈이 나도 그건 마셔야 한다며 진주를 끌고 카페로 갔다.

그 카페는 역시 재훈이 광고 모델로 있는 브랜드였다.

* * *

진주는 하연의 회사 앞으로 가서 그녀를 만났다. 하연은 드디어 정규직이 되어, 기존에 하던 구두 매장의 아르바이트를 모두 정리하였다. 그런데 왜 살은 더 빠지고 초췌해지는 건지. 디자이너로서 있다 보니 매일매일이 창작의 연속, 마감 지옥이었다.

"하아……."

"홍장군이 한숨 쉬니까 나도 힘 빠진다. 아니 남들 다 나는 스캔들 거 뭐가 대단하다고! 애를 탑에 가둬!"

"그러게."

"근데 L타워면 우리나라에서 제일 좋은 탑 아니냐. 걔는 갇혀도 제일 좋은 데 갇히네."

하연의 말에 진주는 웃으며 메뉴를 주문했다. 일본식 음식점이라 두 사람은 각각 다른 벤또(도시락)를 주문했다.

"예전에 우리 중학교 때 공사 현장 지나갈 때 걔 지나가고 나서 건물 무너졌잖아. 한시라도 늦었으면 머리로 떨어지는 거였는데. 그리고 우리 넷이 걷다가 똥 밟았는데 김재훈만 안 밟은 적도 있고……. 행운은 김재훈 편이잖아."

그 말이 씨가 되었으면 좋겠는데. 그런 생각을 하며 밥을 먹던 중, 일식집 안이 소란스러워졌다. 진주와 하연은 젓가락을 내려놓고 상체를 쭉 세워 얼굴을 요리조리 움직이며 주위를 살폈다.

뭔 일 났나? 사람들은 핸드폰을 보고 있었고, 점원은 일식집 안에 있는 화면을 8시 뉴스 화면으로 바꿔주었다.

"거 봐. 김재훈은 행운아라니까."

재훈과 하린의 스캔들, 어쩌면 하린의 불륜 사건까지 덮을 어마어마한 사건이 터졌다.

[YK프랜즈의 가수 재미교포 빅토리 씨가 운영하는 모닝썬크림

에서 당일 성매매 의혹과 마약 거래 혐의 논란이 불거졌다.]

그 사건에 대한 파장은 놀라웠다. 순식간에 모든 국민의 술 안 줏거리가 빅토리가 되었고, YK프랜즈는 약국프랜즈냐며 조롱당했다.

특히 YK프랜즈 소속 가수들이 마약에 사주 연루가 되있고, 혐의가 있어도 빠져나갔던 전적이 많았기에 약국의 약자로 YK를 쓴 거 아니냐고 비꼰 것이다. 게다가 YK프랜즈는 경찰을 돈으로 매수하는 곳이라는 낙인이 찍혔다.

"인생의 빅토리라고 한동안 인기 많더니, 추락하겠네. 어? 뭐야? 얘 자기가 직접 운영한다고 인터뷰할 땐 언제고, 그저께 대표직을 내려놨대. 군대 간다네?"

YK프랜즈에선 모든 게 다 조작이라고 하였으며, 빅토리 씨는 기사가 나기 이틀 전에 대표직을 이미 사퇴한 상황이었으며 재미교포지만 군대를 다녀와야 한다는 생각에 군 입대를 앞두고 있다고 보도되었다.

물의를 일으켜서 죄송하다는 기사가 실시간으로 뜨고 있었다. 이 사건을 퍼트리려는 기자와 물의를 일으켜 죄송하다는 기사가 엎치락뒤치락 올라오고 있었다.

"역시 YK. 또 돈 썼네. 기사 뜨기 전에 분명 알아서 사퇴시켰네."

"안 그래도 거기 가수들 다 이상한데 빅토리만 정상일 리가 없지. 다들 약쟁이잖아."

"이번에도 어떻게든 빠져나가겠지. 계속 그랬던 것처럼."

바로 주변에서 들리는 소리를 들어보면, 재훈의 이름은 단 한

글자도 언급되지 않았다. 당분간은 이 사건이 전국을 휩쓸 거라는 예감이 들었다.

"재훈인 진짜 행운아야. 아니다, 하린 씨가 행운아인가?"

불륜보다 마약과 폭행, 거기다 여자 성매매까지 있어서 더 자극적이었다. 그곳에 기자들은 주목할 것이다. 벌써부터 포털 사이트 검색어가 [모닝썬크림], [빅토리], [빅토리 마약], [모닝성폭행] 등등이었다.

"대박이네. 이 정도면 무슨 조폭들 아니야? 작년에도 이런 일이 있었대. 여기 클럽에서 술 마시면 아침까지 기억이 안 난다고, 여기 막 올라오는 것 좀 봐봐."

"헉. 정말. 모닝썬크림 내가 어디서 들었더라? 너무 익숙한데…… 아! 유인호가 거기 종종 간 곳인데."

진주는 순간 온몸에 소름이 돋았다. 인호와 그렇게 되고 그녀는 혼자서 겁도 없이 달밤에 가서 술을 마셨었다. 차마, 클럽으로 갈 용기가 없어서 그랬던 건데…….

만약 자신이 모닝썬크림에 가서 진탕 술을 마셨다면, 저에게 일어났을 수도 있는 일이었다. 내 몸은 내가 지켜야지. 진주는 다시는 집 밖에서 혼술을 하지 않겠다고 다짐했다.

"나 재훈이한테 문자 좀."

[재훈아. TV 봤어?]

[어. 나 드디어 근신 풀렸다. 우리 집 놀러 와.]

[정말? 나 하연이랑 있는데, 같이 가도 돼?]

[……다음에 보자.]

재훈의 대답에 진주는 시무룩해졌다.

[장난이야. 너만 오라는 뜻인데 진짜 다음에 보자로 착각한 거 아니지?]

[꺅. 정말? 나 가도 돼?]

[응. 창석이 형이랑 덕재 형 갔어. 집에 나 혼자야.]

진주의 입꼬리가 실룩거리는 걸 보며 하연도 피식 웃었다.

"왜? 김재훈이 머리카락 탑 아래로 내려준대?"

"어. 크크. 놀러 오래."

"진짜 적응 안 돼. 금사빠 홍장군. 너 재훈이가 그렇게 좋아?"

"응. 사귀기로 마음먹고 내 마음 인정하니까, 갑자기 재훈이가 더 좋아지는 거 있지. 이상해. 나도 왜 갑자기 걔한테 빠졌는지 모르겠어."

단순히 좋아하는 게 아니라, 이제는 그가 제 일상을 지배하고 있었다. 그의 일거수일투족을 알고 싶고, 기사를 검색해서 오늘은 무슨 일 없었는지 찾게 되고, 그의 연락을 기다리게 됐다.

이렇게 이 주 동안 떨어져 있으니 보고 싶어서 돌아버릴 것 같았다. 진주는 하연과 벤토를 먹으면서도 이따가 볼 재훈을 떠올리며 심장이 미친 듯이 두근거렸다.

\* \* \*

"여기는 도대체 몇 평이야?"

"92평이라던데."

"대궐이네. 너희 집의 접시가 되고 싶다."

"왜 접시야?"

"깨지기 전까진 이 좋은 집에 계속 살 거 아냐."

진주는 걸어서 돌아다니기에도 한참 넓은 그의 집을 구경했다. 침실이 3개에 욕실도 3개였다. 대가족이 살아도 될 정도로 큰 집에 김재훈 혼자 산다니.

그새 잘 정돈된 서재는 재훈의 분위기가 담겨 있었다. 그는 이곳에서 시나리오를 읽고 공부하며, 책을 읽으며 하루를 보낼 것이다. 거실 내부에선 한강이 눈앞에 펼쳐졌고, 안마 의자가 그녀를 반겼다. 주방은 메인과 보조 주방이 분리되어 있어서 명절에 사람들이 다 모여 요리해도 공간이 부족하지 않을 것 같았다. 거기다 드레스룸과 파우더룸이 침실마다 있어서 손님이 와도 독립적 공간으로 사용하기에 좋아 보였다.

"여기 혼자 사는 거 맞아? 나 몰래 누구 있는 거 아니야?"

진주는 침실로 들어가 드레스룸을 똑똑 두드렸다. 똑똑, 똑똑.

"아무도 없다니까."

재훈이 드레스룸 문을 직접 열고 아무도 없는 것을 확인시켜 줬다.

"알아. 이 넓은 집에 혼자 산다니까 안 믿겨서 그래. 내가 본 집 중에 여기가 제일 넓은 거 같아. 뷰도 제일 좋고."

이런 데서 살려면 일 년에 얼마를 벌어야 할까. 순간 재훈의 부모님께서 알고 보니 재벌인 건 아닐까 하는 생각이 들었다. 연예인이 이렇게 잘 번다니 믿기지 않았다. 하긴, 빅토리 씨가 생일 파티에 7억 가까이 썼다는 걸 보면 연예인 수입이 어마어마한 것 같았다.

그러다 문득 재훈을 보니 자신이 속물처럼 느껴졌다. 친구일 땐 안 보이던 재력이 지금은 왜 이렇게 잘 보이는 건지.

"재훈아, 네 등 뒤에 후광이 보인다."

"뭐?"

"네 재력에 깨춤 추고 싶어져. 나 진짜 속물인가 봐."

"그럼 나한테는 플러스네. 홍장군 더 속물 돼라."

"그러다 나 일 안 하고 네 피 빨아먹으면서 살면 어쩌려고."

"언제든. 빨릴 준비하고 있어."

진주는 그의 말에 키득 웃으며 그를 따라 침실을 나왔다. 거실에서 이미 찜해 둔 안마 의자에 앉아 기계를 작동시켰다. 여기 앉아서 기계의 시원한 안마를 받으며 한강 뷰를 보고 있으니 세상 근심이 다 사라지는 것 같았다.

"병원에서 무슨 일 있었어?"

"그런 일이야 많지. ……열받을 일도 많고."

"왜? 진상 만났어?"

"……."

그녀는 낮의 상황을 떠올리다가 눈을 감았다. 병원 밖으로 나오는 순간 그녀는 병원 안에서의 일을 지워버리곤 했다. 워낙 CS를 처리하는 일이 많다 보니 이렇게 하지 않으면 정신병이 올지도 모른다는 생각이 들었기 때문이다.

순서가 있는데, 자기 먼저 처리를 안 해준다던 고객은 결국 자신을 무시한다며 한바탕 원내를 휘젓고 나갔다. 아무도 그 고객을 무시한 적이 없는데 말이다. 어딜 가나 서로의 입장 차이가 있기 마련이지만, 잘해주려고 했는데 상대가 오해해버리면 답이 없는 거였다.

"우리 진주, 진짜 힘들었나 보네."

"응. 남자 친구는 2주째 얼굴도 못 보지, 병원에선 맨날 진상 만나지. 또 너 걱정되기도 하고……. 근데 빅토리 씨 덕분에 하린 언니도 기사 쪽 들어갔더라."

"다행인가?"

"응. 너는 절대 빅토리 씨완 눈도 마주치지 마."

재훈은 그녀의 말에 토 달지 않고 고개를 끄덕였다. 재훈이 호화스러운 파티를 열어 마약과 업소 여자들을 끌어들이진 않겠지만, 혹시라도 같이 어울렸다간 오해를 살 수도 있고 재훈의 이미지가 망가질 수도 있었다.

"걱정 마. 그런 일 없으니까. 우리 진주 좀 안아 보자."

그가 손을 뻗자 진주는 고개를 팽 돌렸다. 걱정했던 것치고 재훈의 얼굴은 화색이 돌고 있었다.

생각해 보니 그는 그녀가 만나고 싶을 때 언제든 연락할 수 있는 사람이 아니었다. 외부 요인에 의해 그와 길게 떨어져 있어야 하는 순간도 있을 거고, 내 남자 친구라고 어디에 소개하지 못하는 순간들도 수없이 많을 것이다. 그게 갑자기 서운해서 그녀는 그의 눈빛을 피했다. 이렇게 자신이 그를 직접 찾아오지 않으면, 그가 자신을 찾아오는 것도 어려울 거였다.

"나 내일 해외로케 때문에 출국한단 말이야. 삼 주 동안 못 봐."

"뭐? 삼 주?"

"응. 웹툰 작품이 영상화되는데, 시나리오가 들어왔어. 영화가 딜레이되는 대신, 그거 하려고. 중간에 시간 빼 보려고 노력은 하겠지만, ……어려울 수도 있어."

"아니. 삼 주에 한 번 보면 거의 한 달에 한 번 보는 거고, 그럼 일 년에 스무 번도 못 보는 거잖아."

촬영 없이 쉴 땐 더 많이 보겠지만, 그런 점은 지금 생각나지 않았다. 삼 주에 한 번. 보고 싶은데도 꾹 참아야 하는 시기가 너무 길었다. 연애를 하면 행복하기만 할 줄 알았는데.

서로 직장인이면 일주일에 한 번 정도가 적당한 데이트 주기라고 들었다. 연애 초기엔 서로 잠을 줄여 가며 더 만나기도 하지만 말이다. 이 주 만에 얼굴을 보고, 다음에 보는 시기는 삼 주에 한 번. 두 사람 중 누군가가 피곤해지고 그래서 사랑보다는 자신의 컨디션을 더 챙기게 되면, 그땐 지금보다도 만나는 텀이 더 길어질 수도 있는 것이다. 예컨대 김재훈이 자신을 보려면 사람들이 없는 장소를 섭외해야 하고, 만나는 곳부터 어디서 밥을 먹을지까지 모두 계획적으로 짜야 한다. 사랑이 있는 지금은 그런 것들이 즐겁겠지만, 언젠간 귀찮아지는 순간이 올 것이다.

"중국 상해로 갈 건데. 올래?"

"상해?"

"응. 이번엔 우리 촬영 팀하고 다 같이 가니까, 내 룸에서 같이 자면 돼."

"갈까?"

순간, 그녀는 흔들렸다. 주말이면 못 갈 것도 없었다.

"홍장군이 내가 정말 보고 싶은가 보네. 기분 좋은데?"

"너는 기분 좋아도, 나는 아니라고."

그녀는 안마 의자에서 일어나 그를 째려보았다. 입술이 앞으로 툭 삐져나와 있었다.

"공개 연애는 생각 없는 거지?"

"응."

"내가 일반인이라 공개해도 별로 관심 대상이 아닐 텐데도?"

"응. 공개 안 할 거야."

"……"

"결혼 아니고서는."

연애는 비공개로 하고, 결혼할 때만 공개하겠다고? 그게 재훈의 이미지엔 좋긴 하겠지만 지금 그걸 듣는 진주의 입장에선 꼬아서 들렸다. 우리가 언제 결혼할지도 모르니 결혼 전엔 연애 사실을 알리고 싶지 않다 뭐 그런. 이게 다 서운함 때문이겠지만.

"너한테 물어보면 자꾸 고민만 해서 안 되겠어. 홍장군, 주말에 상해로 와. 기다릴게."

"……음? 고민 좀 해 보고."

"그냥 좀 와."

네가 좀 오면 안 되냐! 물어보려다가 혼자서 안 되겠다는 결론을 내렸다. 재훈이 출국하고 귀국하는 시간을 기자들은 어떻게든 알아내서 기사를 쓰곤 했다. 공항패션부터 팬들과 인사하는 그의 표정을 담은 사진이 출국할 때마다 포털 사이트에 꼭 오르곤 했다.

"갈게."

"정말? 너 분명 온다고 했다."

"응. 갈게. 상해는 가까우니까."

또 네가 보고 싶기도 하니까. 분명 병원을 가지 않는 주말에는 네가 더 생각날 테니까.

* * *

다음 날 출근한 진주는 주리에게서 재훈의 촬영 소식을 들었다. 어떤 웹툰 작품인지 찾아서 어제 그 많은 회차를 모두 정독했다고 하였다. 거기서 악당을 정말 찢어 죽이고 싶었다나 뭐라나…….

"근데 대리님."

"응?"

"……우리 팬클럽단이 지금 속보 하나를 가져왔는데. 저희가 사생은 없는데, 그래도 종종 얻어걸리는 사진들이 있거든요. 이것 좀 보세요."

"뭔데요?"

진주는 주리가 띄운 사진을 보았다. 커피를 마시려고 들었던 그녀는 커피가 목에 막혀서 사레가 걸렸다.

"켁, 켁!"

콜록, 콜록. 기침을 아무리 해도 목에 걸린 커피가 넘어가질 않았다.

[우리 후니 오빠, 유령과 연애하나 봐요. 그 여자가 아니라 유령이라서 얼마나 행복한지♡]

재훈은 딱 봐도 연예인 포스가 나서 김재훈임을 알 수 있었지만 같이 있는 상대는 여자인지 남자인지 사진만으로는 분간하기 어려웠다.

그러나 그녀는 그 유령을 분명히 알아볼 수 있었다. 그 사진 속 유령은 움직이다가 찍힌 홍진주, 자신이었기 때문이다. 사이판 호텔에서 찍힌 사진 같았다.

"이게 왜요?"

"……우리 오빠 꼬시려던 불여시가 잠깐 SNS에 올렸다가 내린 거래요. 몇 초 만에 삭제돼서 그때 캡처해 둔 사람이 없었나 봐요. 여기 잘 봐봐요. 둘이 손잡고 있는 거 같지 않아요?"

모자이크된 부분을 더 잘 보기 위해 눈을 아주 가늘게 뜨고 볼 때처럼 집중해서 보면 언뜻 그렇게 보이기도 했다.

"다들 유령이라는데, 저는 왜 사람 같은지 모르겠어요."

이 촉 좋은 사람 같으니라고. 댓글에선 유령이라고, 여자 사람보다는 유령이 낫다며 좋아하고 있었다.

"아닌가?"

"일부터 합시다. 주리 씨."

"네네! 출근하자마자 퇴근하고 싶은 이 마음, 누가 알리. 그래도 후니 오빠 해외 로케 때 밥차 보내려면 일해야죠!"

지극정성이네. 오늘도 주리의 점심은 사 줘야겠다. 제 남자 친구를 덕질하는 부하 직원에게 밥과 커피는 무한제공해도 아깝지 않았다.

\* \* \*

퇴근 후, 진주는 태주의 호출을 받고 그의 회사로 갔다. 이 큰 건물 앞 데스크에서 부회장님과 약속이 있다고 말을 하고 나면 주눅이 들 때가 있었다. 아무리 이력서를 내도 1차 서류 전형에서 저를 탈락시켰던 곳이자, 모든 대학생이 들어가고 싶어 하는 대기업 순위에 꼭 있는 그룹이었다.

"부회장실로 모시겠습니다."

"네."

그녀는 직원의 안내에 따라 임원 전용 엘리베이터를 타고 부회장실까지 편히 올 수 있었다.

"부회장님, 진주 씨 오셨습니다."

비서가 부회장실로 호출을 하였다. 잠시간의 침묵 후, 그녀는 진주를 보며 미소를 머금은 채 말을 전달했다.

"들어오라고 하십니다."

비서가 문을 열어주자, 진주는 태주가 일하는 공간으로 들어설 수 있었다. 재훈의 문제로 물어보고 싶은 게 있었다.

* * *

태주의 등 뒤로는 어두워지고 있는 하늘이 보였다. 그게 그를 위압적으로 보이게 했다. 이곳이 부회장실이라 그의 직급을 여실히 느낄 수 있게 하는 곳이다 보니 진주는 잠시 주눅이 들었다.

"왔어? 잠깐만. 나 금방 마무리할게."

그는 고개를 들어 진주에게 인사하곤 다시 일에 빠져들었다.

진주는 주변을 둘러보며 입을 떡하니 벌렸다. 김재훈도 그렇고 태주도 음식점이나 술집에서 볼 때와 다르게 밖에서 일하는 모습을 보게 되면 절로 입이 떡 벌어지게 된다. 꼭 저와는 다른 세계에 사는 기분이 들었다. 태주는 그중에서도 조금 더 높은 곳에 있어서 가끔 보이지 않는 벽이 있다고 느낄 때도 있었다.

갑갑한지 그가 목 언저리를 손으로 누르며 꼭 목을 조르듯이 압박했다. 그 모습이 밖의 풍경과 겹쳐져 고압적으로 느껴졌다. 그가 컴퓨터를 켜 둔 채로 진주에게로 왔다.

"잠시만."

그는 호출기를 누르더니 녹차 두 잔을 주문하였다.

"무슨 일이야?"

"박태주 너는 내가 네 회사까지 왔는데, 바로 본론부터 물어보냐! 안부 인사도 없이."

"어련히 잘 지냈겠지. 그래서 왜 왔는데."

하여튼 까칠하긴. 그나마 우리한텐 잘하긴 했는데, 하연이와 그렇게 되고부터는 더 까칠해진 것 같았다.

똑똑.

"네. 들어와요."

태주의 비서가 녹차 두 잔을 가져와 두 사람의 자리에 놓았다.

"아- 먼저 퇴근해요."

"네, 알겠습니다."

비서가 그에게 인사를 한 후 나갔다.

"여긴 비서도 예쁘시네. 데스크 직원분도 키 크고 예쁘시던데."

"그래?"

"응. 나는 죽었다 깨나도 못 따라갈 거 같아."

"……."

태주에게선 답이 없었다. 그건 고로 그녀의 말을 인정한다는 것과 같았다.

"야. 보통 이럴 땐 네가 더 예뻐라거나 아니야, 죽었다 깨어나도 못 따라가긴. 이 정도로 대꾸를 해줘야 하거든!"

"그렇게라도 듣고 싶냐? 예쁘다는 소리가?"

"아니. 내가 뭘 바라니. 이 박태가리 같은 박태주야."

그녀는 우리 팀이 없는 이 상황에서 태주를 놀려먹고 나니까 은근히 그의 눈치가 보였다. 순간 그가 표정을 굳혔을 때 쫄았다. 하연이가 옆에 없으니 태주를 막 놀리기가 어색했다.

다행히 그는 피식 웃으며 농담을 받아주었다. 그런데 왜 자꾸 네가 서늘하게 보일까.

"태주야, 나 궁금한 게 있는데."

"뭔데. 재훈이 얘기야?"

"너 눈치가 언제부터 빨랐어?"

박태주는 본인이 하는 일, 관심 영역 외에는 반응이 느려서 그녀가 그를 빡태가리라고 불렀다. 학창 시절에는 빡태가리라고 불렀는데, 성인이 되고 나니 입으로 말하기에 상스럽게 느껴져서 순화시킨 별명이 '박태가리'였다.

그러고 보니 재훈은 귀공자처럼 생겼는데 매번 치마 짧다, 뭐 어떻다 하면서 보수적으로 굴어서 그녀가 그를 '공자님'이라고 불렀었다. 공자님과 사귀게 될 줄이야.

"나 내일 재훈이 만나러 상해 가는데."

"응."

"내가 고민이 돼서 말이야. 너도 알다시피 재훈이가 돈을 정말 많이 벌더라고. 내가 생각했던 기준의 범위가 아예 달랐어. 그러니까 내가 떡볶이를 편하게 사 먹을 수 있다고 하면, 김재훈은 랍스터를 편하게 사 먹는 정도? 아니, 내가 월세 고민을 하며 집을

고를 때 걘 전원주택을 살까 빌딩을 살까 고민하는 수준의 차이
랄까."

"그렇지."

너도 알고 있구나. 재훈이 얼마나 잘 버는지. 그녀는 친구로 있
을 땐 그의 재력을 전혀 몰랐었다.

"잘 버는 것도 그런데…… 우리 재훈이가 혹시, 혹시, 혹시 말
이야. 재벌의 사생아라거나 부모님께서 알고 보니 대기업이고 그
런 건 아니지?"

"응. 아니야."

"생각해보면 학창 시절부터 재훈이가 잘 살았던 거 같아서. 너
희 부모님이야 워낙 신문에 자주 나오니까 알 수밖에 없고, 우리
부모님도 너네가 다 알고 지내잖아. 근데, 재훈이 부모님은 뵌 적
이 없단 말이지……."

친구일 땐, 부모님께서 많이 바쁘신가 보다 하고 말았다. 굳이
그의 부모님이 어떤 사람인지 알 필요는 없었으니까 말이다.

그런데 지금은 재훈을 낳아주신 부모님은 성격이 어떠실까, 자
신을 예뻐할까, 재훈을 닮았을까 이런 궁금증이 나날이 생겨났다.

"잘사는 건 맞아. 재훈이가 어렸을 때, 강남이랑 잠실 쪽 땅을 대
거 사셨다고 들었어. 나머진 재훈이한테 듣는 게 맞는 거 같다."

"응. 내가 물어봐도 되겠지? 사실 지금까지 소개 안 시켜준 거
보면, 이혼을 했다거나 재벌가의 사생아거나 등등 이유가 있을
거 같아서. 내가 재훈이한테 부모님 어떤 분인지 물어봐도 된다
는 거지?"

"아마도……. 너희 둘 가볍게 만나는 사이, 아니잖아."

그렇긴 한데. 가볍게 만나는 건 아닌데, 그렇다고 결혼이라는 굴레를 씌운 채 만나는 사이도 아니었다.

"잠깐만. 통화 좀."

그는 진주의 반대 방향으로 일어서서 등을 보이며 전화를 받았다.

"나 지금 손님, 어, ……귀찮게 하지 마."

─너무해! 나랑 요새 만나주지도!

드문드문 여자의 목소리가 들렸다. 그걸 아는지 태주도 통화음을 낮췄다. 태주에게 여자가 있었나? 그래서 하연이를 안 받아준 건가.

"어리광 그만 피워. 연애? 난 그런 거 안 해. 적당히 논 대가는 충분히 치른 거로 아는데. 전화 안 했으면 좋겠다."

그는 그렇게 말한 후 전화를 끊었다. 한두 번 전화를 받아본 솜씨가 아니었다. 그가 소파에 앉을 때 그 바람이 진주에게로 밀려왔다. 에어컨 바람이 섞인 그 바람에선 한기가 느껴졌다.

"……."

"미안. 재훈이한테 물어봐도 돼."

"어, ……어."

박태주가 이런 애였어? 박태가리가 적당히 여자를 데리고 놀고 버리고, 그런 애였다고?

그녀의 표정을 보던 그가 다리를 꼬고 앉았다.

"왜?"

"아니, 내가 알던 박태주가 아닌 거 같아서."

"그래서 지하연 고백 안 받아준 거야."

"……."

"내 옆에서 걔 지독히도 외로울 거야. 분명 난 걔 연애 상대가 아니라, 나한테 마음 주고 몸까지 줘서 언제든지 자고 싶을 때 찾을 수 있는 애. 그렇게 대할 테니까."

진주가 기함을 하듯 입을 떡 벌렸다. 우리가 성인이긴 하지만 이렇게까지 성생활을 오픈한 적은 없었는데. 진주의 목과 귀가 모두 빨개졌다.

"아, 하, 그, 랬, 구, 나."

"하연인 잘 지내지?"

"응. 적당히 잘 지내."

"……그렇군."

"내가 소개팅 자리도 주선해주고 그랬어. 하연이가 나랑 다르게 여성스러운 면이 많잖아. 맞선 자리도 들어오나 봐. 적당히 좋은 사람 만나서 결혼할까 고민하던데?"

"벌……써?"

태주의 표정에 잠시 당황한 기색이 스쳤으나 금세 사라졌다.

"응. 또 사람으로 잊는 게 제일 좋은 방법이니까. 저번엔 우리 하연이 헌팅도 당했다? 걔가 원래 그런 거 진절머리 내는데, 번호 주고 주말에 다시 만나기로 했대. 내일이네, 내일!"

너 아니어도 하연인 인기가 이렇게나 많단다, 박태가리야. 진주는 태주에게 하연에 대한 자랑을 늘어놓았다. 네가 몰라서 그렇지 하연이가 얼마나 인기가 많고 예쁜 애인데.

그녀가 말을 하면 할수록 태주의 표정이 굳어 갔다. 그녀는 그가 피곤한 거라고 생각하고 남은 녹차를 다 호로록 마셨다.

"하여튼 고마워! 차 잘 마셨어. 재훈이 부모님 얘기는 상황 봐서 내가 물어볼게. 퇴근 바로 안 할 거지?"

아직 시간이 자정이 되려면 멀었다. 박태주는 일중독이라 자정 전에 퇴근할 리가 없었다.

"아니. 퇴근해야지."

"벌써? 네가?"

"응. 너 데려다주고 가지 뭐."

"……네가 이러니까 하연이가 오해했구나."

데려다준다고 하고, 밥도 잘 사 줬겠지. 하연처럼 섬세한 친구는 이런 태주의 행동을 오해할 수도 있겠단 생각이 들었다.

태주는 운전하는 내내 어딘가 급한 사람처럼 초조해했다. 그녀를 집 앞에 내려준 후 제대로 인사조차 안 하고 쌩하니 차를 출발해버렸다. 그의 집으로 가려면 왔던 길로 가야 하는데, 그의 차가 가는 방향이 그와는 반대 방향이었다.

\* \* \*

다음 날, 상해 홍차우 공항에 도착한 그녀는 재훈의 새 매니저를 눈으로 찾았다.

그에겐 매니저 두 명이 생겼다. 덕재를 대신하려면 최소 두 명이 필요하다고 대표가 판단한 모양이었다. 그중 막내가 그녀를 데리러 왔다. 맨날 재훈이 막내라고 불러서 막상 이름을 알진 못했다.

"와주셔서 감사합니다."

"아닙니다. 짐 주세요!"

그는 그녀 대신 짐을 들어주었다. 그러더니 밖으로 나가 미리 렌트한 차 문을 열어주기까지 했다. 진주는 차에 올라타면서도 적응이 되지 않아서 불편해했다.

"형은 촬영 중이라 밤에나 들어올 거 같아요. 상해 시내 구경하실래요? 아니면 바로 호텔로 가시겠어요?"

"음. 재훈이랑은 데이트 못 하겠죠?"

"……네. 드라마 한류 열풍 때문에 알아보는 이가 많아서 그건 어렵겠습니다."

이 좋은 곳에 와서도 호텔에서만 있어야 한다니. 유명인과 만나는 게 이렇게나 챙길 게 많은 거였다.

"제가 동방명주 구경시켜 드리겠습니다. 야경이 참 예쁜 곳입니다."

"아뇨. 호텔로 가주세요."

이곳에 온 건, 재훈과 함께 아름다운 야경을 보며 칭다오라도 한 잔 마실 생각을 했던 건데. 상해의 볼거리와 먹거리들을 검색했던 순간이 무색해졌다. 상해도 한국에서처럼 그를 알아보는 사람이 많을 거란 건, 왜 생각하지 못한 걸까.

"네. 그럼 호텔로 모시겠습니다."

그녀는 차가 호텔로 가는 동안 불 켜진 야경을 눈으로 좇았다. 이곳은 밤이라는 것을 잠시 잊을 만큼 주위가 환했다. 불 켜진 고층 빌딩과 상해 바다를 지날 땐 곳곳에서 보이는 커플들이 눈에 들어왔다.

한국에 있든, 해외에서 만나든, 그를 만날 수 있는 곳은 한정되어 있었다. 집 안, 호텔 안, 차 안……. 이런 거로 서운함을 느끼면 안 되는데 자꾸 속상함이 늘어갔다.


매니저를 돌려보낸 후, 그녀는 호텔에 들어와 화장을 지워야 할지 말지에 대해 고민하다가 그대로 뒀다. 재훈에게 잘 보이기 위해 공들여 한 화장도, 같이 사진을 찍기 위해 입은 원피스도 다 부질없어 보였다. 침대에 엎드려서 웹툰을 보고 데굴데굴 구르다 보니 시간이 자정 가까이 되었다.

재훈인 더 늦으려나? 이제는 정말 씻어야 할 거 같은데. 진주가 고민을 하며 스위트룸의 거실로 나와 현관문과 욕실이 있는 곳을 번갈아 보는데, 카드키가 찍히는 소리가 들렸다. 그러더니 조금 지쳐 있는 재훈의 얼굴이 먼저 보였다. 그녀는 그쪽으로 달려 나갔다.

"우리 공자님, 김재훈!"

"진주야."

그녀는 그에게 와락 안겼다. 그는 갑자기 저를 덮치는 그녀를 신발도 벗지 못한 채로 꽉 안았다. 진주는 그의 허리에 두 다리를 감고 환하게 웃었다.

"상해 오느라 피곤했지?"

"아니, 전혀. ……네 얼굴이 더 피곤해 보여. 촬영하느라 힘들었지?"

재훈이 고개를 좌우로 저었다.

"너 봐서 안 피곤해."

"내일은 몇 시부터 촬영해?"

"새벽부터. ……다섯 시에 일어나야 해."

"너무 빡세다. 더 마른 거 같아. 여기 살 빠진 거 봐."

진주가 그의 턱선을 만지며 칭얼댔다. 원래도 살이 붙어 있는 체질은 아니지만, 왠지 피곤한 모습 때문인지 살이 빠진 것처럼 보였다.

"공자님 별명 오랜만이다. 잊고 있었는데."

"어제저녁에 태주 잠깐 만났는데, 그때 생각났어. 공자님을 왜 잊고 있었지?"

"그 별명 부른 애가 너밖에 없었으니까."

"그랬나?"

진주가 고개를 갸웃하자 그가 맞다는 표정을 지었다.

"야경은 좀 봤어? 막내한테 부탁했는데."

"아니……."

"왜? 여기 야경 예쁘기로 유명한데."

"다음에 너랑 볼래."

"……그래, 그러자."

재훈은 그녀의 머리를 쓰다듬으며 제 어깨로 그녀의 얼굴을 내렸다. 그러고는 그녀를 바닥에 내려놓고 신발을 벗고 들어와 다시 번쩍 안았다.

그가 거실로 가서 커튼을 걷었다. 투명한 창을 보고 서 있으니 외부가 한눈에 들어왔다. 분명 그녀가 혼자 있을 때만 해도 화려했던 도시였는데, 자정이 넘어간 지금은 불 켜진 곳이 현저히 줄어들어 있었다.

"다 소등해서 아쉽네. 같이 보면 좋았을 텐데."

"응. 그래도 나는 아까 봤어, 낮의 상해와 밤의 상해가 정말 다르더라. 야경이 너무 멋있어. 너만큼."

"……예쁜 말만 골라 하긴."

그는 그녀가 저를 보도록 몸을 돌렸다. 양손으로 창문을 짚고 그 안에 그녀를 가둔 그가 그대로 입을 맞췄다. 가볍게 훑고 지나간 입술이 살며시 떨어졌다.

"보고 싶었어, 진주야."

"나도. 보고 싶었어."

"……오늘 촬영 끝나고 오면 네가 나 반겨줄 거 같아서 그 생각만 했어."

"그랬어?"

"응. 이래서 다들 결혼하나 봐."

그는 그렇게 말하면서 입술로 그녀의 턱부터 얼굴 전체에 뽀뽀를 쉬지 않고 했다.

"오늘 화장도 예쁘고, 원피스도 잘 어울려."

"정말?"

"응. 우리 진주 갈수록 예뻐져서 어떡하나."

그의 너스레에 진주는 웃음이 자꾸 나왔다. 자신이 예뻐져 봐야 해가 바뀔수록 오히려 외모의 급수가 자꾸 높아지는 재훈에게 비교가 될까. 그녀는 그걸 알면서도 그의 칭찬이 싫지 않았다.

"여기까지 와서도 호텔이라서 아쉬워."

"……미안해."

"네가 미안해할 건 아니고, 내가 속이 좁은가 봐. 근데 또 얼굴 보니까 너무 좋아."

안 볼 땐 외롭고. 맛있는 거 같이 먹고, 좋은 곳 같이 못 가서 아쉬운데……. 이렇게 보면 그 서운함이 싹 사라져버린다. 언제 서운한 감정이 들었던 건지조차 잊을 만큼, 같이 있을 땐 그가 너무 좋았다.

"나 너 진짜 좋아하나 봐, 재훈아."

"사랑해."

"……응?"

"나는, 홍장군 사랑한다고."

그의 고백에 진주는 볼을 붉히며 이로 입술을 물었다. 부끄러운 마음 반, 설레는 마음 반이었다.

"뭐야. 이렇게 고백하면 서운해하지도 못하잖아."

진주가 입술을 쭉 내밀자 그가 상체를 숙여 그대로 쭉 입술을 빨아들였다. 혀로 그녀를 어르고 달래 키스를 하던 그가 조금씩 욕망을 드러내기 시작했다. 그간 아쉬웠던 마음을 모두 드러내듯 그는 그녀의 입술을 빨며 그녀의 두 손에 깍지를 낀 채 창문에 댔다. 손등에 느껴지는 차가움에 진주가 '앗' 하고 입술을 벌리자 그는 그새를 놓치지 않고 그녀의 혀를 낚아챘다.

"……읍!"

그녀는 그의 키스에 속수무책으로 넘어갔다. 왜 재훈의 키스는 사람의 정신을 혼미하게 하는 걸까. 아무 생각이 나지 않았다.

그가 깍지를 낀 채로 입술을 떼어 그녀의 목 언저리에 키스를 했다. 빨갛게 살이 부풀어 오를 정도로 짓누르던 그가 등 뒤로 손을 넣어 원피스 지퍼를 내렸다. 지퍼가 내려가면서 살갗에 닿는 감각이 묘하게 야릇했다. 지이익- 내려가는 소리조차 긴장감을 줬다

"이렇게 예쁘게 하고 오면, 가만히 못 두겠잖아."

"으읏!"

"빨고 싶어서 참을 수가 없다고."

그는 그녀의 입술을 다시 찾았다. 등 뒤로 들어온 손이 허리를 쓸고 호크 언저리를 맴돌았다. 그의 손이 닿은 곳은 불길이 인 것처럼 뜨겁게 느껴졌다. 재훈의 입술이 지나간 곳엔 그의 자국이 남았다. 한참 그녀를 탐하고 입술을 뗐을 땐, 그의 얼굴에도 홍조가 섞여 있었다.

\* \* \*

두 사람은 깨끗하게 씻고 나와 침대 헤드에 등을 대고 앉았다. 두 사람의 손에는 칭따 맥주가 들려 있었다.

"짠."

"오늘도 고생 많았습니다!"

호텔 안에 구비된 안주를 꺼낸 후 맥주를 뜯었다. 짠과 동시에 진주는 꿀꺽꿀꺽 맥주를 마셨다.

"캬~ 양꼬치엔 칭따인데."

"양꼬치 사다 줘?"

"진짜?

그럴 수 있어?

"……막내가 아직 안 잘 거야."

재훈이 핸드폰을 찾으려고 일어나자, 그녀가 그의 손목을 잡았다.

"걔가 뭔 죄야. 그러진 말자."

"먹고 싶으면 먹어야지."

"아냐. 그거 한국에서도 팔아."

재훈의 미안한 표정을 보니, 말도 조심해서 해야 하나 싶었다. 아무래도 재훈은 자신이 물리적인 이유로 해줄 수 없는 것에 대해 많이 미안해하고 있는 것 같았다.

"우리 진주가 나랑 연애하면서 포기할 게 참 많다. 그렇지?"

"그래도 네 옆이라 좋아."

"고마워. 그리고 미안해. 근데 난, 진주 너 못 놔줘."

"응. 제발 그래줘."

절대, 놓지 마. 무슨 일이 있더라도. 그녀의 말에 그가 다시 짠을 하자며 맥주 캔을 갖다 댔다.

"근데 어째 나만 마시는 거 같다?"

"나 내일 새벽 촬영이잖아. 영화 끝나면 실컷 먹자."

끄덕끄덕. 그녀는 재훈이 딴 맥주까지 시원하게 마셨다. 빈 맥주 캔 두 개가 바닥에 굴러다녔다. 진주가 손바닥을 내밀자 재훈이 렌즈 통을 가져와 그녀의 손 위에 올려주었다.

"이거 찾는지 어떻게 알았어?"

"너 눈 뻑뻑할 땐 자주 눈을 감거든. 그래서 알았지."

"예리한데?"

"좋아하는 여자한텐 다 예리하게 되지."

"……."

그게 또 그렇게 되는구나. 그의 대답이 마음에 들어 진주는 저도 모르게 그의 볼에 쪽 뽀뽀를 했다. 애정 표현이 부끄러워서 받는 것 위주로 했던 그녀가 시간이 지날수록 먼저 그에게 키스하는 횟수도 많아지고 있었다.

"종종 이렇게 키스해주라. 홍장군, 점점 늘어."

"누구한테 배웠는데~"

키스 장인에게 배운 솜씨인데……. 그러고 보니, 김재훈은 누구한테 키스를 배운 걸까. 설마 하린 언니? 연기 연습을 많이 도와 줬다고 하는데, 그게 설마 몸적으로 도와준 건 아니었겠지. 그녀의 표정이 시시각각 변해 가는 걸 보며 그가 그녀의 두 볼을 잡고 저를 보도록 했다.

"나 두고 무슨 생각해?"

"……키스 장인 김재훈은 누구한테 그걸 배웠을까."

"타고나는 거야."

네 얼굴처럼? 네 다부진 몸매처럼? 너처럼? 재훈의 키스신은 유독 야해서 '키스 장인'이라는 별명이 붙곤 했다. 그가 드라마에서 키스하는 장면만 모아서 붙여놔도 야해서 19금이라고 할 정도였다. 여자도 안 만났던 놈이 키스 하나는 정말 유독 잘했다. 아니, 입으로 빠는 건 뭐든 잘하는 것 같았다.

"진짜, 타고나는 거라니까."

"으음. 그럼 그것 좀 느껴 볼까!"

진주는 그의 코에 자신의 코를 맞대고 비비다가 그의 목에 두 팔을 감았다. 살며시 고개를 틀자 서로의 숨결이 얼굴 언저리를 맴돌았다.

입술이 닿았다가 떨어졌다. 종이 한 장이 겨우 들어갈 정도로 거의 붙은 것과 같은 위치에서 색색 숨을 쉬자 배 안이 저릿했다. 닿을 듯 말 듯, 간질거리는 느낌에 진주가 먼저 그의 입술을 빨았다.

"……으음."

그에게 배운 대로 키스를 되돌리자 재훈이 그대로 그녀를 침대에 눕혔다. 베개를 가져와 그녀의 허리 아래에 끼워 놓고는 다리 사이로 손을 넣었다. 그녀가 몸을 비틀자 가운의 틈이 벌어졌다.

"바로 해도 될 거 같은데?"

"으응."

"언제부터 이랬어?"

"……몰라!"

언제부터 그랬는지, 나도 몰라! 분명 달콤하게 사랑한다고 속삭이고 있었는데 입술이 닿고, 그가 저를 빨자마자 바로 몸이 반응했다.

그는 그녀의 위로 자리를 잡았다. 둘 다 가운을 입은 채로 벗지도 못한 상태였다. 콘돔의 포일을 이로 뜯은 그가 진주의 입에 키스를 하고, 벌어진 가운 틈으로 보이는 그녀의 둥근 어깨에도 키스를 하였다.

달콤한 감각을 잊을 만큼 격통이 찾아왔다. 그 고통은 금세 쾌락의 늪에 묻혀 진주의 정신을 혼탁하게 하였다. 방 안의 열기가 한층 달아올랐다. 침대의 이불은 점점 흘러내려 바닥으로 떨어졌다. 두 사람은 서로 떨어질 수 없다는 듯이 꼭 안은 채로 사랑을 속삭였다.

"……하아, 사랑해. 진주야."

"으응. 나도. ……재훈아!"

그녀가 그의 목을 끌어안았다. 재훈이 그녀의 어깨를 빨며 그 위에 거친 숨을 토해냈다. 잠시 숨을 고르던 그가 그녀의 위에서 내려왔다.

"위로 올라와."

"응?"

"……나를 미치게 해줘."

그의 음성이 짐을 흘릴 만큼 섹시했다. 침대에 누운 그가 이번엔 제대로 할 작정으로 가운 끈을 잡아당겼다. 그의 위로 올라와서 그를 미치게 해달라고 하는 눈빛에 그녀의 몸이 스르르 녹아버렸다.

* * *

다음 날 아침, 진주는 부스럭대는 소리에 잠에서 깼다. 재훈이 어느새 옷을 갖춰 입고 나갈 준비를 끝내고 있었다.

긴 기럭지를 감싼 청바지는 꼭 광고 사진처럼 맵시가 좋았다. 맨투맨 티셔츠에 안경을 낀 그는 생기가 넘쳐 보였다. 재벌남이 되었다가, 의사가 되기도 했던 재훈은 이렇게 캠퍼스룩도 무척 잘 어울렸다.

"오전에 촬영 금방 끝나. 푹 자고 일어날 때쯤 올게."

"정말?"

"응. 아침엔 룸서비스 시켰고, 낮에는 같이 먹자."

"오오! 우리 시내 나갈 수 있는 거야?"

"나가고 싶어?"

"그럴 수 있다면?"

진주가 이불로 몸을 칭칭 감은 채로 침대 위를 구르며 말했다.

아무리 해외에 있어도 주말은 주말이었다. 그간 쌓인 피로와 어제 재훈과의 행위로 인한 근육통에 몸은 국내에 있을 때보다 배로 피곤했다. 새벽부터 밤까지 해외에서 촬영 스케줄을 감행하고, 어제 그렇게 저를 물고 빤 재훈이 이상하게 보일 때쯤 그가 점점 침대가로 다가왔다.

"아직 네 시야. 더 자."

"응. 잘 건데, 배웅해주려고."

말은 배웅한다고 하는데 몸은 이미 침대와 혼연일체였다. 재훈은 그녀를 보며 키득 웃고는 입술을 점점 그녀에게 가져갔다.

"놉!"

진주는 손등으로 제 입을 막았고, 재훈은 그녀의 손바닥에 입을 맞췄다.

"왜?"

"……안 씻었어."

"뭐 어때."

그가 그녀의 손을 치우려고 하자, 진주는 아예 이불을 머리끝까지 썼다.

"초 울트라급 아띵향이 난단 말이야. 다음에, 다음에!"

"아띵향?"

아가리 똥내가 난단 말이야. 진주는 그가 이불을 들추고 키스를 할까 싶어 심장이 쪼그라들었다. 아침에 키스를 할 수 있는 수준이 있고, 아띵향의 스멜이 느껴질 때가 있다. 아니, 아무 냄새가 안 나도 상쾌한 상태로 그를 맞이하고 싶었다.

"알겠어. 입술에 안 할게."

"꺄아악!"

진주는 그가 예상대로 이불을 어깨까지 끌어내리자 소리를 지르며 옆에 있는 베개로 얼굴을 덮었다. 엎드린 그녀의 위로 그가 올라왔다. 그는 그녀의 어깨와 목 아래쪽에 입을 맞췄다. 그 간지러운 감각에 진주가 꿈틀거렸다.

"향 좋기만 한데."

"……."

"아명향이 뭐냐고."

그가 이불을 들춘 후 그녀의 허리에 간지럼을 태웠다. 까르르 웃으며 진주가 팔딱거렸다.

"아가리. 아학학!"

"……."

"떵…… 크크, 그마안! 그만. 후후! 떵내."

"아가리 똥내 향?"

"어!"

그러곤 진주가 다시 이불을 머리끝까지 썼다. 재훈은 침대에서 일어나며 고개를 절레절레 흔들었다. 진주의 모든 것이 사랑스러워서 그녀에게서 설사 어떤 향이 난다고 해도 개의치 않을 거였다.

그녀의 몸은 얇은 이불이 다 가려주지 못했다. 적당한 굴곡이 이불 위로 충분히 보였고, 간지럼을 태워 발개진 얼굴이 사랑스러웠다. 복숭아를 닮은 얼굴이 예뻐서 그는 그녀가 이불을 얼굴 밑으로 내리자마자 기습 뽀뽀를 하였다.

"앗! 당했어!"

"똥내 안 나니까 걱정 마. 사랑스럽기만 한데?"

"……흠흠."

진주의 얼굴 옆으로 흘러내린 머리카락을 넘겨준 후, 그는 지그시 이마에 뽀뽀를 해주었다.

"다녀올게."

"으응. 빨리 와. 예쁘게 하고 있을게."

"지금도 예쁜데, 더 예쁘면 나 어떡하라고."

"어떡하긴. 내 마수에서 못 벗어나는 거지."

진주가 열 손가락을 펴고 그의 눈앞에서 피아노를 치듯이 흔들었다. 그는 키득 웃으며 아쉽다는 듯 다시 입을 맞춘 후 일어났다. 손목시계를 보던 그가 이번엔 다시 침대로 오지 않고 바로 룸을 나갔다.

*  *  *

상해의 아침은 비와 함께 시작되었다. 재훈의 오늘 촬영은 야외에서 진행되는데, 결국 딜레이가 되어 촬영지에서 대기하고 있다고 톡이 왔다. 그녀는 원피스를 차려입고 화장까지 예쁘게 한 상태로 호텔 로비를 서성였다. 재훈이 늦게 오겠지만 이대로 호텔에만 있기엔 시간이 아까웠다.

[재훈아 나 난징동루로 놀러 갈게! 촬영 끝나면 그쪽으로 와♡]

그녀는 쇼핑을 하기 위해 난징동루로 향했다. 금색과 붉은색의 간판이 압도적으로 눈에 들어와서 신기했다. 여기가 중국이 맞구나 하는 느낌이었다.

자고 싶었더니 313

태주와 하연이에게 줄 초콜릿을 사기 위해 그녀는 초콜릿 가게에 들어갔다. 알록달록한 초콜릿을 잔뜩 담았다.

"이 정도면 100g 되려나?"

그램 수에 따라 금액이 정해지는 곳인데, 한국보다 쌌다.

"한국분이세요?"

갑자기 옆에서 누가 한국말로 그녀에게 말을 걸었다. 진주는 너무 놀라 움찔거렸다. 그 바람에 들고 있던 봉지에서 초콜릿 일부가 와르르 바닥으로 쏟아졌다.

"미안해요. 제가 주울게요."

"아니에요. 제가 할게요."

진주가 앉으려고 하자 남자가 그녀를 말렸다.

"치마 입으셨잖아요. 그거 저 주시고, 새로 담으세요."

그녀는 상대에게 들고 있던 투명한 봉지를 주었다. 그는 거기에 바닥에 떨어진 초콜릿을 담았다. 진주는 친구들에게 줄 것을 새로운 봉지에 담으면서도 계속 남자를 힐끗 보았다. 역시, 안 되겠다.

"나머진 제가 할게요."

"아니에요. 저 때문에 놀라서 떨어뜨리신 거잖아요. 성함이 어떻게 되시죠?"

"홍진주요."

"네. 진주 씨. 이건 저 때문에 떨어뜨린 거니까 제가 살게요."

"아, 아니!"

안 그러셔도 되는데! 남자는 진주가 떨어뜨린 투명 봉지를 계산했다. 100g 생각하고 담았는데 300g은 족히 넘었던 모양이었다.

그램 수가 확확 뛰는 걸 보며 진주의 눈도 커졌다. 그녀는 새로 담은 초콜릿을 계산하고 밖으로 나왔다.

"해외에서 한국 사람 만나니까 반가워서요."

"아하. 여기 근데 한국인 천지인데요?"

상해엔 중국인만큼이나 한국인도 많았다. 관광객들이 워낙 많아서 가게 앞에 서 있자 사람들이 진주의 앞뒤 옆으로 치고 지나갔다.

"저는 곽준형이에요. 출장 때문에 왔다가 오늘 서울 갑니다."

"저도 오늘 가는데! 역시 직장인들은 다 내일 출근해야 하니까 가나 봐요."

"직장인이세요? 진주 씨, 대학생으로 봤는데."

"어머…… 감사해요."

"혼자 오셨어요?"

"아뇨! 남……."

진주는 말을 하다가 본인이 더 놀라서 눈이 커졌다. 남자 친구랑 같이 왔다고 말을 하다가 재훈의 얼굴이 생각났다. 괜히 제 발 저린 사람처럼 그녀가 머뭇거렸다.

"미안합니다. 괜한 걸 물었네요. 몇 시 비행기예요?"

"아, 아 제가 몇 시였더라. 저녁이었는데."

"그럼 여행 조심히 하시구요. 여기 제 명함입니다. 혹시 또 보게 되면, 차라도 한잔해요."

진주는 준형에게서 명함 한 장을 받았다.

「파랑건축 대표 곽준형.」

그녀보다 몇 살 더 위로 보이긴 했지만 대표라고 하기엔 젊어 보였다. 진주는 명함과 그를 번갈아 보며 조금 놀랍다는 표정을 지어 보였다.

"사기꾼 아닙니다. 제 명함 맞아요."

"죄송해요. 그렇게 생각하진 않았는데."

"농담한 거예요. 다들 명함 보면 놀라시더라고요. 제가 많이 동안이죠."

진주는 미리 환전해 온 돈을 꺼내서 준형에게 주었다. 아까 초콜릿이 떨어지긴 했지만 준형이 지불한 것에 대해 찜찜함이 남아 있었다.

"저 이 돈 안 받을 겁니다. 정 미안하시면, 다음에 진주 씨가 커피 한잔 사 주세요. 서울 가서요."

"네?"

"……그럼, 즐거운 여행 되세요!"

그는 이곳에서 약속이 있었던 모양인지 그녀에게 인사를 하곤 반대편 도로로 뛰어갔다. 거기선 그를 기다리고 있던 직원이 그를 맞이하며 차 문을 열어주고 있었다.

준수한 외모에 적당한 키, 사람 좋은 미소. 이 세 가지를 떠올리면 유인호가 절로 떠올랐다. 인호도 그녀에게 조심스럽게 다가왔고, 본인이 가진 것을 이용해 그녀를 가지려 들지도 않았다.

[어디야?]

재훈에게서 톡이 왔다. 핸드폰 액정을 본 그녀의 얼굴에 미소가 감돌았다.

[지금, 여기가 어디지? 거리인데.]

간판을 봐도 여기가 어디라고 설명할 수가 없었다. 여기가 한국이 아니구나. 뭐라고 할지 몰라 주변을 두리번거리던 그녀의 어깨 위로 손 하나가 얹어졌다.

"으악!"

깜짝 놀란 그녀가 뒤를 돌자 재훈이 위에서 그녀를 내려다보고 있었다.

"누가 여기서 번호 따이고 있으래?"

"어?"

그는 눈 깜짝할 새 그녀의 손에 있는 명함을 가져갔다.

"이건 압수."

"너, 너, 너 이렇게 와도 돼?"

아니나 다를까 주변에 사람들이 모였다. 그는 한국 외에 타지에서도 인기가 좋아서 걸어 다니면 알아보는 이가 대부분이었다.

"그래서 저희도 같이 왔어요~"

재훈의 뒤로 윤정과 경민이 그녀에게 인사를 해왔다.

"오랜만이에요!"

"진주 언니, 못 알아볼 뻔했어요."

덕재 오빠는 종종 봤어도, 윤정과 경민을 본 건 오랜만이었다. 재훈이 군대 가기 전부터 함께했던 그들은 그가 전역하자마자 다른 일을 멈추고 다시 재훈의 팀으로 돌아와주었다. 재훈과 일할 때가 제일 마음이 편하다고 했다. 그래서 진주와도 다들 안면이 있던 사이였다.

"제가 잘 아는 훠궈집 찾아놨는데, 거기 갈래요?"

"좋아요. 윤정 씨랑 경민 씨도 예뻐져서 아까 못 알아봤잖아요."

"어휴. 저흰 삭았죠. ……재훈 오빠가 반할 만하네요. 화장 언니가 했어요?"

"네."

"거의 안 한 거와 다름없는 화장이지만, 본판이 예쁘니까 이렇게 해도 예쁘네요!"

이거 칭찬인가? 그녀가 고개를 갸웃하는 사이, 주변에서 다들 눈치를 보고 있던 재훈의 팬들이 한두 명씩 재훈에게 다가왔다. 타이밍을 놓친 네 사람은 사람들에 둘러싸였다.

『저 재훈 오빠 왕팬이에요! 사인 한 장만 해주실 수 있나요?』

『우와아아! 사랑해요!』

워아이니(나는 당신을 사랑해요). 그건 정확히 들렸다. 그 외에는 그녀가 알아들을 수 없었다.

『제가 오늘 저희 회사 식구들과 식사를 하기로 해서요. 시간이 없어서 그런데, 단체 사진은 가능할 거 같습니다. 죄송해요.』

두이부치? 네가 뭐가 미안해? 진주가 그에게 말을 걸기도 전에 사람들은 그의 말을 듣고 그의 주위를 둘러쌌다.

"김재훈! 재훈아! 재훈이 잡아가는 거예요? 어떡해! 김재훈! 밟지 마세요. 밟지 말라고요! 우리 재훈이 살려줘요! 사람 살려!"

그녀는 사람들 틈에서 떨어진 채로 폴짝폴짝 뛰어 손을 흔들었다. 경찰에 신고해야 하나. 여기 119도 안 되는데. 울상을 짓는 그녀의 뒤로 '치~즈'라는 만국 공통어가 들렸다.


"와. 죽을 뻔했다."

단체 사진을 찍어주고 나서 또 다른 구역으로 가면 또 다른 팬들이 나오고, 구석구석 어디서 몰렸는지 사람에 압사당하는 느낌을 제대로 느껴본 것 같았다. 한창 어렸을 때 부모님 손잡고, 2002년 시청역 월드컵을 관람했을 때의 기분이랄까. 그때 사람한테 밟힐 수도 있겠다는 무서운 생각이 들어서 그런지, 아직도 진주의 기억 속에 그날이 생생했다.

"음식점 가서 기다리자니까 그 사람 많은 틈에서 언니를 찾아 내더라고요. 오빠가 갑자기 차 세우라고 하더니 거기서 내리는 거예요."

"엄청 당황했죠. 덕재 오빠 있었으면 상욕을 했을걸요? 야아 미친X아!"

덕재의 흉내를 내는 경민이 귀여워서 진주와 재훈은 큭큭 웃었다. 휘궈 샤브샤브 음식점에 들어오고 나서도 술렁이는 소리가 계속 들렸다.

"벌써 SNS에 다 퍼졌어요. 깜짝 팬 미팅이라고."

윤정이 재훈에게 핸드폰을 내밀었다. 그걸 본 재훈은 어깨를 으쓱했다.

"저도 엄청 놀랐잖아요. 다음부턴 저희가 언니 데리고 올게요. 제발요, 오빠."

"알겠어."

재훈은 미안한 마음에 먼저 익은 고기를 진주와 윤정, 그리고 경민의 접시에 올려주었다. 처음엔 윤정의 말대로 음식점으로 가서 진주를 부를 생각이었다. 하필 지나가던 차 안에서 무심코 본 곳에 진주가 보였다. 웬 놈팡이랑 함께 있는 걸 보니 차에서 안 내릴 수가 없었다.

오늘 예쁘게 하고 온다더니. 재훈이 가기 전까진 진주가 힐끔힐

끔 사람들의 시선을 받고 있었다. 평생 홍진주가 안경을 끼고 살았으면 좋겠다. 렌즈 따위 누가 발명했는지. 안경을 벗고 약간의 화장만 해도 진주는 연예인 못지않게 예뻤다. 본인만 모르고 있는 것 같지만. 예쁘다고 해도 절대 아니라고 놀리지 말라고 하니, 사실을 말하고도 욕먹는 건 항상 재훈의 몫이었다. 태주는 진주에게 박태가리 소리를 들으면서까지 예쁘단 말을 해주진 않을 테고.

"학창 시절에 재훈 오빠 별명은 뭐였어요?"

"재훈이요? 공자님이요."

"풉. ……어울려요."

"공자래, 공자."

피식피식 웃던 윤정과 경민이 대놓고 까르르 웃었다. 재훈은 멋쩍은지 목을 긁적였다.

"아— 우리끼리만 부르던 별명이었어요."

진주의 얼굴에 아쉬움과 미련이 남은 표정이 스쳐 지나갔다. 태주와 하연이가 떠오른 모양이었다.

재훈은 테이블 아래로 진주의 허벅지 위에 손을 놓았다. 큰 손의 따스함이 그녀에게 전해지기를 바라는 마음으로 말이다. 다 같이 볼 수 있는 날이 또 있을 거야. 태주가 싫다고 하면 그걸 좋아하라고 강요할 순 없지만, 다 같이 두 사람을 응원하며 기다릴 순 있었다. 그는 기다려보는 쪽에 걸었다. 기다리고, 기다리면 진주가 제게 왔듯이 하연에게도 좋은 소식이 있을지도 모른다.

'기다리는 자에겐 복이 온다.'

그에겐 그 복이 진주였다.

"저기~ 음식점 매니저님이 오빠 사인받고 싶어 하는 거 같은데. 계속 머뭇거려요."

"그래?"

재훈이 의자에서 뒤를 돌자 매니저가 화들짝 놀라며 펜과 종이를 들고 굳었다. 재훈이 부드럽게 웃자 매니저는 쭈뼛거리며 그들의 테이블로 왔다.

『사장님께서 벽에 사인을 걸어 두고 싶다고 하셔서요. 사인, 한 장만 해주시면 안 될까요?』

『네. 펜하고 종이 주세요.』

하얀 종이에 재훈의 사인이 가득 메워졌다. 눈앞에서 재훈이 사인을 하는 모습을 본 건 진주도 처음이었다.

그는 진주가 보고 있다고 생각하니 평소처럼 휘리릭 사인하기가 어려웠다. 왠지 더 신경 써서 멋지게 해야 할 것 같은 기분.

『감사합니다.』

"시에시에. 감사합니다, 맞지?"

"어."

"재훈 오빠가 언어에 능통해서 참 좋아요. 통역사가 필요 없어요~ 저희 입국, 귀국할 때 문제 생기면 슈퍼맨처럼 나와서 해결해준다니까요. 저희끼리는 재훈 오빠를 공항엔젤이라고 불러요."

"공항엔젤이요? 하하하."

제게 소중한 회사 식구들과 진주가 편하게 대화를 나누는 걸 보니 뿌듯했다. 어디서든, 누구와도 잘 어울리는 진주는 항상 곁에 사람이 모였다. 학창 시절엔 꽤 많은 남자들이 접근했었지만, 자신과 태주랑 같이 넷이서 다니다 보면 자연스레 고백의 꿈을 접었다. 역시 그때가 편했는데.

"그나저나 아까 그 남자는 누구야?"

"누구?"

"오빠, 어떤 남자요?"

"남자가 있었나?"

진주는 고개를 갸웃하고, 나머지 둘 또한 누구를 말하는 건지 그에게 되물었다.

"곽준형. 명함 준 사람."

"아아―"

"엇! 언니 헌팅당했어요? 중국 사람한테요?"

"아뇨아뇨. 헌팅 아니고요. 초콜릿 사러 갔는데 그분이 절 쳐서 다 쏟았거든요. 그래서 저는 새로 사고, 그분이 쏟은 거 계산하셨어요. 다시 생각해 보니 그럴 필요까진 없었는데. 불편해서 돈 드리려고 한 거예요."

재훈의 눈썹이 위로 삐죽 올라갔다.

"돈을 드리려고 했는데, 그쪽에선 명함을 줬다?"

"그렇지! 역시 우리 공자님, 공부를 잘해서 상황 파악도 잘해."

그는 진주가 해맑게 웃자 같이 실없는 웃음을 터뜨렸다. 윤정과 경민은 어떤 상황인지 눈치를 챈 모양이었다. 두 사람은 해맑게 웃는 진주와 이를 서서히 악물고 있는 재훈을 번갈아 보며 재밌어했다.

"그래서 또 뭐래? 혹시 서울 가서 밥 사라는 말은 안 하든?"

"어떻게 알았어? 너 신기 있어?"

진주의 질문에 재훈의 미간에 내 천 자(㐅)가 그어졌다.

"한국인이었어요?"

"이거, 빼박이네. 헌팅 맞네요, 언니."

"아니에요. 헌팅. 밥 말고 차 사달라고 하시긴 했어."

"차는 무슨."

재훈은 주머니에 넣어 둔 명함을 꺼내 한 번 노려보고는 홍합 껍데기를 버리는 쓰레기통에 툭 던져버렸다.

"앞으로 이런 거 받지 마."

"알겠어. 근데, 헌팅 진짜 아니야."

"언니 그런 게 헌팅이에요. 요새는 막 갑자기 당신이 너무 눈이 부셔서 만나 보고 싶습니다, 저기요 번호 좀 주실래요? 이런 후진 멘트 안 날린다고요! 은근히 나이 물어보고, 번호 물어보고, 연락하게 만들고."

"……나이도 물어보긴 했는데."

재훈의 표정이 서서히 굳어졌다. 좀만 더 빨리 가서 손을 잡고 제 여자라고 하면 얼마나 좋았을까. 그러지 못하는 것에 대한 아쉬움이 그의 눈앞을 가렸다.

"참, 촬영은?"

"점심 먹고 호텔 가서 너 공항 데려다주고, 밤에 다시 갈 거 같아."

"또 촬영해?"

"아니. 다른 도시로 이동해. 이 주 뒤면 중국 촬영도 끝나."

그는 진주를 보기 위해 무리한 일정 속에서도 시간을 쪼갰다. 잠시 대기할 겸 버스에서 쉬고 있으라고 할 때, 남들은 다 차에서 잘 때 그는 진주를 만나러 나왔다.

사실 고된 촬영 스케줄 속에서 몇몇 조연들은 벌써 의사와 간호사를 불러 수액을 맞았다. 몇몇은 면역력이 떨어지다 보니 감기에 심하게 걸려서 병원을 오가기도 했다. 배우부터 스태프까지 정말 다다음 주까지 쥐어짜서 견디자는 마음으로 촬영에 임하고 있었다. 액션신이 많다 보니 재훈의 몸에도 자잘한 부상이 많았다.

"재훈 오빠 요새 쪽잠으로 한두 시간밖에 못 자서 걱정이에요. 살 많이 빠졌죠?"

"네. 원래도 없었지만 더 빠졌어요."

"근데 근육은 위후~ 더 단단해진 거 같아요. 그래서 살이 빠져도 빈약해 보이지 않아요. 어깨도 넓고. 정말 신기해요."

"지금 사람 앞에 두고 점수 매기냐. 두 사람 안 되겠네."

"점수를 매겨도 네가 백 점이라고 하시잖니. 든든한 지원군을 뒀어, 우리 재훈이."

진주는 재훈의 등을 토닥거리며 씩 웃었다. 아이 같은 취급을 해도 웃음이 나왔다. 그는 제 등을 토닥이는 진주의 손목을 잡아 눈앞으로 뺐다.

"이 손으로 명함 같은 거 받지 마. 알겠지?"

"알겠어, 알겠어. 집요하긴."

밤새 집요하게 그녀의 곳곳에 입을 맞추긴 했지. 그때도 진주는 그에게 집요하단 표현을 썼다.

"두 사람 보고 있으니까 왜 자꾸 배가 고프죠."

"나도. 오빠, 솔로 앞에서 너무해요."

"좀 봐줘라."

"오빠니까 특별히 봐드릴게요."

그들은 식사를 마친 후 다 같이 호텔로 왔다.

윤정과 경민은 스위트룸을 구경하느라 정신이 없었고, 진주는 미리 싸 둔 짐을 다시 한 번 확인했다.

"보내기 싫다."

재훈은 그녀를 와락 안았다. 앞으로 연애하는 동안 얼마나 많은 아쉬움과 미안함을 느껴야 할까. 보내기 싫은데 진주를 보내야 하고, 그녀에게 자기가 있는 쪽으로 와달라고 해야 하고, 데이트할 때 의심받으면 안 되니 경민과 윤정, 때로는 매니저를 대동하고 다녀야 할지도 모른다. 오직 그의 집과 호텔을 제외하고서는 기자의 눈을 피하기 어려울 테니까.

"나도 너 촬영장 보내기 싫어. 너무 힘들어 보여."

"안 힘들어."

"배우가 겉으로는 화려해서 몰랐는데 너 보니까 힘들어도 티도 못 내고. 자유도 없고."

풀죽은 그녀의 볼을 손으로 감싸 그를 보도록 했다. 위를 올려다보는 그녀의 눈동자가 투명하게 빛났다. 눈가에 눈물이 살짝 고이는 것 같더니, 진주가 장난꾸러기 같은 미소를 지었다. 순식간에 표정을 바꾸는 게 귀여웠다.

"그래. 재훈아. 힘들어도 해야지. 통장 보면 안 힘들 거야. 거기는 선입금이야, 후입금이야?"

"뭐? 하여튼 홍장군."

재훈은 고개를 절레절레 저었다. 진심으로 그게 궁금한 건 아닌 거 같고, 그에게 농담을 하며 나름대로 응원해주는 거였다. 힘들어도 해야 할 건 잘하라는 게 주된 내용이겠고, 후자는 농담이겠지.

"계약금 있고, 후입금이 있어."

"그럼 끝까지 잘해야겠네. 앞보다 뒤가 더 세게 박잖아."

"으응?"

앞보다 뒤가 더 세게 박는다고? 재훈이 갑자기 더워서 손부채질을 했다. 그걸 본 진주가 얼굴을 찡그리며 입을 크게 벌렸다. '변'이 튀어나올 것만 같았다.

"벼언태! 통장에 돈이 더 세게 박힌다는 말이었는데!"

"나도 그렇게 이해했거든."

"근데 이 얼굴은 왜 빨개지냐고. 무슨 생각 했어?"

"이상한 생각은 홍장군이 한 거 같은데?"

진주가 그의 목을 조르며 장난을 치자 그가 그녀의 손목을 와락 잡았다. 그 순간을 놓치지 않고 그는 그녀의 몸을 미약하게 흔들어 중심을 잃게 했다.

"어, 어!"

침대로 골인. 그의 입가에 만족스러운 미소가 걸렸다.

* * *

제법 쌀쌀한 가을바람을 느끼며, 진주는 트렌치코트를 여몄다. 유난히도 더웠던 올해 여름 그녀는 아스팔트 위를 걸을 때마다 계속해서 떠올랐던 생각이 있었다. 자신이 계란이었으면 삶은 계란이 되었거나 에그 프라이가 되었을 것. 하이에나처럼 에어컨을 찾던 게 불과 어제 같은데, 벌써 가을이라니……

더 이상한 건 불과 어제만 해도 중국 상해의 땅을 밟고 있었는데 오늘은 한국 내에 있는 병원 땅을 밟고 있다는 사실이었다. 요새 이래저래 바쁘다 보니 시간의 흐름을 잘 느낄 수가 없었다. 게다가 재훈과 해외에서 데이트를 하며 연애하다 보니 공간적 감각도 무뎌지고 있었다.

"대리님~ 같이 가요!"

"주리 씨, 일찍 출근했네요?"

"네! 여름 이불 덮고 자다가 추워서 깼어요."

"나돈데. 나도 새벽에 깼잖아요."

새벽에 추워서 움츠리고 있다가 결국 일어나 방 창문을 닫고, 이불을 꼭 덮고 다시 잠들었다.

"대리님 요새 연애하시죠?"

"나? 아니요?"

"에이~ 제가 눈치가 백단입니다!"

순간적으로 진주는 심장이 툭, 떨어지는 듯한 느낌을 받았다. 설마, 남자 친구가 누군지 짐작한 건 아니겠지. 진주의 눈초리가 가늘어지자, 주리가 씨익 웃으며 그녀에게 더 가까이 다가갔다.

"사내 연애예요? 의사? 아니면…… 우리 부서는 아닐 거 같고, 저한테만 알려주세요."

휴, 다행이다. 아직 모르는 눈치였다.

"다 아니에요."

"연애는 인정하셨네요."

어차피 상대를 밝히진 못하겠지만……. 주변에서 남자 친구가 누군지 캐물을 리는 없겠지만, 막상 누군가에게 설명조차 못 하고 사진도 보여줄 수 없는 처지가 진주를 속상하게 했다. 하연과 자신에게 남자 친구가 생기면 더블데이트를 하며, 다 같이 여행을 가는 계획도 세웠는데 그런 날이 올지 미지수였다.

진주는 주리와 대화를 하며 사무실로 들어왔다. 컴퓨터 본체 전원을 켜고 어제 정리하다 만 엑셀 파일 하나를 열었다.

"오늘 새벽에 기사 봤어요?"

"어떤 거?"

"빅토리 씨, 한 건 더 했잖아요. 톡방에다가 여자랑 하는 동영상 주고받았대요. 그래서 톡방에 있는 남자 연예인들 추적하고 있다네요."

"……정말 그놈은 광화문에서 곤장 백 대를 맞아도 부족하네요."

진주도 오전에 기사를 보았다. 빅토리 톡방이 실검에 뜨면서 사람들은 그와 친한 연예인들을 수색하기 시작했다. 그러느라 하린의 기사는 아예 자취를 감추었다. 재훈에게 듣기로, 그녀는 유부남과 헤어지고 집에서 자숙하는 시간을 갖고 있다고 하였다.

자숙의 시간이 끝나면 전부터 하린이 좋아하던 액세서리 사업을 시작하여 쇼핑몰을 창업할 예정이고, 그 브랜드의 값어치가 오를 때쯤 도시적인 여성 이미지로 포장하여 다시 재기의 발판을 삼는다고 하였다.

"어어어!"

진주가 보고 있던 컴퓨터가 갑자기 블루스크린으로 넘어가더니 자동으로 종료되었다. 놀란 그녀가 옆을 보자, 주리가 본인 자리를 정리하다가 무릎으로 진주의 본체를 건든 모양이었다.

"제가 또 눌렀어요?"

"네, 주리 씨."

"죄송해요. 엉엉. 이 무릎이 말썽이죠?"

"아직 업무 시작 전이어서 괜찮아요."

다시 본체를 켠 후, 진주는 사무실 안 공기청정기를 틀었다. 창문이 없는 구조라 환기를 시킬 수가 없어 공기청정기라도 꼭 켜놔야 했다.

"으아아아아악! 대애애애애리이이이이님!"

"엄마얏!"

주리가 소리를 지르는 바람에 진주 또한 놀라서 몸을 움찔 떨었다.

"우리 후니가, 후니 오빠가 사진을 올렸어요."

"난, 또 뭐라고. 놀랐잖아요."

"하…… 이번 한 주 또 열심히 살라고 이런 행복을 전해주네요. 후니 오빠, 이 정도면 월요천사 아닙니까?"

주리의 컴퓨터 화면엔 재훈이 촬영 중에 찍은 사진 한 장이 올라와 있었다. 촬영장에서 깜빡 졸 때 상대 배우가 찍은 사진이라는 설명을 보니, 그도 주말에 그녀와 만난 게 무리가 된 모양이었다.

"어? 이게 뭐지?"

주리가 고개를 갸웃하며 방금 올라온 게시물을 눌렀다. 그런데 접속을 하자마자 게시물이 삭제되었다고 찾을 수 없는 게시물이라고 떴다. 황당함에 F5를 눌러 새로 고침을 하자, 그 게시물은 감쪽같이 사라졌다.

"문제 있어요?"

"아니 방금, 누가 후니 오빠 아빠 아님? 존똑이라고 올렸는데 바로 지워졌어요."

"잘못 본 거 아니에요?"

"그럴 리가요."

주리는 핸드폰을 꺼내 팬클럽 톡방에 방금 전 게시물을 본 사람 있는지 물었다. 대부분은 그 게시물을 못 봤고, 주리와 또 다른 한 명은 본 모양이었다.

"후니 오빠 부모님을 알면 부모님도 뵙고 인사드리고 싶은데……. 철저히 베일에 쌓여 있어서 찾을 수가 없어요."

"부모님도 봬요?"

"당연하죠! 부모님, 후니 오빠 가족도 제 가족이라고요. 알면 생일도 챙겨드리고, 후니 오빠가 태어난 병원이나 살던 생가 동네 체험도 하고……. 발자취를 알면 그곳에 후니 오빠 걸었던 길이라고 현수막도 걸고 해야죠!"

"진짜 할 일이 많네요."

어째 주된 일은 김재훈 팬클럽 임원이고, 병원 일이 서브인 느낌이었다. 주리의 말을 듣던 중, 핸드폰이 울렸다. 진주는 액정을 보곤 활짝 웃으며 반대로 핸드폰을 뒤집었다.

[공자님]

우리 팀만 아는 애칭이지만, 잘못한 것도 없는데 죄인처럼 찔렸다.

"전화 받고 올게요."

"으으~ 불타는 연애네요. 아이, 뜨거워라. 새벽에 대리님이 옆에 계셨다면 전 안 깨고 잘 잤을 거예요~ 거친 바람도 막아주는 뜨거운 여자!"

"뜨겁게 받고 올게요."

진주는 키득 웃으며 주리의 말을 받아쳤다. 재훈이 집에서 쉴 때는 진주가 원할 때 연락할 수 있지만, 지금처럼 해외에 있거나 스케줄이 있는 날이면 그의 시간에 그녀가 맞춰야 했다. 보통은 서로의 시간이 어긋나서 부재중 전화나 톡이 남겨져 있는 경우가 대부분이었다.

"여보세요."

-출근하는 중?

"아니. 이미 했지!"

-일찍 갔네? 잔업 있었어? 거기 우리 진주 너무 부려먹어, 안 되겠어. 오빠한테 시집와.

"오빠는 무슨!"

-걱정돼서 전화했어. 아침에 못 일어났을까 봐.

"이래 봬도 나도 프로거든! 절대 지각은 안 해. 그나저나 팬 카페에 너 졸고 있는 사진 올라왔더라. 많이 피곤했지?"

재훈에게선 말이 없었다.

-홍장군 나 엄청 보고 싶구나? 팬클럽도 가입하고.

"내 옆에 주리 씨가 네 팬클럽 임원이라서 어쩌다 보게 된 거야."

-이런.

엄청 보고 싶은 것도 맞긴 맞다. 전화 한 통에도 이렇게 기분이 설레고 좋은데. 그와 함께 있을 땐, 그에 대한 걱정과 서운함이 모두 씻겨 내려가 오직 그 순간만 집중하게 된다. 그래서 꼭 서운함이 혼자 있을 때 배가 되는 것 같았다.

"주리 씨가 팬 카페에 게시물 하나가 지워져서 아까 난리던데. 봤어?"

－응.

"아빠 사진이라고 하던데."

－네가 신경 쓸 건 아니야.

냉랭한 목소리에 진주가 침을 꼴깍 삼켰다. 그와 통화하면서 흘러내린 머리카락을 뒤로 넘기며 등을 벽에 기댔다.

"왜 내가 신경 쓸 일이 아니야?"

－내 말은…….

"너랑 나 연애하는 거 아니야? 가볍게 만나는 사이 아니니까 그 이상도 궁금해할 수 있잖아. 네가 이렇게 차갑게 선을 그으면, 나는 아무것도 물어보지 못한다고."

네 부모님에 대한 것도. 네가 얼마나 힘든지, 무슨 고민이 있는지 묻지 못할 거고 힘든 걸 같이 나누자고 운을 뗄 수도 없을 것이다. 그럼 그런 제 자신에게 속상할 테고 그 속상함은 결국 재훈에게 화를 내는 것으로 돌아갈 거다. 재훈과 그런 사이가 되고 싶지 않았다.

"나는 네가 행복하고 좋을 때만 같이하고 싶은 게 아니야. 재훈아. 나는 지금, 네 모든 걸 알고 싶어. 내가 아는 너 말고, 그 외의 것들도. 너무 궁금해. 근데 물어보는 게 네 기분을 상하게 할까 봐 몇 번씩 참는다고."

－미안해, 진주야.

"아냐. 내가 말이 심했어."

그렇게 화낼 건 없었는데. 남들처럼 편하게 데이트도 할 수 없고,

통화조차 어려운 사람. 심지어 부모님께도 남자 친구의 존재를 밝힐 수가 없었다. 혹시 사실을 알게 된 누군가가 지인에게 말을 퍼뜨리는 순간, 두 사람의 연애는 기삿감이 되는 것이다.

상해든, 사이판이든, 어느 곳을 가도 그를 알아보는 사람은 있을 것이다. 즉, 해외에서도 마음껏 그와 손을 잡고 거리를 걸을 수 없었다. 못 만나는 것도 서러운데, 그저 데이트를 할 수 있는 상대 외에 더 많은 걸 공유하는 것조차 그가 거부한다고 생각하니 서운함이 끝으로 몰린 기분이었다.

상해에서 분명 행복했는데…… 유인호와 연애할 땐 느끼지 못했던 감정이었다. 그때는 상대에게 실망할 것도, 서운할 것도 없었는데. 진주는 이런 저 자신이 당황스러웠다. 그의 사랑은 분명 자신에게 향해 있고 충분한데, 왜 그 외의 것에서 실망감이 드는 건지. 이런 자신이 이상한 건 아닌지…….

"아침에 액정에 공자님 떠서 정말 행복했거든. 방금 투정은 그냥 잊어주라! 가뜩이나 바쁜 사람한테…… 내가 미안해."

-오늘 밤에 시간 돼?

"어?"

아니, 지금 아니라고 말해야 해. 만약 된다고 하면, 김재훈이 시간적 여유가 있다면 그는 비행기를 타고라도 그녀를 보러 올 것이다. 촬영장에서 지쳐서 잠든 사진까지 본 마당에 여기서 된다고 말하면 안 된다. 그러나 한편으론 자신을 사랑한다면 힘들더라도 와주길 바라는 마음도 컸다.

"아니, ……안 돼."

그러나 진주는 역시 그에게 오라고 할 수 없었다. 자신이 그를 보고 싶어 하는 마음보다 그가 10분이라도 더 편히 자길 바랐으니까.

주말에 자신이 피곤함을 접고 상해로 갔던 건 생각도 나지 않았다. 자신의 희생은 아무렇지 않게 치부하며, 상대의 희생은 걱정해주는. 그녀는 자신이 그렇게 변해 가는 줄도 몰랐다.

-약속 몇 시에 끝나? 보러 갈게.

"아니야. 촬영 다 끝나고 와. ……피곤하잖아."

-너 보는 게 피로 풀리는 거야. 우리 팀 한번 뭉칠까?

"……그래도 돼?"

그럼 더할 나위 없는 월요일이 될 거 같긴 하다. 우리 넷이서 다 같이 본 게 너무 오래전이라……. 하연과 태주가 허락을 할까.

-우리 팀 만난다고 하니까 바로 된다는 거 봐, 홍장군. 이따가 만나서 얘기해줄게. 아까 진주 네가 물어본 거 숨긴 거 아니야. 사랑해. 그러니까 서운해하지 마.

이렇게 자신의 감정을 얼굴을 보지 않아도 정확히 아는데, 그의 사랑은 변함이 없는데……. 방금 전 화냈던 자신이 초라하게 느껴졌다.

〈2권에 계속〉